U0481576

朱祖謀手稿六種

上

朱祖謀　著

浙江古籍出版社

图书在版编目（CIP）数据

朱祖謀手稿六種 / 朱祖謀著. -- 杭州 : 浙江古籍出版社, 2025. 2. -- (宛委遺珍). -- ISBN 978-7-5540-3229-9

Ⅰ. I222.85

中國國家版本館CIP數據核字第2024YC3076號

宛委遺珍

朱祖謀手稿六種

（全二册）

朱祖謀　著

出版發行　浙江古籍出版社

（杭州市體育場路347號　郵編：310006）

網　　址　http://zjgj.zjcbcm.com

責任編輯　路　偉

封面設計　吴思璐

責任校對　吴穎胤

責任印務　樓浩凱

照　　排　浙江大千時代文化傳媒有限公司

印　　刷　浙江海虹彩色印務有限公司

開　　本　710 mm × 1000 mm　1/16

印　　張　45.25

版　　次　2025年2月第1版

印　　次　2025年2月第1次印刷

書　　號　ISBN 978-7-5540-3229-9

定　　價　490.00圓

前言

朱祖謀（一八五七—一九三一），原名孝臧，字藿生，一字古微，號漚尹，浙江歸安（今湖州市吴興區）人。因祖居埭溪鎮上彊邨，故别號上彊邨民，晚號彊邨老人。青少年時期隨父朱光第遊宦，求學於安徽蕭縣，河南開封、鄧州等地。光緒八年（一八八二），應順天鄉試，中式第一百八十七名。翌年春，應會試，獲二甲第一名，欽點翰林院庶吉士，歷官至禮部右侍郎。光緒二十八年（一九〇二）季秋，出任廣東學政。三年後，因與總督岑春煊政見不和，借回鄉修墓之由，憤而辭職，從此棲身上海、蘇州，以遺老終。

在清末民初的文藝界，朱祖謀絶對是個耀眼的存在。其詩歌、書法，皆能自成一家；其詞作與詞學，則堪稱民國前期的天花板級别。

他早歲以詩名，傾向宋詩派，『其蹊徑在山谷、東野之間』（夏孫桐《清故光禄大夫前禮部右侍郎朱公行狀》），風格幽奧清蒼，成就不俗。汪辟疆《光宣詩壇點將録》擬之爲船火兒張横，陳衍甚至認爲其詩『可以藥近日之枵然其腹者』（《石遺室詩話》卷九）。四十歲時，經王鵬運啟發、鼓勵，始專注詞作，偶爾染指爲詩，但數量不多。因家近湖趺山、湖趺漾，故初結集名《玉趺湖館詩存》。晚年自己曾嚴加删汰，名《彊邨棄稿》。去世後，由龍榆生題跋並刊入《彊邨遺書》。

彊邨早年書法並不出色，甚至差點爲此落選進士，但後來經過艱苦磨礪，藝術功力突飛猛進，形成了獨具特色的彊邨體：『以中鋒作側勢，落墨重遲，而標格蒼勁。』（馬宗霍《書林藻鑑》卷十二）晚年在上海灘高手林立的書壇中，他憑藉自己獨特的書藝，受到衆多愛好者的青睞，『以鬻書爲活計』（龍榆生《詞籍題跋·無著盦脞録》），居然成爲他晚年維持生存的重要手段。

彊邨詞作，數量豐富且成就卓越，『集清季詞學之大成，公論翕然，無待揚榷』（葉恭綽《廣篋中詞》卷二）；『雖曰揭橥夢窗，實集天水詞學大成，結一千年詞史之局』（錢仲聯《近百年詞壇點將録》）。當代詞宗夏承燾甚至尊之爲『詞聖』（《夏承燾日記全編》一九三九年四月七日）。其生前自刻《彊邨語業》二卷，編定卷三。去世後，龍榆生收拾其删削詞，辛亥以前者編爲《彊邨詞賸稿》二卷，辛亥以後則編爲《彊邨集外詞》一卷，刻入《彊邨遺書》。今日之諸中國古代文學史，幾乎普遍接受其爲『清末四大詞人』之一。

彊邨詞學，當爲清末民國初之魁首。錢仲聯於《近百年詞壇點將録》擬之爲『天魁星呼保義宋江』，稱讚曰：『彊邨領袖晚清民初詞壇，世有定論。……《彊邨叢書》之刊，整理校勘，厥功至偉。』允爲確論。其纂輯《彊邨叢書》搜集唐、五代、宋、金、元詞集一百七十三種，取材宏富，校勘精密，乃自明末始興匯刻詞籍以來集大成之作；所輯《湖州詞徵》二十四卷、《國朝湖州詞録》六卷，乃其家鄉湖州一地詞作的古今集成；編選《宋詞三百首》，自民國十三年（一九二四）初刊以降，風靡天下，迄今百年依然魅力四射；經張爾田協編之《詞莂》一卷，精選清代傑出詞人詞作，乃清詞選本當之無愧的經典。

彊邨詞學影響力經久不衰，當時人即評論曰：『歸安朱漚尹先生以絶代騷才，葩藻艷發，奇絲彩縷，發爲異光。纖辭之密，實宗君特。多能之士，競相效承。』（聞宥《怬簃詞話》）陳洵、吴梅、楊鐵夫、林鵾翔、陳匪石、龐樹柏、向迪琮、劉永濟、夏承燾、龍榆生、劉麟生、謝玉岑等民國詞壇鉅子里手，或多或少得其指授，皆終生感懷不盡；至若唐圭璋、詹安泰、寇夢碧、朱庸齋等，雖未曾趨前請益，然心儀其詞學，受益良多者，則更僕難數。今日詞學界，又多爲上述諸賢達之傳人，故彊邨詞學可謂不絶如縷矣。

作爲朱彊邨的父母之邦，浙江文化界對彊邨其人其學的重視由來已久。二十世紀六十年代中葉，浙江圖書館收藏由彊邨詞學傳人龍榆生寄獻的《彊邨晚歲詞稿》、《彊邨詩存》、《詞剪》等系列手稿，浙江省博物館收藏由龍榆生寄獻的《彊邨授硯圖》等文物。本世紀以來，浙江古籍出版社相繼出版《彊邨語業箋注》、《朱彊邨年譜》等研究著作。爲了讓更多讀者了解彊邨老人著述結集的初始面貌，促進彊邨研究的深入開展，浙江古籍出版社於二〇二二年率先推出《稿本宋詞三百首》，直觀呈現了《宋詞三百首》『反復斟酌、再三覆勘的編選歷程』（項鴻强《前言》），受到學界普遍歡迎。如今，該社再接再勵，繼續將《彊邨晚歲詞稿》、《彊邨詩存》、《詞剪》等手稿匯爲一編，定名《朱祖謀手稿六種》，以饗學林。茲依次介紹如下。

一、《朱彊村先生手書詞稿》

《朱彊村先生手書詞稿》，即《彊邨語業》卷三原稿，題下鈐彊邨『小放下庵』陽文小圓印。彊邨殁後，由龍榆生保存。民國二十五年，龍氏倩葉恭綽題簽，交由開明書店影印行世。末附汪兆鏞乙亥冬題詞兩闋，分別調寄《浣溪沙》、《聲聲慢》。本次即據上海圖書館藏原稿本影印。該本係龍榆生捐獻給上海文物管理委員會者，末有龍氏識語：『先師朱彊邨先生手稿曾由開明書店用玻璃版精印一百五十部，流傳已稀。此原跡歷經離亂，幸獲保存，謹以獻之上海市文物管理委員會。榆識。一九五一年五月。』

該手稿爲彊邨晚年所書，乃典型彊邨書體之集中呈現，具有彌足珍貴的藝術價值。經與《彊邨遺書》本之《彊邨語業》卷三比照，可知其還具有不容輕忽的文獻價值：

可供輯佚。此本有佚作一首，即《南鄉子》：『病枕不成眠，顛倒欃槍插屋椽。窺牖一丸赬月上，天邊。咫尺清輝不可攀。□□□□□，轉側中宵似遠年。强自攬衣推枕坐，頹然。便聽荒雞起舞難。』朱祖謀另有《南鄉子》一詞，首句亦爲『病枕不成眠』，其餘字句則全然不同，或爲此詞另起爐竈改定之本。

可供校勘。最顯著者爲組詞《望江南・雜題我朝諸名家詞集後》，手稿於題王貽上後，本有一闋合題萬紅友（樹）與戈寶士（載）者。組詞後復有補合題陳述叔（洵）、況夔笙（周頤）一闋，序曰：『意有未盡，再綴一章。海南謂陳述叔，臨桂謂況夔笙也。』《彊邨遺書》本乃將題萬樹、戈載闋置後，與題陳洵、況周頤闋合併，改序曰：『意有未盡，再綴二章。紅友之律、順卿之韻，皆足稱詞苑功臣。新會陳述叔，臨桂況夔笙，並世兩雄，無與抗手也。』其次，手稿本若干文字，在刻本中有所更改。如《鷓鴣天・廣元裕之宫體八首》其一『無端仙會散金錢』句，刻本改『仙會』作『芳會』；《望江南・雜題我朝諸名家詞集後》論陳其年闋之『青兕意』，刻本作『青兕氣』；『甘付紫雲歌』，刻本作『恰稱紫雲歌』；論納蘭容若闋之『解作』，刻本作『肯道』；『甯止』，刻本作『甯獨』；《小重山・晚過黃渡》之『荒燐三四點』，刻本作『荒螢三四點』；《高陽臺・除夕閏生宅守歲》之『付淺吟深坐』，刻本作『付冷吟閒醉』；《瑞鶴仙》之『又西風吹送』，刻本作『又西風飄送』；《隔溪梅令》題之『賦示剛齋』，刻本作『賦示詰禪』。這些是否爲《彊邨遺書》主事者龍榆生所改，改後詞意是否優於彊邨原稿，均有待高明裁決。

二、《彊邨晚歲詞稿》

《彊邨晚歲詞稿》原由龍榆生保存，後捐獻浙江圖書館，故題下鈐有陽文『浙江圖書館藏』、陽文『龍元亮印』，並陽文『壬寅年春榆生長壽』三方印。關於《彊邨晚歲詞稿》之結集刻印，龍榆生於一九六四所作跋語中嘗有説明：『右《彊邨晚歲詞》一册，自《百字令・沈石田〈三檜圖卷〉》以下，至《清平樂・題所南翁畫蘭》，共五十四闋，爲歸安朱古微先生孝臧晚居上海時手稿。其間除《高陽臺・過蒼虬湖舍》、《清平樂・何詩孫爲梅蘭芳畫長卷徵題》及《小重山》三闋，已由先生選入《彊邨語業》卷三外，餘則先生下世後，徇諸朋舊之請，别録爲《彊邨集外詞》，刊入《彊邨遺書》中。先生晚歲以校刊唐、五代、宋、金、元人詞爲專業，每一種刊成，必再三覆勘，期歸至當，復就心賞所及，細加標識，其關捩所在，恒以雙圈密點表出之。雖不輕著評語，而金鍼于焉暗度。予於此學略有領會，所得於先生手校詞集者爲多。先生餘暇填詞，亦至矜慎。其酬應之作，往往倩諸友好爲之，詩文亦復如是。雖親録存稿，恒雜他人代筆。就予所知，錢塘張孟劬（尔田）、仁和孫隘堪（德謙）、吴縣吴湖帆、長洲吴瞿安（梅）、閩縣黄公渚（孝紓）等皆曾假手。其《清平樂・題所南翁畫蘭》，則予承命爲之者也。』

細審《彊邨晚歲詞稿》，有兩點值得注意：其一，龍榆生所言『其間除《高陽臺·過蒼虬湖舍》、《清平樂·何詩孫爲梅蘭芳畫長卷徵題》及《小重山》三闋，已由先生選入《彊邨語業》卷三外，餘則先生下世後，徇諸朋舊之請，別録爲《彊邨集外詞》，刊入《彊邨遺書》中』，此説不確。經檢《彊邨遺書》本之《彊邨集外詞》，至少還有《減蘭·題張□□母夫人繡幀》及《燭影摇紅》集宋人詞句一闋未被收入。其二，某些詞之文字與《彊邨集外詞》本之文字相較，仍具有校勘價值。即以龍氏稱由其代作之『題所南翁畫蘭』闋二言，即有四處異文：『上苑何年別』，刻本作『楚畹容光別』；『根荄□復相關』句之『□復』，刻本作『終古』。『賸伴一編《心史》』句之『賸』，刻本作『好』；『長留遺恨人間』句之『遺恨』，刻本作『沈恨』。其他可以類推，有待來者繼續覆勘。

三、《彊邨詩存》

《彊邨詩存》即在原《玉湖趺館詩存》基礎上改定，書目下鈐有陰文『漚尹』、『龍元亮印』、『榆生長壽』，陽文『浙江圖書館藏』、『小五柳堂讀書記』諸印。其文獻價值至少有如下幾方面：

（一）供輯佚。與《彊邨遺書》本之《彊邨棄稿》相較，溢出《吴丈抱仙出其先德養雲先生〈月輪山壽藏圖〉索賦》、《又題其〈長林策騎圖〉》、《同狄定甫晚步口占》、《〈師古圖〉爲洪明府題》、《偕金皾青過艮園四首》其二『河汳論交晚』、《送阮霞青歸真州》、《艮園秋禊詩》、《送金皾青兄弟歸桐鄉》、《中秋懷吴門舊遊》、《齊河縣》、《花之寺看海棠，繆柚岑有詩，遂和其韻》、《曾與九師出守衛輝，寫〈桃李春宴卷子〉命題，率賦一章》、

《酬馮夢華》、《和陳竹香前輩（存懋）韻》、《題沈太守〈章武拯災圖〉（代）》、《管士修同年母夫人壽詩》等近二十首。這些詩作不僅有助於了解彊邨早年的交際圈，而且有益於體會彊邨酬贈、題讚詩的豐富藝術。

（二）供校勘。稿本中若干字詞，與刻本《彊邨棄稿》中有異。或可啟發讀者的多維考量，如刻本首題《岳家口晚泊》，稿本作『約價口晚泊』；《讀〈漢書〉作》『煮鹽榷酒酤』句，稿本作『鬻鹽酒酤榷』；《詠蜆，黎丈嘖園命同作》之『取禍胎恒在，當筵口合緘』二句，稿本作『取禍胎原在，當筵口尚緘』。或可對刻本起到補充細化作用，如題《新田堡》，稿本作《新田堡舟夜》；《題李文石〈明湖秋泛圖〉》，稿本作《題李文石〈明湖秋泛册子〉》；《佛青、喟公偕過薄飲，嘖園丈亦至，次前韻》，稿本作《何喟公、金敦青約遊繁臺不果，晚過小飲，黎丈嘖園後至，次前韻》；《冬夜撿時賢詩集率綴短章》其八：『獨有山陽潘四農，單車人海走雷風。歸來鍵户逢同調，要與東南角兩雄。』刻本自注『潘彦輔』，稿本自注『潘彦輔、魯通甫』。如是等等，均有益於彊邨詩之解讀。

（三）供考證。姑舉一例，《彊邨語業》卷二有調寄《蹋莎行》，題曰『狄文子客淮南過江見訪』。白敦仁箋注曰：『狄文子未詳，疑即狄平子別署。平子名葆賢，字楚青，江蘇溧陽人。』將狄文子認作是著《平等閣詩話》的報人狄葆賢。刻本《彊邨棄稿》中有題《喟公以宿佛青齋中詩見示，再疊前韻，兼懷狄文子汝陽、黎太初鄧州》，也言及狄文子，但並未提供更多信息，故很長一段時間大家只能默認白氏之猜想。前幾年，有學者發現狄郁《七一齋文詩集類編》中五古長詩《將訪朱大古微於姑蘇，先簡以詩，仿韓體》，詳言與彊邨在開封交往信息，於是特意著論文考證狄文子名郁，非葆賢（裘陳江《變動時代士人升階的常與異》，載《華東師範大學學報》二〇一五年第六期）。其實，在稿本《詩存》該題之『狄文子』下，已然注明狄氏名『郁』。設若此稿本早日公諸於世，學者祇消順藤摸瓜，追查狄郁著作即可，何須大海撈針，費那麼多心思去試錯尋覓呢？如今稿本《詩存》具在，有志者或將能從中發現更多彊邨交往、遊歷的綫索。

（四）完整地保存了同光體巨擘鄭孝胥對彊邨詩的讀後感。卷首題識：『自然超夐處，羊叔子去人遠矣。光緒丙午七月，孝胥拜讀。』若干詩句下，具存數量可觀的藍筆圈點，或提示其内蘊深意，或讚揚其藝術非常。這是一份符號化的彊邨詩評，可供研究者揣摩體味其情感、藝術、審美的種種意涵。

四、《彊邨雜稿》

《彊邨雜稿》卷首有龍榆生識語，述該部分彊邨作品内容與結集始末，曰：『《彊邨雜稿》一册，歸安朱孝臧古微手寫本。首爲詞稿七十七首。其《薄倖》一首，早由先生删定，入《彊邨語業》卷三，餘除乙去或注明代筆者外，先生逝後，徇諸故舊之請，輯爲《彊邨集外詞》，附刻《彊邨遺書》中。次録周密、孫居敬、林淳、李壁、耿元鼎、陳造諸家之作，意或從《永樂大典》『湖』字韻中寫出，以備補入《彊邨叢書》者。又次録秦晦鳴（樹聲）《霜葉飛》詞二闋，則先生朋舊之作也。又次爲文稿五篇。又次爲宋詞集聯十一副，當是先生手輯如《梲鞠録》之類，以備鬻書時用者。此事吴中文士恒喜爲之，其精巧者直如無縫天衣，言同己出。先生興寄所託，亦頗饒絃外之音。往年鶴山易季復曾託予以所作詞就正於先生，季復亦有《大厂集宋詞帖》一册，用珂羅版印行，今則嗣響闃然矣。甲辰孟夏之月，萬載門人龍元亮榆生謹識，時客上海南昌路之受研廬，年滿六十二歲。』

檢《彊邨集外詞》之前半，自《念奴嬌·辛亥初春，貽書恪士、吷盦、子言、公達，方舟載酒……》至《瑶華·水仙》，即《彊邨雜稿》所存詞。誠如龍氏所言，除去《薄倖》（後堂芳樹）一首入卷三，《念奴嬌·張石銘爲母造塔刻〈金剛經〉》等代作九闋删落外，其餘均赫然在列。刻本順序偶有顛倒，個别文字或誤植，整體面貌與稿本基本無異。惟稿本《金縷曲·壽曹邃盦》後有調寄《水調歌頭》，題『題《水雲洗眼圖》，爲曹再韓』，惜正文不存，刻本並調題一概删削，殊爲可惜。

《雜稿》所存文五篇，分别題《施渚書院碑記》、《重建道場山萬壽寺記》（劉裴邨代作）、《徐蔭軒相國八十壽頌》、《熊母雷淑人六十壽敘》、《言仲遠妻丁夫人傳》，對讀者擴充了解湖州文化，尤其是了解彊邨交際圈，都具有珍貴的文獻價值。

至於《雜稿》所存秦樹聲詞二闋，則與《彊邨詩存》内附秦樹聲詩數首、《彊邨晚歲詞稿》後附孫德謙詩若干一樣，皆今傳秦、孫二人别集中失落者，吉光片羽，洵爲可寶。

五、《詞莂》

《詞莂》一書，乃彊邨主選清詞之結晶。張爾田作爲晚輩、助手，力主彊邨詞入選作爲殿軍。於是彊邨爲避免自我標榜之嫌，乃託名張爾田以面世。關於這一内幕，龍榆生在民國二十一年壬申初刻《詞莂》時，於張爾田序後所作補記，交代得非常明確。其言曰：『《詞莂》一卷，原出彊邨翁手。當選輯時，翁與張君孟劬同寓吴下，恒共商略去取。翁旋至滬，與況蕙風蹤跡日密，復以況詞入選。孟劬則力主録翁所自爲詞，卒乃託名孟劬，以避標榜。予既從翁録副，輒請於翁，曷不與《宋詞三百首》合刊行世？則答以尚待删訂。去年，翁歸道山，爰商諸孟劬，亟出付梓，仍以原序冠篇首，而附著其始末如此云。壬申夏，龍沐勛記。』因此緣故，稿本卷首書名下乃署『錢塘張爾田孟劬纂』。此稿本由龍榆生收藏，一九六四年夏，龍榆生將其捐獻給浙江圖書館，並於封面題：『歸安朱孝臧、錢塘張爾田同輯，甲辰端午，萬載龍元亮題記。』卷首鈐印『榆生長壽』、『忍寒龍七』等。

和同樣出自朱祖謀之手的選本《宋詞三百首》相較，《詞莂》作爲一部清詞選，其學術史價值遠不如《宋詞三百首》那樣得到普遍認知。儘管筆者幾年前就曾提出：『這是一部近距離審察整個清代典型詞人詞作的精悍選本，全編共選詞人十五家，爲詞都一百三十七闋。這是一部由清代末期詞人領袖親自操刀選政、斟酌考量的選本，他們對於清詞史程及其典型的體認顯然比後來任何人都要親切熟稔。後學如欲瞭解有清一代詞史，尤其是清詞人心目中的清詞史，這是一座繞不開的地標。』（《詞莂校箋輯評》，浙江大學出版社二〇一八年版）但似乎並没有鼓動起知識界對於《詞莂》探究的應有熱情。如今，隨着《詞莂》稿本的面世，可以預期這種狀況定會有所改觀。

初步考察《詞莂》稿本，以下幾個現象值得注意：

其一，稿本顯示，選者在定稿時，還進行了最後一次嚴格芟削。被删除的詞作有：毛奇齡《南鄉子》（盧橘催酸）、《浣溪沙》（碧玉蒲芽短短針），曹貞吉《玉連環·水仙》，顧貞觀《昭君怨》（殘雪板橋歸路），項廷紀《風入松·擬蜕巖》、《菩薩蠻》（鯉魚風起芙蓉老），鄭文焯《虞美人》（鏡屏香冷芙蓉薦）。爲何要删除這些詞作，頗堪玩味。

其二，選者在若干詞句旁用硃筆加圈，表示讚賞。這種特殊的批評在刻本中已經被悉數删汰，而讀者正可透過這些硃圈，深入體悟編者之所以選擇這些作品的深層動因。

其三，稿本中存有少量張爾田在參編過程中，與彊邨老人商酌的意見或建議。如毛奇齡《浪淘沙》（杉木爲簰竹作檣）闋上批：『此首伯宛謂不類詞，不知此乃效夢得也。如《楊柳枝》、《竹枝》，古人例編入詞，似不必疑。』曹貞吉名上批：『珂雪詞在國朝一代，實自成一家，似不宜缺。以漁洋易之，亦不敢謂然。珂雪詞疏雋處，絶不依傍門户，亦無意於摹倣，是其所長。雖全集完篇不多，猶當表而出之，皋文即其例也，至近日覆校始悟。故拙序與西河並舉，非無意也。』鄭文焯名上批：『樵風詞所取小令太少，尚可擇數首意境似《花間》者入之，乞酌定。』此類評論，既有助於《詞莂》閱讀，亦可豐富對張爾田詞學觀的認識。

其四，稿本原附吴昌綬題跋及張爾田綴語，可覘師友風義。吴昌綬跋曰：『孟劬大弟：别十七年，近以史事來京師，攜示寫定《詞莂》，與綬所見有合有不合。然宗旨甚正，去取甚嚴，固知原本家學，濟以博識，非百年來選家所可企及。四當齋主嘗譽吾能容異己之長，吾敢舉此復孟劬曰：清詞不盡乎此，而盡乎此，足以覘流別矣。吴昌綬記上。』張爾田綴語曰：『自古選家各具手眼，周止庵所謂至誠之言，豈不或諒？其或不諒，吾則誠矣。是非公諸後世，此跋不必存。』刻本遵照張爾田意見，删落吴跋。然稿本面世，再現吴跋，正可見異量之美。

六、《梡鞠録》

彊邨《梡鞠録》四卷，署『無著盦戲編』。初爲小扶風館活字印本。宣統元年，徐乃昌將其節録成上下兩卷，倩馮煦作敘，於該年十月重刊行世。扉頁牌記『宣統元年十月南陵徐乃昌重刊小扶風館本』。民國六年，雷瑨輯入叢書《娱蘐室小品》，由掃葉山房石印出版。活字本流傳極稀，重刊本、石印本亦存世無多。該書精選清代名家詩文妙句，組成對聯。雖云戲編，實爲集句。卷一、二爲七言，出對句各集一人詩中原句；卷三爲八言，出對句各集一人文或賦中句；卷四亦爲八言，出對句各集兩人文或賦中句。書法家取以書聯，極爲便利。彊邨本人在滬上應邀所書儷語，多出自該編。本次影印乃其傳付龍榆生之原稿本，卷一天頭有龍榆生題記：『朱彊邨先生手寫本。』下鈐陽文印『忍寒詞客』。附跋云：『右《梡鞠録》四卷，卷首署『無著盦戲編』，實爲歸安朱彊邨先生（孝臧）手稿，蓋彙集清代諸名家詩文爲七言及八字聯語，以便爲他人書楹帖者。記曾有巾箱活字本印行，今已不易見及矣。先生自清季罷任廣東督學使者，即引疾歸。初卜居於吴下聽楓園，旋寓滬濱，以鬻書自活，兼助校刻《彊邨叢書》之費，其用心殊苦。今以此稿歸之浙江圖書館，因附綴數語如上。一九六四年五月十六日，萬載龍元亮（榆生）敬識于上海南昌路寓樓之葵傾室。』

此稿本之價值首先在於重現《梡鞠録》四卷之全貌，令百年以下讀者得以一窺其原始狀態；其次在於可使讀者看見彊邨對清詩的熟稔。不惟清詩壇自始至終諸名流大家，即便如李延椿、施炘、沈埒等名甚不彰者，彊邨於他們的作品亦信手拈來，組成妙對。其博聞廣見，巧構精思，足以令人驚歎。或以爲集句無非照抄，其實，集句聯要做到自然天成，比自己原創還要困難。獨拈一朝詩文而集成聯語四卷數千副，《梡鞠録》是空前的。

文獻是學術研究與創新的基石。相信這批朱祖謀手稿的重見天日，必將激發朱祖謀研究再度興起新的波瀾。

朱德慈

二〇二四年八月於揚州大學文科樓

目録

二、彊邨晚歲詞稿

三、彊邨詩存

四、彊邨雜稿

五、詞莂

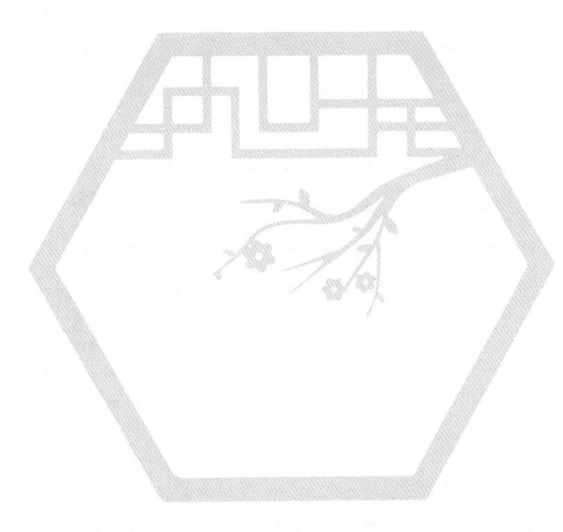

朱彊村先生手書詞稿

據上海圖書館藏稿本影印原書框高十七厘米寬十二點五厘米

朱彊村先生手書詞藁

龍榆生所藏

葉恭綽題

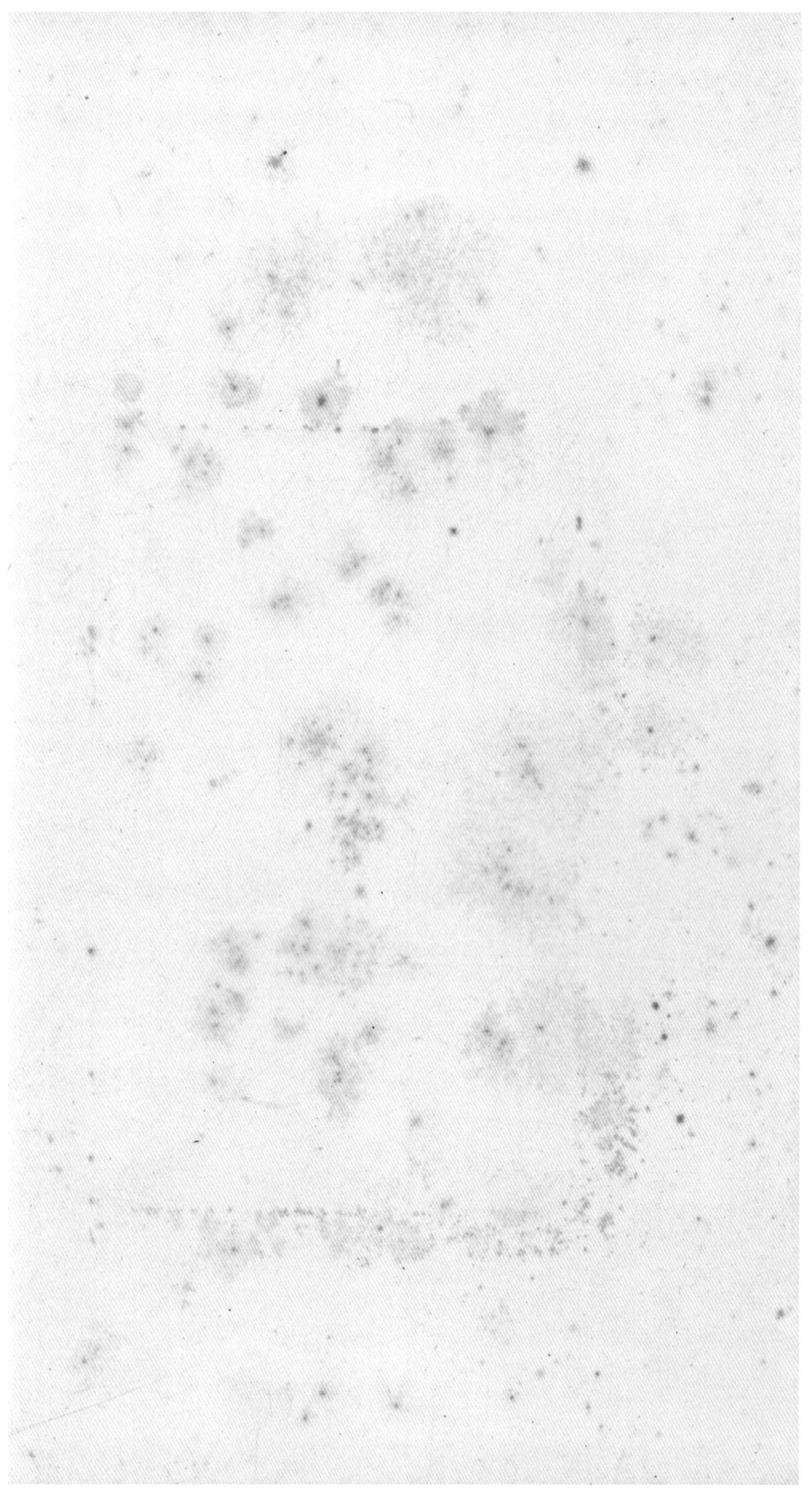

彊邨語業卷三　　甲子

薄倖

淺雲芳樹，逗一霎、黃昏意緒。未慣得、春魂無檢，輕繞河橋風絮。甚卧枝、花落東園，春根重上相思句。便篆筆翻歌，金尊顛酒，誰合鄰簫新譜。　也自解、連環誤，渾不耐、緣窗鸚語。幾番知、門外飄紅無地，等閒卻倩游絲駐。不關風雨。但媆媆淚眼，天涯望斷無尋處。危闌更（編）倚，那（心）處（緒）行雲歸（成）路（集）。

浣溪沙　和病山蕙風卯[illegible]之作

解道傷心是小顰。分明怨恨曲中論。世間原有棄珠人。　妙舞折腰翻地錦，清吭和（飄）淚簌梁塵。滿衣猶是故山雲。

清平樂　同諸叔爲梅蘭芳題畫（此詞不存）

高陽臺

未必天花及我身。占人懷抱是歌顰。紅氍翠幕一逡巡。　翻劫

枯禪參聖解，哀時閒淚賺詞人。不向夢裏楚臺雲。

臨江仙　此辛酉同寐叟作，寐叟稱爲調高意遠者也。稿佚不存

並護世講檢叟遺篋得之

留與眼前資痛飲，不須遣畫閒愁。徘徊明月在高樓。揮觴疑

有待，吹笛未宜休。　人事音書寥寂久，夢來羅馬神州。中宵

攬涕不能收。有情歌小海，今女睇高丘。

燭影搖紅　乙丑元日和梅庵閏枝　乙丑

野哭千家，閉門不恨春光淺。年時仙仗簇朝正，瞻座香飄殿。校

老滄江臥晚，怕安排、黏雞畫燕。畫山鐙火，多事屠蘇，今朝心眼

小重山

蒼虬賦江豆詩愧不能和拈此答之

南國春芳又一時背人開玉今念虞其枉拋紅淚惜芳期無根蒂惟有錄鷄知　念方漢珍枝來風休再摘有情癡年來心事在江蘺渾不稱[?]向猫相里

留命何年飾巾那計流光換夢魂猶自點朝班誰道長安遠每拜鵑聲咽斷傍危闌飄風鬢短為誰消息爆竹東鄰青簾孫颭頭

鷓鴣天　效元裕之宮體八首

生小嫦娥不自妍璧臺金屋誤嬋娟那能宛轉酬千琲已忍伶俜過十年　蚪箭水鵲鑪煙無端仙會散金錢簾櫳早是愁時候爭遣新寒到外邊

金斗餘薰向夕涼撲簾真有倒飛霜寫成鳳子絲成隊擲局猧兒太作狂　三歎息百思量迴腸斷盡也尋常鏡奩新學拋家髻[illegible]事狂花妒淺妝

微步塵波避洛神玉顏團扇與溫存牽牛夜殿回私語驕馬宮
門拜主恩　翻霞雨雲合離雲逐年愁卻舊時清狂一往甯
無悔卻添長旛禮世尊

羅轉歌喉道勝常多生爭忍不疏狂。直饒在髮為薌澤未願
將身作枕囊　蟾畱鎖鵲橫梁東家著意在王昌情知薄倖書
樓夢且坐佳人錦瑟旁

閒道嬋媛比渚游東風連苑冷於秋無多裝綴花宮體禁斷
排當鞠部頭　權易散夢難留女牀鸞樹向人愁紅蕤恆悴回
功蒨細漯畫春絲未放休

臨鏡朦朧懶卸釵無聊啼笑在幾多才探看青鳥沈惟訊遠歸路橫臥

烏龍本妒媒　箋字錯錦梭迴肯將心力事妝臺初三下九準

初七金準且疊紅箋寄恨來

未必芳期未有期等閒蜂蝶底嬉癡倒商以今翻新水勝地狂

香簽故枝　風雨裏苦楚猶有人低唱此江兒纔知滿樹金鈴

繫。未肯長年護惜照。

歷劫相思信不磨　親將舊事消香羅未灰蠟苣拼成淚垂絕

魂綰忍聽歌　休嫋嫋已鬆蛇金鞭擲拚負恩多人間會有相

逢事。奈此青春悵望何。

望江南　雜題我　朝諸名家詞集後

湘真老　節代殿朱明　不信明珠生海嶠　江南哀怨總難平

愁絕庾蘭成 屈翁山

蒼梧恨竹淚已平沈萬古湘靈閔樂地雲山韶濩入悽音

字字楚騷心 王船山

爭一字鵝鴨惱春江脫手居然新樂府曲中亦自有齊梁

殆論借溯

不忍薄三唐 毛大可

雲海幻明鏡已秋霜但願生還吳季子何曾形穢薄田郎

歸老有纑塘 顧梁汾

迦陵韻。哀樂過人多。跋尾頗參青兕意。清揚甘付紫雲歌。

不管秀師訶。 陳其年

江湖老載酒一年年體素微妨耽綺語貪多寧獨是詩篇

删

宗派浙河先　朱竹垞

蘭錡青肯作稱家見解通（作）紅羅亭上語人聞帘止小山詞冷

暖（煖）自家知　納蘭容若

銷（沸）魂極絶代阮亭詩見說綠楊城郭畔游人齊唱冶春詞

托蒂儘凄迷　王貽上

談聲（韻）律詞拳未全疏勸譜竹枝倚刌度重雕棗燮賴爬梳

持配紫霞箋　萬紅友　戎窗出

留客住。絶雕（調）鷓鴣篇。脫盡綺羅（詞流）鄉澤習。相高秋氣對南山。

寢（駿）度衍波本。　曹升六

長水畔二隱北麓溪不分詩名物一飯（架）房荏詞派有連枝

人道好塼麓　李武曾李分虎

南湖隱。心折以長蘆。拈出空中傳恨語。不知探淂頷珠無。神悟亦區區。　厲樊榭

四測力。標舉選家能。自是詞源疏鑿手。横流一別見淄澠。異議四農生。　張皋文

金鍼度。詞辨止庵精。截斷眾流窮正變。一鐙樂苑此長明。推演四家評。　周保緒

舟始葉。著岸是君恩。一夢金梁餘舊月。千年玉笛有怜雲。片席蛻巖巖。　周穉圭

無益事。能遣有涯生。自是傷心成結習。不辭累德為閑情。

5

言意了生平。項蓮生

娛親暇餘事作詞人廿載朽家山下路（客）空齋畫扇亦有因

成就苦吟身 嚴九能

秋醒[illegible]生長苕南工綺佩。較量台鼎讓清吹。

旅感導源深 王壬秋 [illegible] 陳伯弢

甄詩極。淩沈幾家系。若舉經儒長短句。常於高館憶江南。

綽有雅音涵。 陳蘭甫

皋文說。流盪得莊譚。感遇霜飛憐鏡子。會心衣潤費鑪煙。

妙不著言論。 莊中白 譚復堂

窮途恨。斫地放歌哀。幾許傷春家國淚。聲家天挺杜陵才。

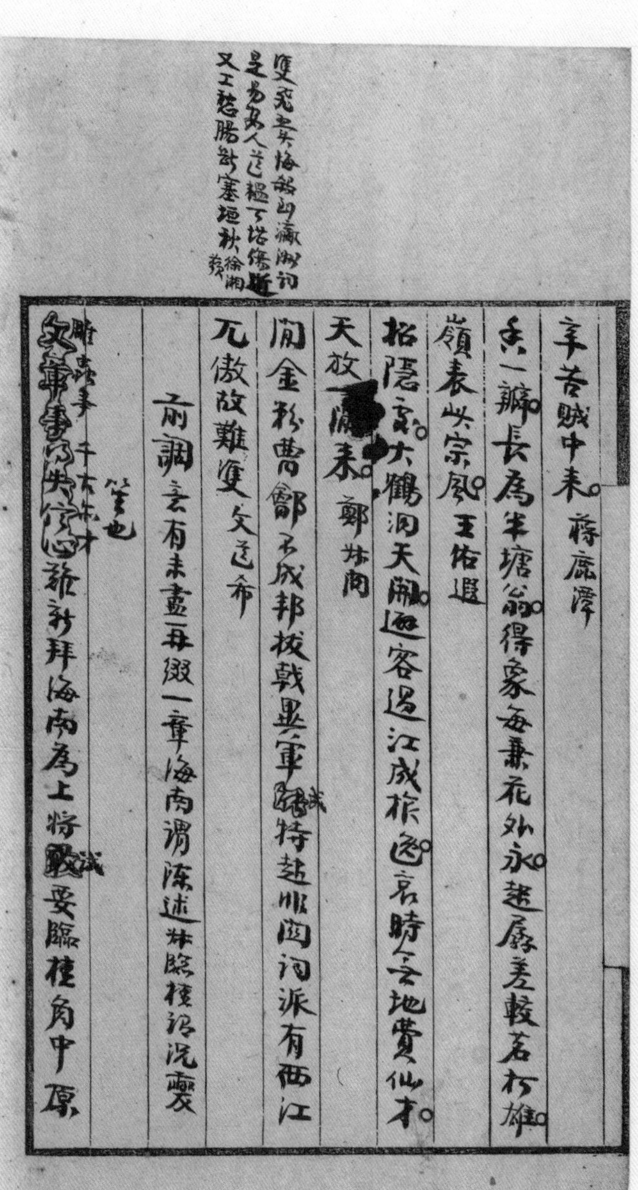
辛苦賊中來。 蔣鹿潭

兵一瓣長爲半塘翁。得象每兼花外永。述庵差較茗柯雄。嶺表此宗風。 王佑遐

招隱處。大鶴洞天開。邀客過江成旅逸。言時金地貴仙才。天放一漏來。 鄭叔問

閩金粉曹鄶不成邦。拔戟異軍卿特起。北宋詞派有西江。兀傲故難雙。 文道希

前調 言有未盡再綴一章 海南謂陳述叔 臨桂況夔笙也

文章事，只失宗旨。新拜海南爲上將，要臨桂角中原。

來者孰登壇

小重山　晚過黃渡

過客々旅言隔歲兵連郡遮戍壘斷人行[illegible]輪銜聑試尋程回

風起猶聞戰塵腥　日落野烟生荒烽三四點渺於星叫摩劍

雁不成聲。無人管。收汝淚縱橫。

齊天樂　乙丑九日庸庵招集江樓

年々消受新亭淚。江山太無才思。戍火空郡軍笳壞堞多誰

登臨何地。風飄四起聞驚雁聲々會合兵氣老憐無妹一尊

相屬總無味　登樓誰不行矣未歸湖海客難合脉貴明日

黃花淒々晨白髮飄渺蒼波人事茱萸舊賜望西北浮雲夢

好事近 題漫盦殘拼 第而印樓

違醒碎盃影危闌不辭輕命倚

側犯 邑林識蘗之昆陵題其詞卷

壯游易倦廿年家味消吟袁誰遣是舒焰穠華海邊換

江湖夢覺後始信文章燬流針舊翠墨紅牙箸堪伴 蘇

洲舊月笛韻和天遠料理到顧塘秋歸鶴來煙晚倦捐蕙裳

急觴慵勸一曲推歌待君聽編

高陽臺 除夕闔生宅守歲

藥裏閒心梅枝慰眼年光催換天涯綠勝團難長情紅入鐙

花年時風雨聯牀夢付淺吟深坐消他更休提東市鳴雞列炬

飛鞭 驚心七十明朝是甚兩頭老屋舊約長賒醉倚屠蘇窗

知肝肺稜枒干戈滿目照生事對酒連[illegible]無家。卻因依北斗
闌干遥望京華

一叢花 雨過廣園見杏花 丙寅

雲陰如墨罨頹垣勻注錦成斑誰言窈窕宜宮體夢不到飄
靡闌干消息雨聲。無人解惜多自度春寒。背飛雙燕著
花鵑欲語會人難芳事不容看盡盡老斷魂迴波顧招魂悵
壞妝消磨闌醉應朦朧時看

定風波 丙寅九日

過眼黃花七十場無詩負汝只傾觴老去悲秋成定分纔作
便無風雨也淒涼 已自登樓筋力減多感雁聲兵氣極滄

搖落萬方同一概，詎左闌干角處意斜陽。

鷓鴣天　簡蘇堪，時將營壽藏，預乞其書碑，曰彊邨詞人之墓

狂笑劉伶荷鍤遊，御師表聖擇元廬。頭皮留在還看鏡，心力拋殘但覆瓿。　螻蟻飽，馬牛呼，聲名官職總區區。豐碑幾許征西字，消得先生點筆無。

隔浦蓮近　甘園盆荷秋放一花感賦　一下卯

鴛鴦涼夢過了秋，被西亭窈窕舞霓裳隊。明年約，紅情繞雲豔，臨鏡曉，湘娥笑，倩影凌波小。　爲花惱，西風嫁晚，房空心苦，顛倒闌鷗冷覷，分共涉江人老。塵鏡殼，斂盤藤，自料淒調媿蘸渠深怨多少。

瑞鶴仙

兩懷淒不斷又西風吹送離行江鳳意鐙耿孤眠心慵拋
書帙病疏醪殘孤怯易倦時相思書夜究精料沈醉不寄
芳音細入最高樓睇　須念芳園寬窄籌被寒溫鏡臉深淺
多人看否那誰與料曲夢雲氣怕羅恨玉肌鈿敵暮不省天涯淚
眼算青絲溝有幾時歲華漸晚
分醜　吳門聽楓園微令十年來三易主人矣戊辰閏春偶過
其地海棠一樹摧折可憐悽對感詠　戊辰
料芳姿記有檀燒燭粧陰池館夜深紅妝成春婦卻鉛黛
零落夢遶鞦韆地臥枝紅墮華錦園成幡嫣多叵耐金鈴

索淚點冰綃顏酡羽觴十年舊事依約甚偎闌一餉情緒還惡
銀屏珠箔索孤根淚託海棠移家多〻乞注泊綠章奏了未諾
有幽單萬感河壖餘覺相思漸錦城天角纔知道還傳倚東
風。不管善閣哀樂。斜陽變猶逗紅萼。怕潦牆亂水飄花去。
無人念着。

丹鳳吟 嶺南流遁抹相知有年尺書往還累闡心事沾瀞
乘遊光因寄稀呈退之

後覺霜花腴譜韻起孤縈秋蓬書家蘭荃盈抱宜稱賦情南
國欲成鬢須老懷痛向度尼篤花招人薜蘿自著向身向裏
未忍傷春〻去鬢淚沾臆　卻遺天涯悵望暮雲頭合空

畫碧裏底瑤華滿臨離鳴鳳雨似素情滄洲期在後
月照梁顏色蔓草王風身世感低垂頭白幾時把臂近
西江路識

宴山亭　蒼虬又詞復喜作畫一月得宣和御筆牡丹之幅
因此詞皇畫也因為書詞皇閣以榜其齋

傾國春姿金屋春妝照曆嬌雲添姿朱帔翠瓔蘸春天
香彈壓洛陽新譜換劫玄脂為染瑤臺風露多付逝流
落柳沙青花詞句　算是端寬聲芬又玉案空消幾情據
橐銜花底玄桂榜人來依稀朵雲瑩護錦闥清平。應未
攜後聲家錦甕他紅箋幾多人為主

好事近 賦朱庵薹桂桂為國初一老尼手植枝柯四垂縧縧結累

八九層如浮圖狀庵在秀州南堰

遺世廣寒仙去累累別開蟾戶一例恆沙劫外比月盤松古 色

身不礙被香香絕縧地碎金布遮莫窮搜薪盡供鑪龍斤

斧 蘇州盤山天成寺有株盤松一株高不逾三尺形如覆盤寺僧呼為月盤松

隔溪梅令 乙巳元日賦示剛齋 乙巳

換年簫鼓沸牆東故情空鏡裏凋顏不媚燭花紅里悲今已

翁 閒門芳信為誰傳。向東風。為命傷春深淺酒杯中。去年同

作人

不同。

花犯 菓園櫻花周梅泉索賦

薜輕陰娥娥怨粉香風肆沈醉萬姝嬉睇渾未諳羣芳催賦
多麗傍天照海搖花氣仙雲臨鏡起向島客移嫣根何許閙
千心萬里　南飛寄樓一枝安藏春處最好玉窗閒地香、
夢穩渾不羨絳都芳事盡盡記曉鶯細語。遮莫到東鄰
好睐家。要障取十圍宮錦金鈴淺料理

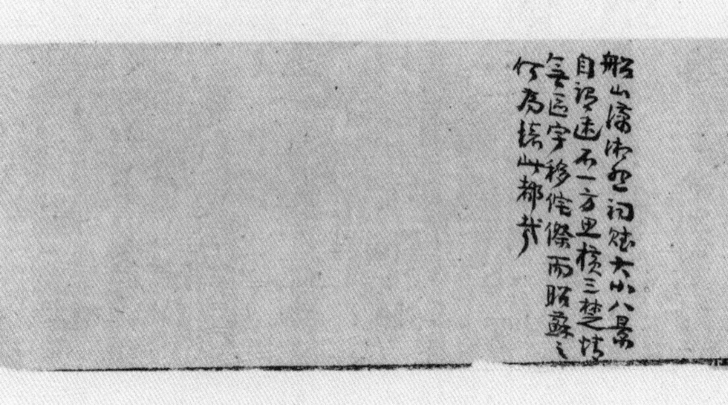

船山遺書有詞然大小八景自謂遠不一方里襟三楚之情氣區宇移佗傺而昭蘇之何爲擬山都哉

殘夢一惘然　歌底與尊前歲歲花枝解放頭一去不回顧成永晚
憐因看看惟有永年與少年
病枕不成眠聯翩步攙槍揮尾掃穹廬一丸熱月上天邊咫尺清輝
不下千夢料似中宵以遠年逸鶴攜石扼枕笙歌然後聽荒雞起舞鄰

過秦樓

雨溆蟬音葉濕禽夢竟日水窗吟訪題門字少坐佛齋
且著意玩他鑪篆多事料理向身期客纏牀惱人腰
扇要披襟移住樓心開地自饒疏散　休再說賜葛含風悠
椋承露夢繞翠寒寒亭畔流塵巷色飆鼓衙聲不稱鬼節

心期樓空蠶繫未鐙。連海元雲。雲涯人遠。坐清宵不去禁

慣華衣露點

木蘭花慢 感春和蒼虬 庚午

問東風瘦雪。香消了、幾清明。是折柳樓臺。看花池館。儘巧

啼鶯。金鈴。未知繫否。更蒼苔顛倒藉紅英。禁斷尋芳意

緒。添加中酒心情。多生。有分惜春聲。慈蔭瘦花鈴。漸鼓

暮春風後。枝頭催遍。還與冷鴉。陰晴。問春未準。怕山頭開

太憶舊聲。夢裏催歸杜宇。更車不勸逢迎。

南鄉子

病枕不成眠。百叶滔冥夢小安。際曉東窗鶗鴂喚。年端一夜

殘春一個般。歌底與尊前。盈盈花枝解放顛。一去不回成永憶。看看憐有承平與少年。

菩薩蠻

漫漫藥鼎商吟細。倦懷不向殘鐙寄。江雁破愁眠。薄帷寒曉寒。壺觴疏點檢。酒病秋深淺。不用忖腰圍。新來羅帶垂。

齊天樂 蒼虬赴天津寄示渡海四十韻繪傳歌豁盦

麻鞋一著無歸處。滄溟很很孤棹。夢冷紫寒。循涯客返。雜恨秋潮同長。行吟荒𧮪。要留命桑田。故纏迴向。自理玄紆。北征誰省杜陵唱。四風將樹漸晚。吾舟攀未。問歧路惆悵

鼓角中原闌（烟波太深）北斗闌地堪盟息壤孤光近傍。勝然臥蔻

江。白頭吟望。夢款香書。度梅南雁響。

前調 情仲別六年矣在南見懷依調（辛）酬之一解

孤臣江海湛冥後。一肝十年歸舍。杜老麻鞋今郎畫婀長

結綺樓前夢吳鈎坐擁肯老言鎖沉。向來飛動。鼓御乾

坤不寐寧苦白華樁 白頭輕臨舊國路歧從言意擬似

芳甕斗北（攀）閣（此）周南漢首千里月明仍共疏麻折遠為著

言盟鷗盟寒玲香越客吟成病肩霜夜峰

芳草渡 還鄉（赤）侯白楚後別言冊（經）圖碧浪湖作

滴夢雨。又漲綠霜波。細香麴濺。照角楓臨岸。丹霞對展巖

畫。林表螺鏡桂。近扁舟東下。漸歲晚。遣綣寒危。卻背鄉社。 牽惹。酒悲諳趣。倦理吳溪漁隱語。便贏取青山老去。沈吟釣竿把。甚人海氣沒。曼衍魚龍夜。向甚日細聽回帆鼓打。

石湖仙 味榜爲我舊齋詞老鄧尉探梅枝偕然之 見此人也

風懷消盡。漸拋斷年時。西崦春訊。流處以紅簪。理詩狂脫夷趁趁。煙蘿攜手。想並照清尊紅影。冷冷。伴翠禽曉帳嘯引。 月明晴夜動。散江城笛中舊恨。吟譯春香。惹詠玉肌皺損。竹外枯苔。雲濕寒鬢。欹斜成韻。花夢穩。清寒夜永須忍。

倦尋芳　題映盦藏大鶴山人詞幅

斷銘鶴蛻殘楮蜂樓芳悰誰理頭黃白。傷春詞客有靈
孤寄恨墨重沾新篋衍哀絲以去澗宮徵舊江南怕湖
山劫換滄桑氣地　好看取叢殘收拾一樣生乎。雲海愁
思。緗素連情。中有楚蘭向淚。珠玉都多恨初感。文章何心
蔵山事。待招魂。小城圍笛聲不起。

東坡引　庚午歲除

拖節煙雲霧探梅誤年例一鐙高陸向窗底瞢騰慵
有睡瞢騰慵有睡　梅花窺殘屠蘇盡又禁斷宜春

字鄰兒解印承平事。新年明日是。新年明日是。

浣溪沙 元夕枕上作　辛未

連夕東風結苦陰。通明簾幕御爐衾。病軀今夜酒懷侵。

山藥絳名今會尋。探芳越減少年心。月華人意兩冥沈。

瑞鶴仙 庚子歲晏，彊村調寄悔生長句，今三十年矣。悔生兼老寄家南京，留滯欲歸不得，倚聲寄懷，重依美成高平調報之。

香幽鬢雪。微吟鏡裏，一抹緣無白髮。今家又傷別。傷新年擁遊。前崖暮雲。桑田坐閱。任輕紅灰外換劫。勝行吟汐社。儲槀史亭。有恨銷骨。載長安倦旅。再拜啼鵑。夢迷行腳。

神州滯雲，廿年事，但鴻印，寸腸折，怕登樓眼底，流紅無地，江南芳草
銷歇，解傷心處，團潦水夜深舊月。

三姝媚　寒夕携王滄函園小

洞芳明儷眠，殢飾寒林亭，冷來之家，笑簷臨池，有家桃依舊，
迺人妝面，佇立娉婷，花信與東風俱換，野水鱗鱗，不上金杯茗
懷深淺，酒地登樓能慢，及冷蕊相攜，暗題輕遺，杯茶風光，
要收殘看烟次以詩為備，穩勝行前，明日事節枝之嬾，未久，夕
陽邊好，斜輪漫移。

漢宮春　真茹張氏園園杜鵑盛開偷生有看花之約後期
而往寒夜盡郄和榆生

淒月三更有思啼殘魄啼喝能紅傷妻幾多淚點吹渲
閨東緒巾摺經試潮妝微茂珍鍾新敕賜一窠瑞錦貽
陽陰鏡粧慵　撲檻卻怪才思惹津橋閒恨撩亂花
算芳華慣禁閒地不怨东風鶴林夢短委孫根竹
裂山空三嗅拾馨香细泣何時添譜珍叢

渡江雲　重蒼州不正傷生時懷

妻裝宣遠素傍樓儂睫鷹外數南程舊條花事織
家住寄鶴坐閣柳條青催人客鵑宵夜月啼歸令聲
何處覓白頭料理聚散傷年情　消凝鈿燈依然棄裏
繼続多萍蓮跡弁渾未忘延秋湖舫聽雨牀鋒心魂

老去須相守。辦歲寒尊酒平生。吟望苦。終朝共惜伶俜。

風入松　病起感述

鬢絲微颺藥煙香。倦病裏身。浮生已覺蓬蓬夢。勝佛香一分。修意尖。恢匡床雲擁。依然樓穩秋魂。玉言誰向綠衣新。扁舟出世風塵。向檣帆底事逡巡。外滄波滿眼。後期多定無津。

應天長　海綃翁寫秋出未全我思溟窗淡河與湖帆為作圖

舊女翁宋新重寫如故春。

王風曼卅歧路失花萍蓬逝水離今老去庾郎蕭瑟相思

素箋疊寫付吟慳同荅還料理曼吟囊篋夢四窗已矣

南雲卷送帆葉　同抱歲寒心薦黃新歆絃外翦傳豈

作長斷鴻迷遠。涼風動天末。芳馨交集醉鞦悄未隔美人

明月共待飛殘共醉希悵隨人同葉

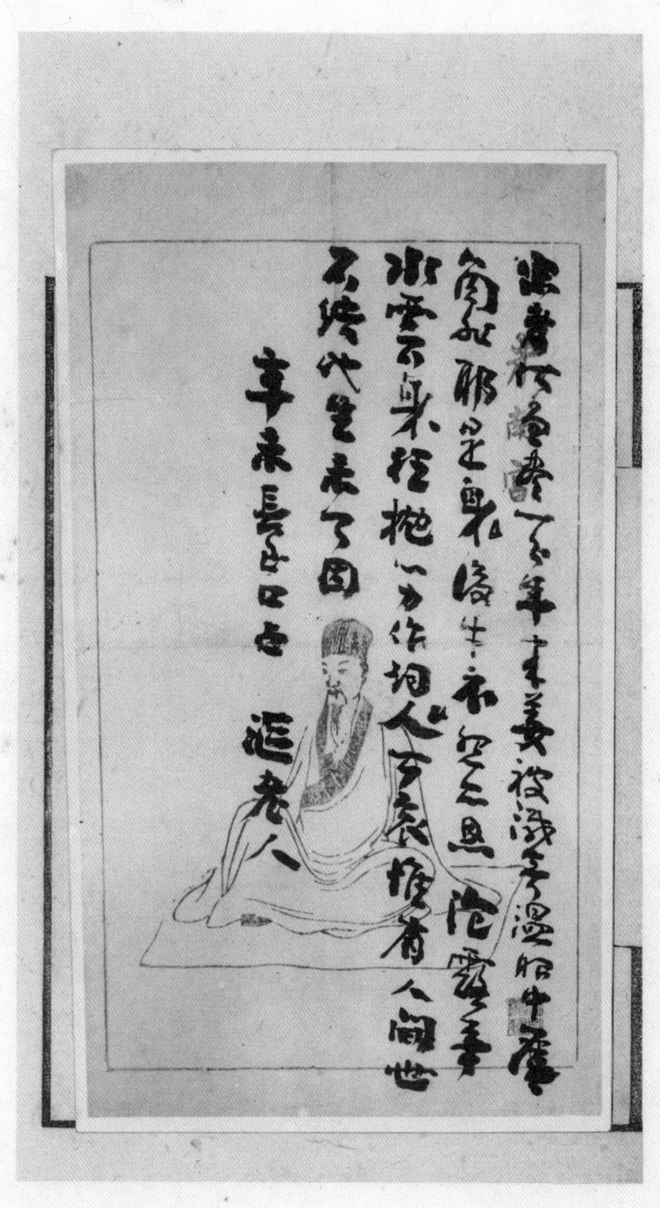

散帙平居費苦吟闌干北斗淚痕深藜牀付託感傷心　信是有靈逃劫火誰從顧誤識遺音十年漚夢歎冥沈　浣谿紗

奉題

榆生詞兄所藏彊村翁手寫詞稾海上兵事倉皇轉徙護持弗失夙誼至佩

乙亥冬月羅浮老民汪兆鏞

洲迴栽藥石破侵苔當年吟盡斜暉夜幌閒螢西風
吹歇芳菲淒涼綠上章焚草悵流波空閱思悲詞客
老騰滬江吟望猶夢朝衣　一自漚盟煙邈便彫零
霜葉苦為誰充淚眼河橋檀藥爭說妍辭飄来水
仙孤調黛愁魚心事能知搖落意恭西園寒綸釣
磯石聲聲慢　遯盦以追懷彊村翁詞見示依調寄答附
錄于此翁替粤學之病刹西園詞有花藥澄湖句今
湮廢矣　臘八節前二日兆鏞再記

先師朱彊邨先生手稿曾由開明書店用玻璃版精印
一百五十部流傳已稀此原跡歷經離亂幸獲保存
謹以獻之
上海市文物管理委員會

榆識　一九五一年五月

彊邨晚歲詞稿

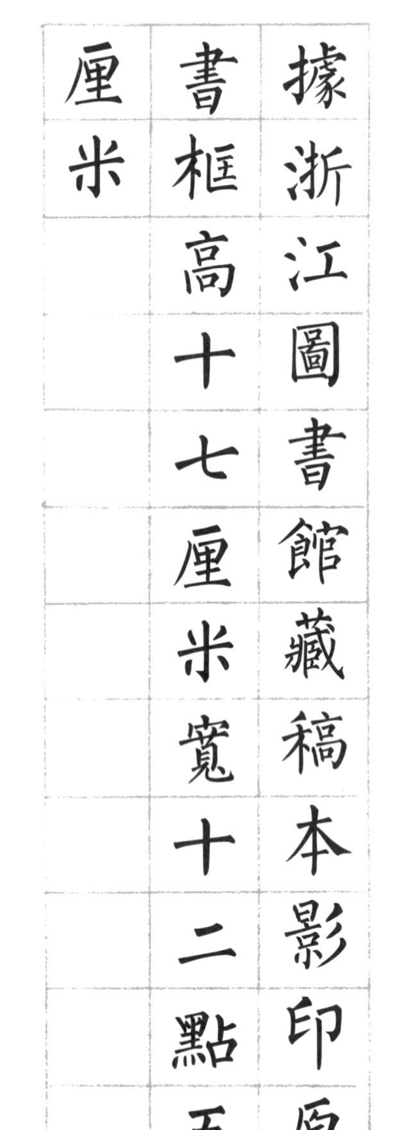

據浙江圖書館藏稿本影印原書框高十七厘米寬十二點五厘米

彊邨晚歲詞稿

百字令　沈石田三檜圖卷郭季人藏

蟠根削玉悵古意眠殘三千年物喬木蒼烟新畫本醉向萬歲巖壑鶴玄雲孤虬飛月冷揮灑吳綃雲表陽大筆是何意態雄傑　爲向盆世錢尤沈吟繞樹熟敢爲先著初心舒衣盤礴玄飆柯榦之而變滅今昔風流丹青文采何遽爭毛髮熟參畫理信君真眠妙月

百字令　題郭趾庭盆柏圖

柏因社冷鬱虬枝猶結蒼厓昔夢厚地高天今著否。來作洞庭清供。大谷霜姿平泉珠實佛質宜梁棟杜

8

陵一喟古來才大難用　珍重此叟支離託根咫尺一樣巢烏鳳朽葉四時長不改　未要東皇矜寵孟粒松蟠雙甄梅枝歲晚寒家若滿書動色汾陽有筆天縱

齊天樂

劉㯟乾隆四年所藏蜀石經殘拓上呈　乙亮蒙　御題孟蜀石經四摹家敘以示李藏敘書此以後

西川殘霸鵑啼歇。江山未銷文藻。正始書跟開成翠墨璮蠹流蜀（擘）多少遺經目（將）把對扇几虹輝楬櫱鴻賓善本摩挲大峨一片瑤（絳）雲繞　天章休氣停漢是寓迴鳳舞飛下蓬島秘笈鐫華奎館恆讀。家法珠林能紹徽巨頌禱念游藝。沖齡中興禎兆十碣摹刊右文看再造

8

減蘭　題張○○母夫人繡幀

幾隻玉蜂，探地邀風珠蘂亂。暈入生綃，珠重金箴付左嬌。青青綠服，十載霜帷蘐艸綠。衣綫侵尋，着識寒泉一片心。

減字木蘭花　題趙(款)使君牡丹扇

半規清影，中有天香相比竝。遺愛湖湘，當得仁風好筆揚。　讀書有種，嶽嶽文孫能洛誦。一笏棠甘，莫作人間富貴看。

好事近　題族妹半亭(寒泉卿)引譜

游刃入斯冰，篆與蚴蟉螭曲。招臂二金蜨[illegible](彼)，有臣家癡妹。　廿年鬱外勒銘才○，雕蟲手[illegible](長)縮○。此事何關兵氣(象)○，振魯戈追逐○。

兵象種將像印論　樊榭詩也用寨門張紳語

祝英臺近 有題

鬢新興妝閑掃微步曳環佩走上紅裀似座畫迴賺香檯

拍已驚將書了休將要聆取迦陵仙籟 更多些步處兩

袖天風舒脫總無礙是李和南還是李波妹有時節御

歌衫。安花髻鏡。揀一朵小南強戴。一心丹成好向三山去可憐女侶長伴看妃幢蓋

柳梢青

閣夜燈青玉簫乍冷錦瑟無聲墜月孤樓行雲半峽誰

喚愁醒 纏綿未卜他生須忍叩取西廂玉扃為報青鸞

影梅庵底懺語分明

減字木蘭花 題劉蘅莊藏唐人寫涅槃經卷

等閒文字。直從人天堪涕淚。千偈瀾翻大笑撫（吹）燈受涅槃
殺機天發猿隺沙蟲同一劫香叢栴檀想見金剛湧華端

浣溪沙　題雷峰塔經卷

龍象銷沈幾杵鐘諸天無語向雷峰莊嚴輸與畫圖工　天
水悲涼依舊碧劫灰生滅可憐紅散花無分更無緣些

水調歌頭

無夢墮槐國林語咽新蟬滌蘭時芸芸意從徼小游仙
不分巫雲一霎幾誤黎渦纔鬐還恨滿瑤天漢命費紅
綫織命與纏綿　畫屏句風雨悉情芳好低鬟辟兵符
隽君釵與誤纏手僥倖小憐玉體辛苦漢宮珊步猶自

鬥嬋娟寄語琅梁並珍重舊書所

壽樓春　社集賦查樓菊部

嘶青驄銅街有箏琶夜月簫鼓春雲說似清時歌舞舊家樓畫巫桑海後仍雀罷拾近依方壺蓬萊只市地花鈿齊雲榜篆怡[零說]情劫餘灰　郎棲夢愁天涯早霓裳世態湘瑟絃哀底事蘭蕙芳約渺兮予懷今昔感成低徊唱渭城行戲重來向淒然雲韶青霜鬢催知幾回

沁園春　八徵圖題詞

德象女師有煒管彤里貽令名洒蕙綠姜嫄稱閟孟母甄為擊悅益譽丹青四德倍之摩倫仰止為烈

8

于今有典型瑤源遠溯庾江毓秀蘭蕙潔蘭馨
金閨弁冕賢英衍孝友宗風雅詠徽瀋經以紉權積而
餘散音流太姒傳續文生而佩紉芳六珈式度例以鬚頒
眉。心老文鐘餘慶也抗顏廚及雛鳳聲清 芸匠師見妻嫁圖見太清樓畫目詠雅孟母圖見貝觀畫史

清平樂 題趙琳雍高樓春閣

龍門百尺羅畫明秋色南北兩峰相映碧看取朝陽
鳳立　開軒滿目煙霞軟紅不到雲涯著個仙源屋
士湖山越憑清嘉

減蘭 題黃九烟為李元白藏周江左京精隱徑跋 李東純字元白周亮胄字江左

8

洗湘古怨文字造哀天安[傷]向西風陳詞异代萬條又一聲。驕心不死灘艇衰[行]吟萬丈微招手彭咸。依様傷心史一部。

朝中措

錮牢身手批於鳩老書有菟裘留付子妻家住不知冠業崑邱　東林下漢廿年舊夢莫莫休休抛去山田十棱氣緣部曲青牛

減蘭　戲蘇文忠鐵如意

雷霄斑駁八百年來談柄握散髮枕鄉擁向南天舞一場　指揮[鉢]定笑只誰回磨蠍命靜藤西臺。朱鳥聲中擊落來。

又　題刁遵墓志

娉好華裔秉蔣詒對流沙長揚清芬試詠妙絕潛研跋尾

文　黝然甄綻雜句碣陰變壁今辟唖路碑捨念東華

揆枝時

燭影搖紅

素雲高臥　張炎臺城路　迥然物外千林表　曹伯啓水

龍吟　使君才氣卷波瀾　蘇軾西江月　不逐人間老　沈會宗

蝶戀花　雪柏霜松鎮好　陳著寶鼎現　倚危樓　王組[illegible]

倦尋芳　洮洮秋曉　吳文英瑞鶴仙　闌干拍遍　辛棄疾水龍吟

獨立西風　張炎綺羅香　斜陽樹外　辛棄疾沁園春

減蘭　題陳藍洲紀游詩刻

雲岡投老在霄滄林成一笑蓬屐逢迎瀛洲青山差

伯齡　似倚烟楮詩筆如神心畫古邊寫歸來勝與殘

佳話劫灰

踏莎行

花勝年光秋盈情話峥嶸冰雪柴門夜攙槍天末陣雲多

先生只是閒吟者短褐風隨長城專價松壺詩老夜闌同

社街杯々舞劍歲翎圖手慳一幅烟绡寫

減蘭　題某君妻藏

笑揖青山身是蓬萊劫外仙　感深

此後料理看邱茱子舞風引迴舟那便修文白玉樓

清平樂　鍾馗

人間何世魑魅所至喜三字頭銜唐進士瀛海中閒浮游戲　絲絲

艾子蕭郎招邀袍笏登場笑向三閭角黍何如一醉蒲觴

沁園春　壽郭翁

浦潼梅花書錦屏風壽風塵

鳳送雙聲腰笛霓裳稱觴錦圭説德卿銅臺家聲金穴劉樊

春風蓬閬班行東海桑柔南陽菊灩雲成每歲月長發延

辰傍九芝眉柔一瓣心香　經營雙鳳高翔知保障功多在梓桑

橋亭瀛雲船兩珠懷玉芳來鴻澤幕棄仁聯橫舍弦歌高榻停

樓通德門多古事祥杆翁咲先東坡一日膺笛稱觴

清平樂　題高穎生環翠樓圖

儒家亭沼倚杖容舒嘯天與園屏新畫筆換了幾書城四

廿年舊夢春城荷花也是君恩一覺江南桑晚山中自有閒雲

定風波　壽袁新甫七十

記罷金鑾筆一枝笑看蓬島綠雲飛天上春盤消白髮親擬白

荷花浸紫雲巵　一院雙成諳律侶天許絲竹出手到太平時衷

了東坡三制和。擬之。古填風雨殺魚詞。

壽樓春　壽詞

稱眉筵金甌是劉樊美眷蓬閬仙儔仍以米不金母紫芝丹邱

知福慧兼修鼓瑟琴同心賡酬又桂子傳芳桐枝茁秀花

甲寅初周 蟠桃熟瑤池頭趁去開畫錦箋寫銀鉤爲祝靈椿齡壽八千春秋柏海鶴來銜籌恰近來移家瀛洲付花好重輝長扶杖鳩歌好述

疏影 題陳叔通百梅書屋圖

南枝舊約憑素心何必作函東閣綠萼禪仙玉見臞仙天涯已忍淪落 省縞袂來姿如昨盡海桑著意遷流不改綠華紅萼 遙憶前芳晚晼故園倚翠羽初如賣鶴泛雪重湖鋤月空山底事煙霄孤帆前溪藤百華悵憑珍重問冷艷幽香誰託待料量物外琴書占取幼輿丘壑

百字令 題松月居士集印

藥書紛爾浙高矩卓越飆劉而上罔集成鴻作之執藝苑物標真賞鼎彝是蟠盤釵頭鳳之妙蹟冰斯付一珠一字效珍都入珊網　蓄日詒晉齋高麗鑄棲鑒別爲諸鑒家好古何尚惟求是何以風流宏獎照眼芝泥鴛鴦桑海文物勤爲惠松壽月金爲君特地珍明

摸魚子　題汪玉年先生孤山補梅圖

問西湖湖山何處美此中誰是和靖梅花春屬千年事[夢]處士家風棲冷空念前鶴一翦寒泉藤[淒冷]向荒碑認煙鋤雨艇及東月移松依巖巖藥料理到香影　丹青事事例滄桑舊吟魂花下歌經數新初字畫[成]唐突何處策居堪證高陶凭

便譜出玉龍哀曲無人聽橫峰側嶺賸紅萼無言縞衣飛下
清唳遠相應

減蘭

西湖春事負手招邀婆娑二老春風無恙春在行人杖履中
樓南好處一笑
今歲重到鳳城郭依稀花事老鼓角春城不是高樓

玉笛聲

采桑子 和琴樓緣詞本事詞

嬌姿低亂無機無情洞眼盈盈若語雕梁住不成 迴廊
縹渺經行地煙月逢迎夢裏商聲一夜秋芳步步生
情知飄泊猶春自惜年光不換鑪煙生定悠悠心字旁 閒情

那及樓東水灔瞰明妝瑣戶文窗颺以為生夢一場

浮生天與羈孤螢不許纏綿薜荔枯後便是秋人自在緣　影娥

池上舊時月變作嬋娟一別如煙過眼風花九年

而今肯話劉郎恨泊鳳飄鸞不在蓬山只在低鬟小扇窗　攬衣

中夜紙帳（細）憐月好誰看哀樂無端未必高唐（郎）舊夢寒

黑漆弩　題漢建安銅弩機拓本

變手摩洗銅華古是舊塗着括為方鑄恨沈精蕩心寒灰挂

壁大弨安取　細書十九勒工名點綴宣和圖譜問誰能手殪

天狼重鼓吹曲中朱鷺

高陽臺　過蒼虬湖舍

8

吹劍驅愁，揮杯勸影，湖山重與溫存。一弄蘆波，容我來擔道閒身。隔年縹緲鈞天夢，傍清鐘、忍聽知聞。神[illegible]擁向虛書遠闕。詩痕。遮門不是閒烟水，洗妝人、最苦更託餘春，出閒通明。夜深孤月為人寒，袁手花、芙蓉朵，向目成、可記靈均，便是君抱殘芳華，相守孤根。

清平樂 何詩孫為梅蘭芳畫具卷徵題

殘春偎暖，容易飛紅換。萼綠華來芳畹晚，消得閒情詩畫。天風一串珠喉，江山為祓清愁。楚客世間衣淚，曲不成凝碧池頭。

南鄉子

尋遍可真如，挨胥能向霧香塵，居競抱浮泥為瀉湖粗

眼中有金湖認得無 家電一身餘殘子 彭鏗了不殊 隨處定
風流猶得酒史大笑擲燈照睛微 戊申

采桑子

今宵莫惜今明月四邊 姮娥酒湯長懷好夜看人偏夢邊
歸來獨臥西窗雨 閒洞今多不為向歌 早自安排總奈何

永遇樂 章价人調官錢塘閣

斜日河山驚風草木故壘多少護錢沙耀戈船艣肉腸斷征
南渡靈旗甲馬屠人指點殘流萬年荒戍記歷城頹雲山壘
戎驂征邊憔悴 當年老矣兩舟重艤壹劍華悵誰與湘
水空情玉陽有恨稱寬歸路語擊天身手青侯骨相都付

甚隱東吳問一隄寒猶故柳猜人怨否

戀繡衾

紅鯨吹動海西風傍金船孤送夜長夢到蓬山底問閒心
辭袖霞絛　雁程不寄相思去墮紅樓秋鏡倦妝料錦字
稀絲會多年年江水寄將
畫樓春　送潮歸會出守雲
金沙酴醾薰有風花墮情雲繁飄夜綻將離詞向麴波
微香園月年年繫魚別延匆匆蒼昏料棧改獲紅豆邸樹絲
榆南風城春　善遥路草煙屯泥樓臨恨滿清流盟新說苦
瀛洲風月州畫琴高明日是陽關人一歲重清猿寒雲候

夢繞觚棱天涯斷魂襟上京塵

齊天樂　集草窗句

翠微深處樓臺迥霜華淨天如洗山瀉雲衣波涵月彩翠冷（黃）

即作花宮戶　芳期靜歎

修竹冷院瑕城花寫

怕小葉沈紅蒼苔雲鎖古意淒恨

苔鋪翠織　露冷風清

東圃松桂悠吟趣　一襟清況淺斟處處飛花萬點詩句

（悲笛）敲髮吟商何處簫樓玉娘香墜路杳語西風倦旅悵望極歸

舟一角天付立夢斜陽花深遠處暝　一九寫句相里佃的極奇妙　日夢說匝寫書

濊蘭

橫頭閒雲知吾意側帽吟詩舊夢櫻桃又一時劫

餘燼郭未化遼東千家臺舊日趨庭山向吾夢一樣青

8

小重山

南國春芳又一時。肯人開玉合、忍淒其。大濁（淋）拋紅淚惜前期。尋根蒂，分付綵（惟有錦）鸚知。　無力護殘枝。東風休再轉，是情痴。年來一事左江湄。渾不稱，頭白似秋絲。

水調歌頭　題邵次公米巡圖

隔塞人間世，何處足音跫。逍遙雲將東指，一笑謝鴻濛。多少壽陵學步，郤曲楚狂迷路，不出雉樊中。顛倒百年事，坐誤主人翁。　拍洪崖，招羨士，揖猱石，不如打掃一地，坐銷四山空，一任意舟流心芰委，講方藤葛，未後向參通。逸者自屬逸，誰題白雲蹤。

水調歌頭 題王蓬心三吳圖卷有東坡書題句

白髮承明守，開口說瀟湘。一官十年不調，且望洞訪勝百折溪。濤峽百尺瀑其互突起亭子與君昂蓋與滄素暇（底）協趣水雲鄉。莞然笑知師此老何與先試中生窮家法不失烟巒本相對窮究。次山銘向元徽柳州游記畫本足攀翔。何折列蝗叟一帳御千觴。

減蘭 題倪潑寶詩畫卷

平生風義。把臂吳楞知國士。天路飛攀。收拾光芒入小言。 要華月淒一段。蒼烟飛不起。枯筆如神。餘與餘為石寫真。

又

烟蘿榛莽。意外蕪寒生筆底。瞭目無廬。誰是之書山指古人。

8

令多芳尊屐風味舉家清似鵲韉馬平生老作江南粥飯僧

采桑子　題看雲覓句圖

閒雲來去心閒才思題遍蠻箋縹緲遊仙輸與清吟一葦寬　老去

樓月浮雲多少生情但年逝雁行遙魂斷雨香白月眠

減蘭　星莊舍葬圖

冬青消歇九死攀髯終未悔月降天臨不分青山獨住人　倚君風

蒙易水波淘淘冢起吹寫閒葵霜終古今生之柳畫

又　題李雲谷先生贊碑拓本

英英光氣森森半犯三十字舊學江門一樣深衣卓幃人　鍾陵詠詩

填海補天今今用之一片蒼靈中有靈均舊洞庭

清平樂　題所南翁畫蘭用玉田韻

劫餘花葉土是何年劫（唐是宋家 先劫）露浥烟啼無（那）一語不

受春風月　芳魂要及蒸山根荄[illegible]後相關娟（藤）侔

一編心史長留遺恨人間

此下和孫德謙隘堪手稿　甲辰夏龍榆生追記

祝周夢坡五十壽

世閑有松喬。此語真不虛。周生述孔業。委懷在琴書。廿八辭華軒。息駕歸閑居。空視時運傾。直至東海隅。今為安其業。吾亦愛吾廬。高酣發新謠。慨焉念黃虞。閑多素心人。好風與之俱。求我盛年歡。過此奚所須。卑為霸下傑。棲遲固多娛。開歲倏五十。精爽今何如。醴久欣良遊。過門更相呼。操壺接賓侶。誰謂形迹拘。飲之壽命長。規規一何愚。且當從黃綺。胡事乃躊躇。

三布星聚圖題辭

彭祖壽永年。舉世少復真。棠棠三珠樹。今朝復斯聞。落地為兄弟。偃息常所親。自從分別來。言笑難為因。再喜見友于。興言在茲春。揮

觴道平素々過盡殷勤我唱不言得即事々所欣天若自永固春彼亦

物存黃綺之商山際亂逢狂秦撫翼且莫念菊為制頹齡世間有松

喬羨覺無一人安壽千金軀所以貴我身

祝閔母七秩壽

天地長不沒斯人樂久生今日天氣佳四座列群集果向王母言盃盡壺

自傾惟酒白長中舉依袁其名

贍々煥良謚有子不百金詩書敦風好為得非所飲々欣侍過談高々

堂前林言詠遂賦詩仁井周其心

和澤周三春島弄蘇新節天若自永固歲月好山積有為視舊坡

樂天數晨夕積甚之有根杭言俊不肯

於風雅有嗜箋百卅去頗有不參拿辭但領其精味
讀君不可見緣緬爲沈玉吾詩共綴辭所南譯精讀
茫茫秋素月黯黯碎紅裙出佳話誤此段爲所誤人
蘇盦亟令傳其以楊花人物桐鄉爲考老年朱孝臧

彊邨晚歲詞稿跋

右彊邨晚歲詞一冊目百字令沈石田三檜圖卷以下至清平樂題𨗇所南翁畫蘭共五十四闋爲歸安朱古微先生孝臧晚居上海時手稿其間除高陽臺過蒼虬湖舍清平樂何詩孫爲梅蘭芳畫長卷徵題及小重山三闋曾先生選入彊邨語業卷三外餘則先生下世後徇諸朋舊之請別錄爲彊邨集外詞刊入彊邨遺書中先生晚歲以校刊唐五代宋金元人詞爲專業每一種刊成必再三覆勘期歸至當校訖心賞所及佃加標識其關捩所在但以朱墨圈密點表出之雖不輕著評語而全

鍼于焉稍度予於此學略有領會所得於先生手校
詞集者爲多先生餘暇填詞亦至矜慎其酬應之作往
々請友好爲之詩文亦復如是雖親錄存稿恆難絕
人代筆就予所知錢塘張孟劬爾田元和孫隘堪德謙
吳縣吳湖帆長洲吳瞿安梅閩縣黃公渚孝紓皆
曾假手其清平樂題所南翁畫蘭則予承命爲之者也
予以年三十左右僑寓上海暨南復旦各大學爲諸生說詞每於
星期日自真如走虹口東有恆路先生寓廬質疑請益
先生樂爲誘導亦每以校詞之事相委特旅滬詞流如
番禺潘蘭史飛聲寧鄉程子大頌萬歙縣洪澤丞汝闓

吳縣林鐵尊鵑翔、如皋冒鶴亭廣生、新建夏劍丞敬觀、湘潭袁伯夔思亮、番禺葉玉虎恭綽、吳縣吳湖帆、義寧陳彥通方恪、閩縣黃公渚等二十餘人同結漚社，月課一詞，以相切磋。共推先生為盟主。年最少，與先生結遲，最寒晏請執贄為弟子，而先生謙讓未遑也。先生嘗語弟子，生平不敢抗顏為人師，除任廣東學政時所得士例稱門生外，不曾授受。談詞者列弟子籍，有以此相請者，即為轉介於臨桂況蕙風周頤氏。生時蕙風已下世多年矣。會九一八變起，東北淪於倭寇，閩人鄭孝胥陰圖扶愛新覺羅溥儀由天津潛往遼瀋，先生悲焉憂之曹雋陳曾壽力加勸阻先生病日篤一日强起邀予往石路口知味觀杭州餐館小酌語及東北事潸然涕下者久之復低聲語予曰吾今以速死為幸萬一遜帝見召峻拒為難應命則不但使吾民族淪胥即故君亦將死無葬身之地矣遂臥牀不復能興一日予走謁先生於牯嶺路寓樓既出所作鷓鴣天絕筆詞見示復就枕邊取生平所用校詞雙硯授予因曰吾未竟之業子其為我了之遂以辛未十一月廿二日溘然長逝其明年秋其子方節扶柩歸葬吳興道場山麓予往臨穴焉旋為集資刊成彊村遺書行世轉瞬卅餘年屢經轉徙先

生平澤章未失墜上海解放後即以群書卷三千稿及先生手寫知好詞若干種捐獻上海市文物管理委員會旋擬歸上海圖書館頃以衰遲臥病後於敝篋中檢出先生手稿若干冊并寄獻浙江圖書館略紀因緣如上俾留志鄉邦文獻者有所考焉

一九六四年六月十日夏曆端午節前四日雨中 萬載龍元亮榆生謹跋於上海南昌路之受硯廬

衛鈍安墓志銘

陳三立

君諱道揚字海帆晚自號鈍安姓衛氏其先籍句容明初遷合肥遂為合肥人父立德生二子君其長也補諸生食廩餼積資為候選教諭未一補官以授徒贍其家家困窶艱弟文先卒勞苦刻厲菲衣惡食約於妻孥而豐於致親親歿其貧貸於人償不復財耗其道義毫髮莫取孝行貞履化於鄉鄰子弟矜式歸為人師學校之興士氣囂陵眾譟群譁謾侮老成君嘗主師範講席獨以師道自尊亟勇進儒術之繩矩方論古今明其去留生徒數百雖悍慮悖莫不開服去其矜心晚館於劉實之主

契冷自許而甘休於西山君攬其勝結廬山腹齋松蔽翳風

日闔開青碧飛動君嘯其間洒然自得會予我舉開閩南

歸躬為百劬積勞風霜寒年遠征遂至沈錮綜君生平

好假於壽傳假於劉臺案家人力未遑寧息事君國於雄財

而文以君長者延主賬肆君内斂其事外和於人人多賢焉

進夫以其意退莫不稱衛君居我他會計者積日累月

辛政高賢君撕自污辛從其為雲將袁州鎮守劉公君叔

人也隆禮厚幣不壽從事君之病素食節之而行可謂

安貧戒以之君子矣生以同治甲子九月歿以後甲子十

二月壽僅六十有一配葉子二孫亨論亨孫一禎堂特以

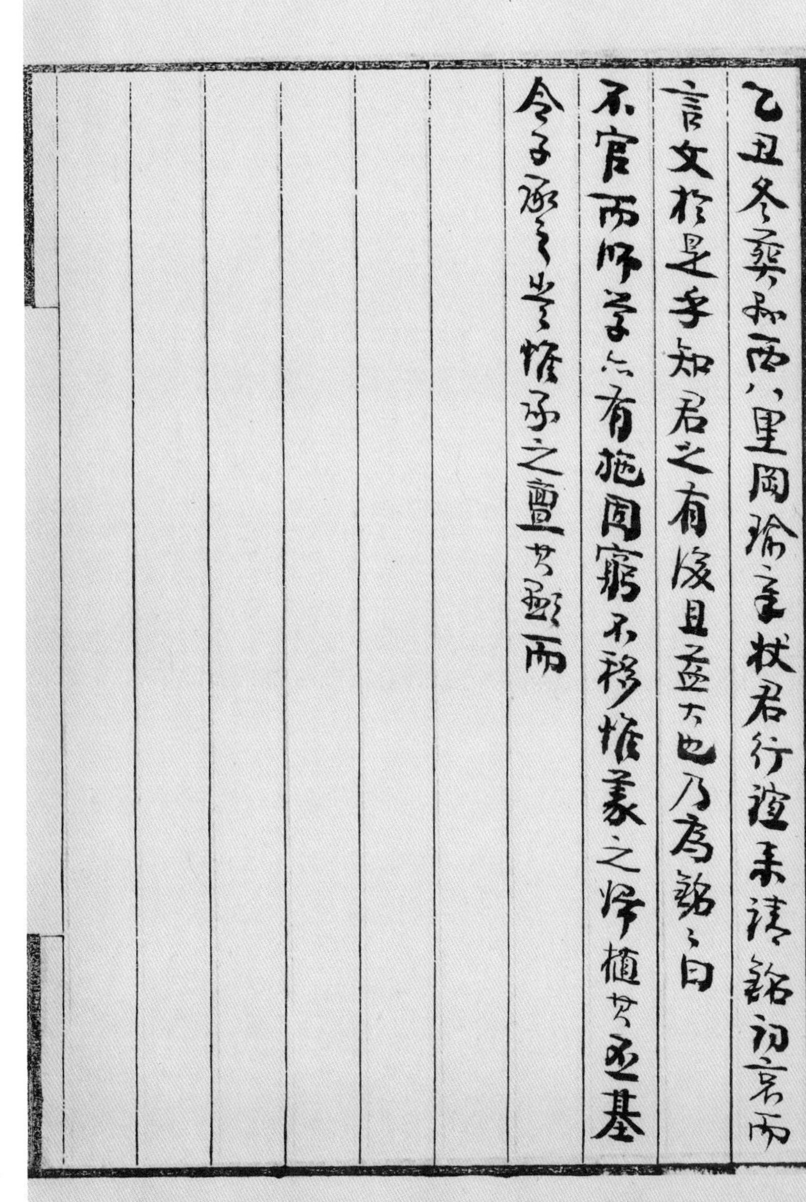
乙丑冬吳興西八里岡琦之子狀君行誼來請銘詞質而
言文於是乎知君之有後且益大也乃爲銘銘曰
不官而師學亦有施固窮不移惟家之桴植其丕基
今子承承豈惟承之豐其甄而

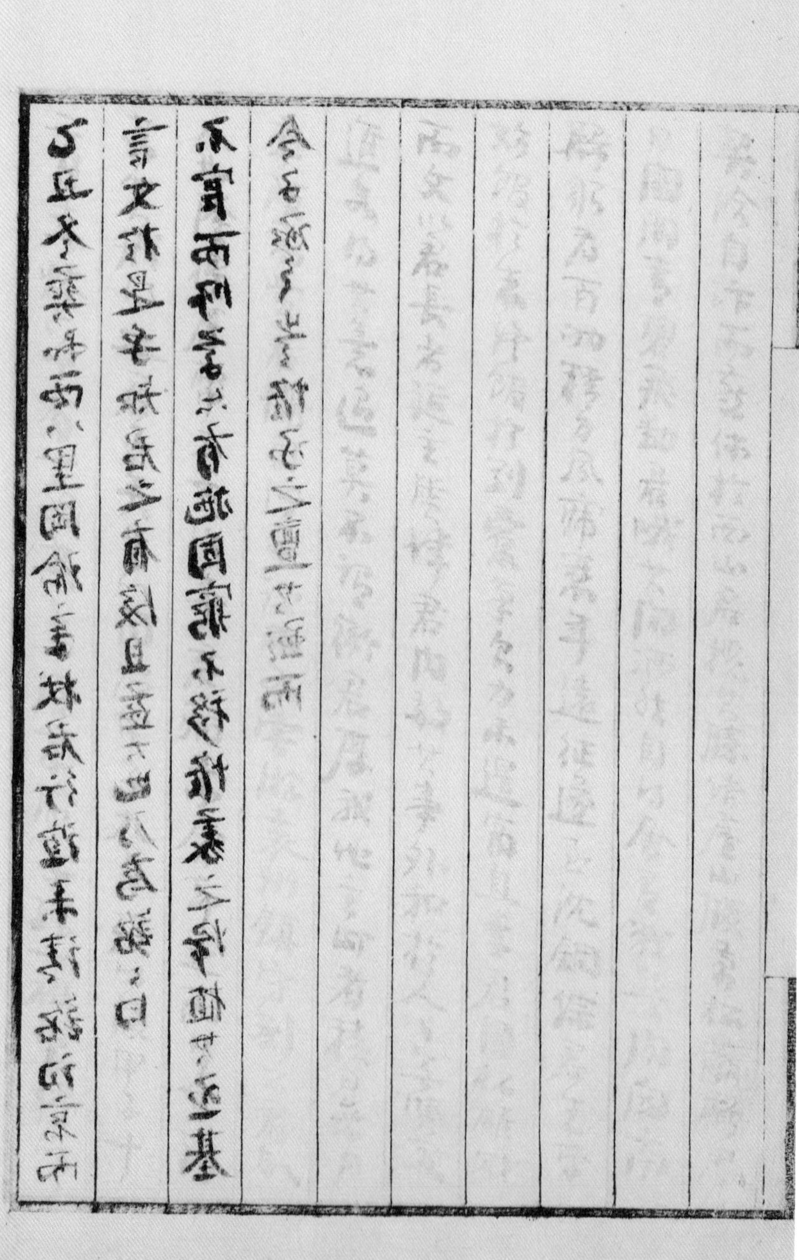

媞媞周母有淑具德相夫揩子懋爲世則綢
繆牖户孕育芬芳鳳雛鵷鷺兩種羅列室堂保
艾爾後母心悴止荷天之寵宜集萬祉耄齡
逾六袠考令終餘澤下暨蘩蘩蕙之南瞻
遠象儀矣如在雪竇淨瑞助丕音采
周母葛太夫人像贊

擬輯滄海遺音集

一　嘉興沈曾植子培曼陀羅寱詞　卅二葉

五　江陰夏孫桐閏枝悔龕詞　卅葉○

三　長安李岳瑞孟符　卅七葉

六　吳曹元忠君直淩波詞　廿五葉○

七　錢塘張爾田孟劬　十八葉

四　揭陽曾習經剛甫蟄庵詞　十七葉○

臨桂況周頤蕙風、

八　海甯王國維靜安人間詞　六葉○

順德麥孟華孺博蛻盦詞

南海潘之博弱海弱庵詞
十九、慈溪馮幵君木回風堂詞　十一葉
武進陳銳伯弢袌碧詞
九。新會陳洵述叔海綃詞　廿四葉　廿
十一 蘄水陳曾壽仁先舊月簃詞　廿葉
榮趙熙堯生香宋詞、
宜興蔣兆蘭香谷
二、祥符裴維侒韻珊香草亭詞　十一葉
德清俞陛雲階青

徐敏函方 辛未七月十六

兩寸脈左寸一沉而下大浮候甚右寸脉獨沉不升兩關左肝脾均沉少力並見弦象右脾尤濡少力浮中沉三候相同兩尺左腎右命門均於沉候見微緊而弦遲所幸不浮了合參上中下三焦水飲未去。三陰伏寒已久。宜先以真武湯鎮之。令附子細辛湯。直入陰分化久伏之寒。膀胱氣化則蓄水由小便化出。乃為合法之治。真武湯生薑并用更妥附子細辛湯必用生附子乃效更加苦酒湯蓄瘀乃化以石菖蒲為導水之使又重用龜板茯苓潛陽化水方列後

生白芍七錢 製附塊五錢 乾薑三錢 生薑三錢 茯苓五錢

生於术四錢　生附子（用中心）三錢　細辛一錢　製半夏（諸炒三次）四錢　龜板（搗碎）五錢

石菖蒲五分半　炙甘草（炒黑）四錢　玉桂三分（研末，吞下勿煎）　陳皮二錢半

用瓦罐連煎四次，并於一器之中，分數次溫服，一帖後知

小水解清長，不妨告之，劑加龍骨牡蠣諸藥，則更妥矣

明德興汝甯譜牒相輝屡肆南來別衍姬宗彩俎豆。慶源
分餘不盡淋之氣上連西峙長歆潢臘薦馨香 蔡氏祠
通德起高門傳家一經永綍循陔駢絳萼。宸章飛祝殿考
宮九月長部擬圖薦芳華 某氏祠
藤燿籌山河鳳閣寫蒼手筆會昌一品集。荃情今沆瀣陵
棱玉宇辨來天水四家詞 瓊州五公祠祀李德裕趙鼎李光李綱胡銓
羅罔律一代典章野史亭空遺匱誰求裕之稾。杭跡卿高塗
車幣布衣無主宛言肯效幼安書 挽于晦若
獨抱一麾行騎竹爭迎江左右。已成隔世事看花相遇巷東
西 挽許子原

百歲之殘生白楊天風自祭文猶師靖節○九州作故字青楓江水大招魂不返雲均 挽鄒芸巢

秋夢後龍顏承露金莖永憶蓬萊天上事○春愁清鶴髮臨風玉樹老能茗芳館中仙壽左子異

百年邦志登純孝○兩浙疇人拜大師 挽盧子純

彤管貽萱庭宿婺臺前畫之耗○蒿門無遊經年鄰杵罷春聲 挽袁鹿笙妻

宋守授諸生以五經遺愛在人歌列郡○王家有佳兒稱四玉兼才荀訓超高門 挽

家子上池才不離拈花成解脫○德業中壘傳永昭煒管得

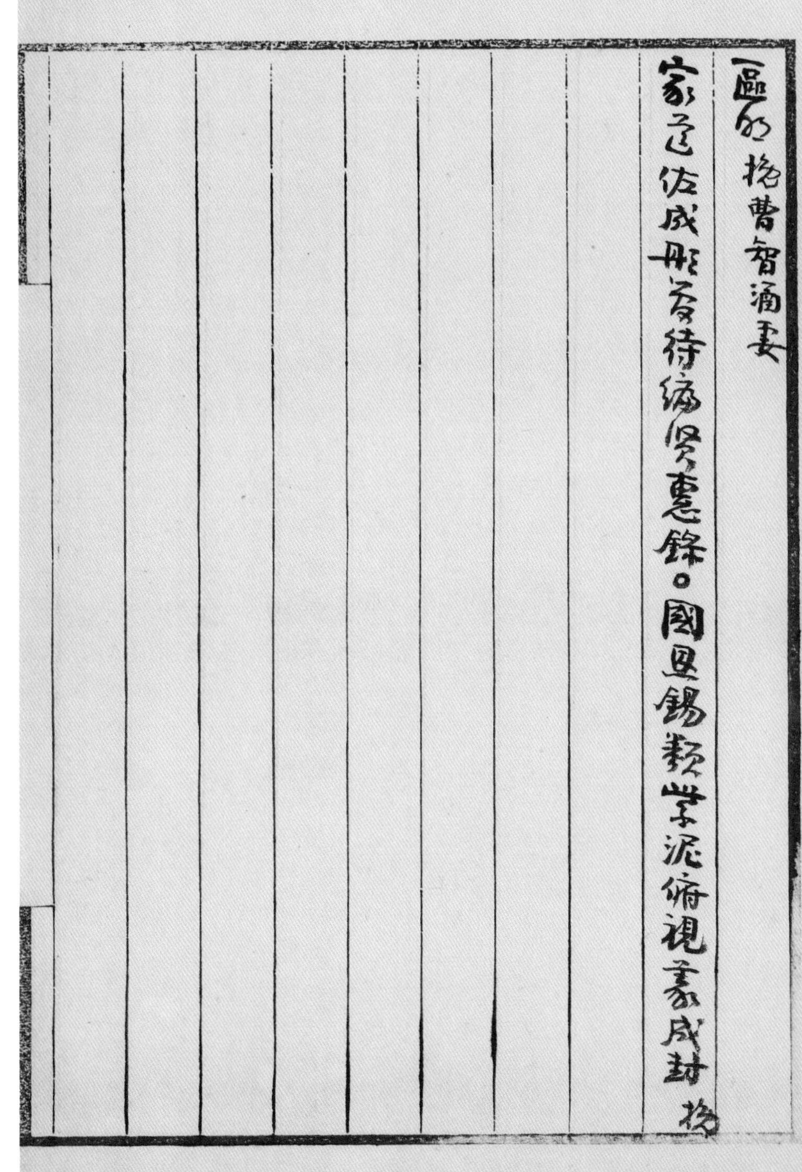

區的　挽曹智涵妻

家道佐成彤管待編賢惠錄。國恩錫類掌泥俯視篆成封　挽

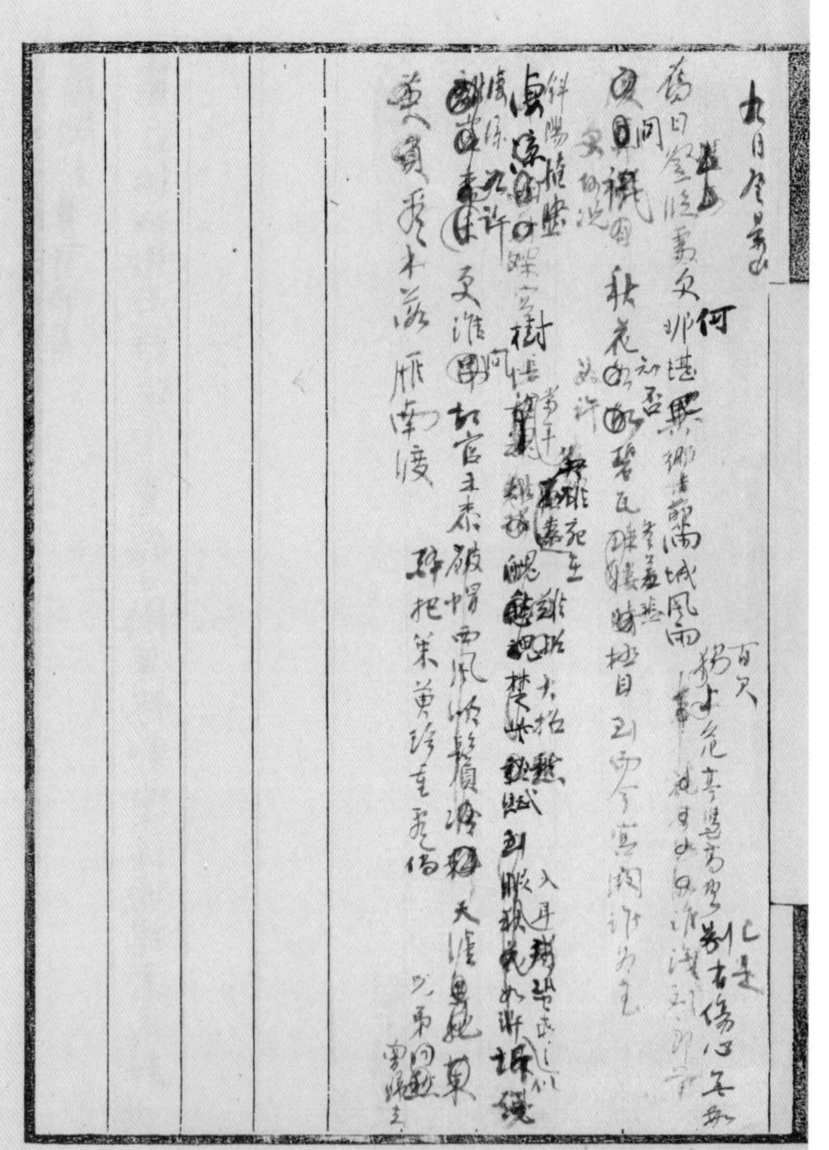

穆穆季蘭毓秀東海英華必令嬪於河內相協厥家婦藏匪懈几筵陪晞紈羅斯戒六姻逌篤一門惠閨大化奄徂流芳不沫莫大門族哀形爰有煒彤爰告女師匪曰寵旌禮秉自躬莫見於窮不騫所行無遂有終皎皎烈性瞬冰雲偕命一瞑贊不殊撤大皐暌暌東漢灝灝夫風佩瑗。百靈徘徊。天寒有煒閔者興起嗚呼宗周誰恤芳緯

懿鑠先生履道含貞早傾乾蔭熙熙肓祖庭慶著爲高不爲附後裔宗收族希文是式哀彼孑遺力我大孟斥縈宰祿誦憲林林尋徐棗與梓暸暸異以曌千霜寶年昭芬遺美李

先生贊

特牲饋食宗婦執籩列禰東房薦豆告虔媞媞張母循禮無僭蠲饎必躬肆几陳筵維筐維錡肅肅季蘭子孫後昆貽謀百年　張母　贊

不逸惱而全不畦町而安樂天夷愉老氏忘予官職敝屣棄名逝湍惟文字之根性陶須洞其幷遷神理綿綿胡不百年信達人之稚垢靡復返其自然　李谷遺之象贊

滈陽淑媛見貴高門悰慕朝夕乞游女君永畀以之懷清作配授於子孫令之斯家那六珈維佳勿休年德並劭福祿是適家之作咸祈降太素矣葉葉靈芬形容式序　某母

䪨々盦君有鍼其文宛美凝粹抱興懷墳朝徵典圖旌灌旌
新測圖算布步里條分暴比遂擁身寒蹇遠子甄陶摩俊壇
宇河終遠山逸老四風雲翁芳躅山聲華書長詩後昆　盧子純象贊
大河之南有賢太守溫溫碩人日維德翰守績伊何恆因振冠勗
我克子夙夜是匡天祿中魏孤其昌怙訓迪歲成克延門祚適
然而笑遂證菩提我向欲美遍行檀施　劉母象贊
民有典緒尸之者天人力克完終或騰馬陵手一振當埒闔
振筆其經綸屈潤身淘賢經乾蔭春暉在庭終身之慕
遂於一瞑奄其妻示德修撰興千霜寫齡崇霄長仰之
肩吾象贊

姊〻史書冠冕士林仍世不墜克紹徳心事親從先髮髢紈

詒授遇承撿者兩編勖孝友恤孤納鄉自持儉昆之裕一經是

貽遺體含虧帝切恭播芳實爲千秋傳之範 高經甫家書

受性堅白含確緇色養下樂柔兩怡植躬清慎堪自持懲

遲乃以舞山資之膂所宜周或遺履險坦之天攸爲將母

陶陶既兩嬰自母之殂哀含時摧恩三族絕等衷至材謹臚

重奉友先哭之始浅文著概以傳之含媿甚 李君家書

善財彈指二十八參，鼇頭平地起樓臺，看彩垣傑閣擁金書海印
發光，上與諸佛同一慈護，下與衆生共一悲仰。薄伽徵心百千三
昧，鯨背橋流，示津筏，感寶陀，綵旛花供，天題煥日，不動道場而成
正覺，不離識土而說淨因。補陀觀音殿
玉貌錦衣，少觀公孫大娘舞渾脫劍器而舞
瓊沙瑤宮車駐，上元夫人彈清商瑟調之歌清商一作玄元之字穩
樂府重新聲，清詞合譜花間集
瑤天爲妙舞，修袂微飄林下風

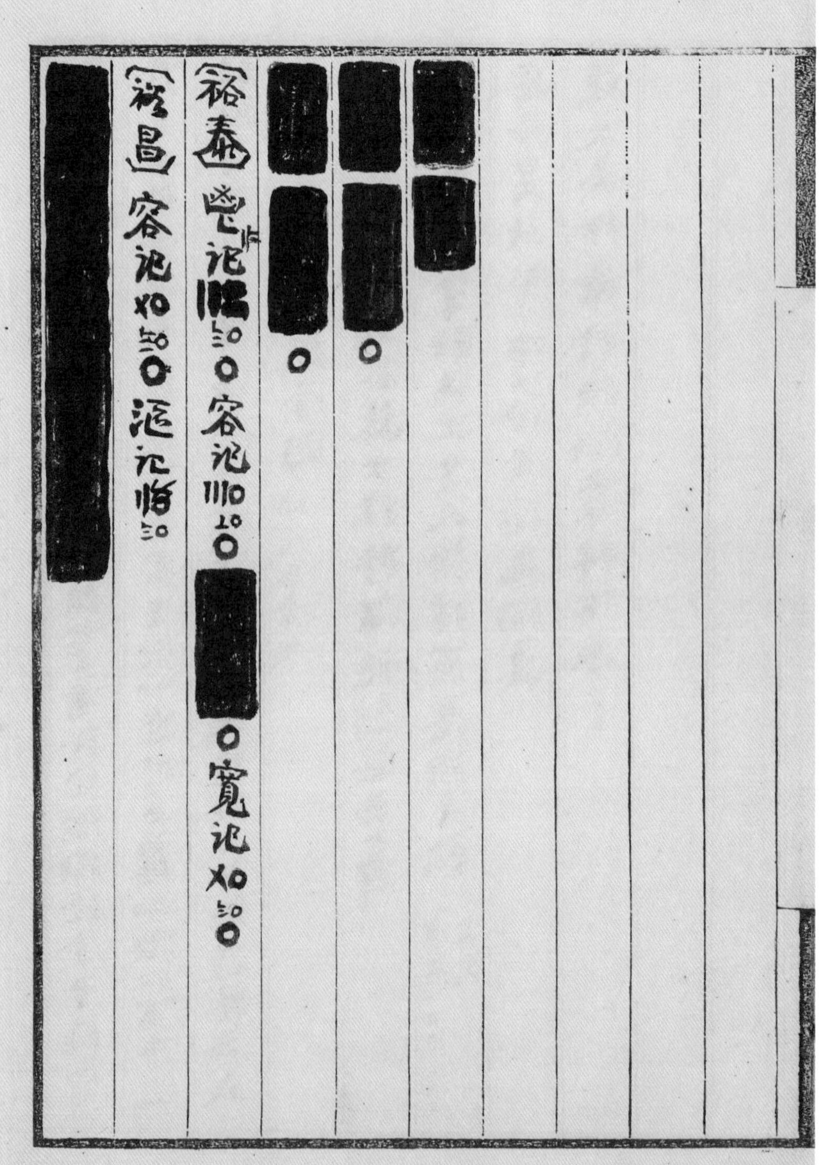

蕭北承方 丁丑五月二十八日

診悉寸口左脈不調尚尤沈滯乃是厥陰有鬱抑右脈稍大乃是陽明胃府有熱肝木滯仍不能疏土以致濕氣凝結不化聚而為痰法擬舒肝平胃兼疏滯氣

漂於朮 三錢　參貝陳皮 錢半　新青皮 一錢

川厚樸 一錢　沙苑蒺藜 錢半　淡竹茹 錢半

新會皮 一錢　炒枳殼 錢半　海浮石 錢半

加枇杷葉十片 炒去毛 包煎

王仲壽 市 丙寅九月初四

男子八八而精氣竭然知其損益則強不知則老年逾古
稀腎氣怯怯納出納易於壅痰而氣不足以運痰遂為
咳嗽痰多脈弦滑元海動盪失固必至喘促向衰之漸大
抵如是仿喜崖法調之

蒸於术三錢 金釵斛三錢 蒸百部一錢 御米殼一錢 茯苓三錢
吳遠志肉一錢 炙款冬一錢 鵝管石煅透一錢 炒銀杏肉六枚 紫菀一錢
冬蟲夏草五分

彊邨詩存

據浙江圖書館藏稿本影印原書框高十八點一厘米寬十二點四厘米

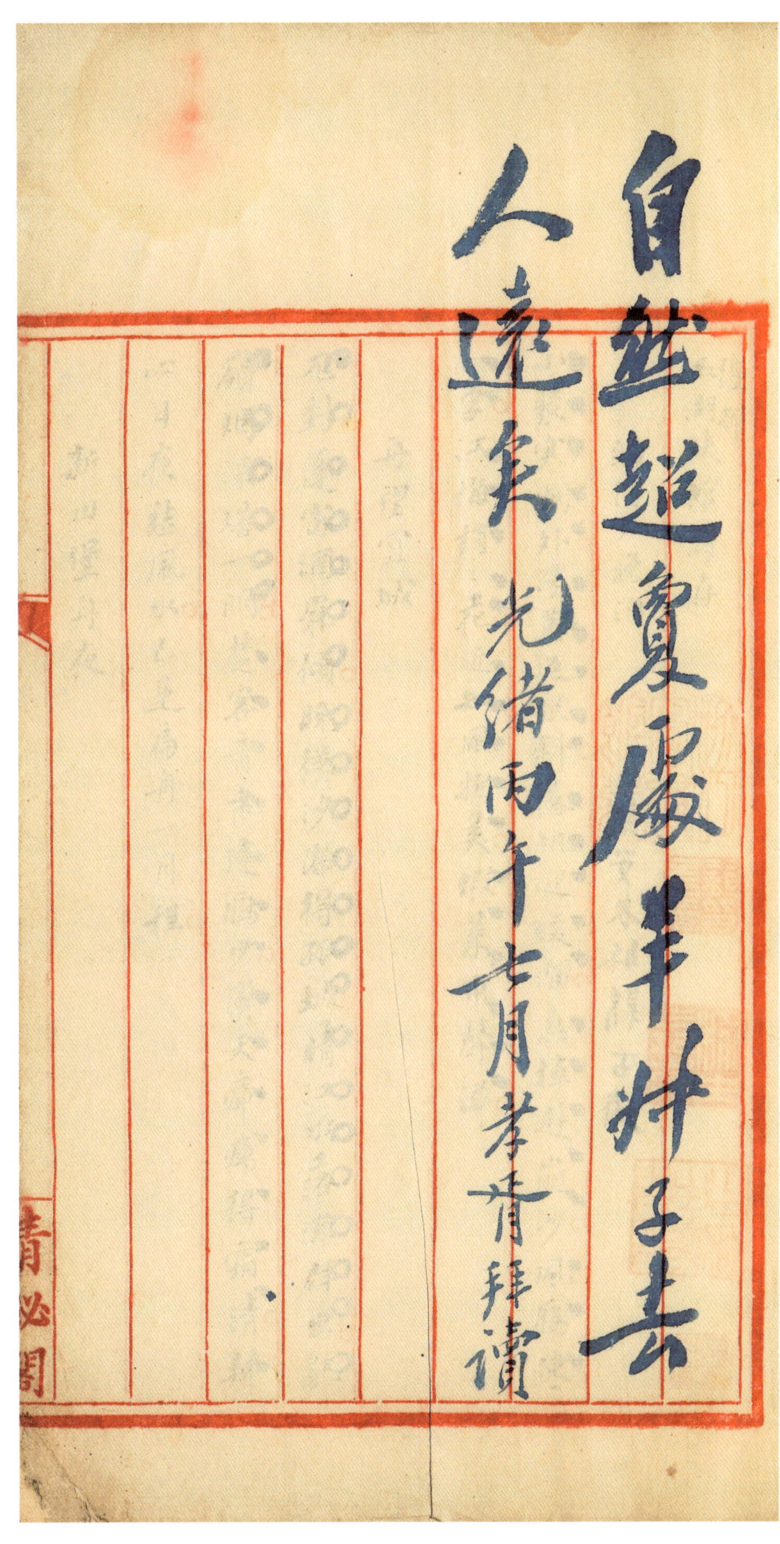
自然超夐處羊將子去
人遠矣 光緒丙午七月孝胥拜讀
青松閣

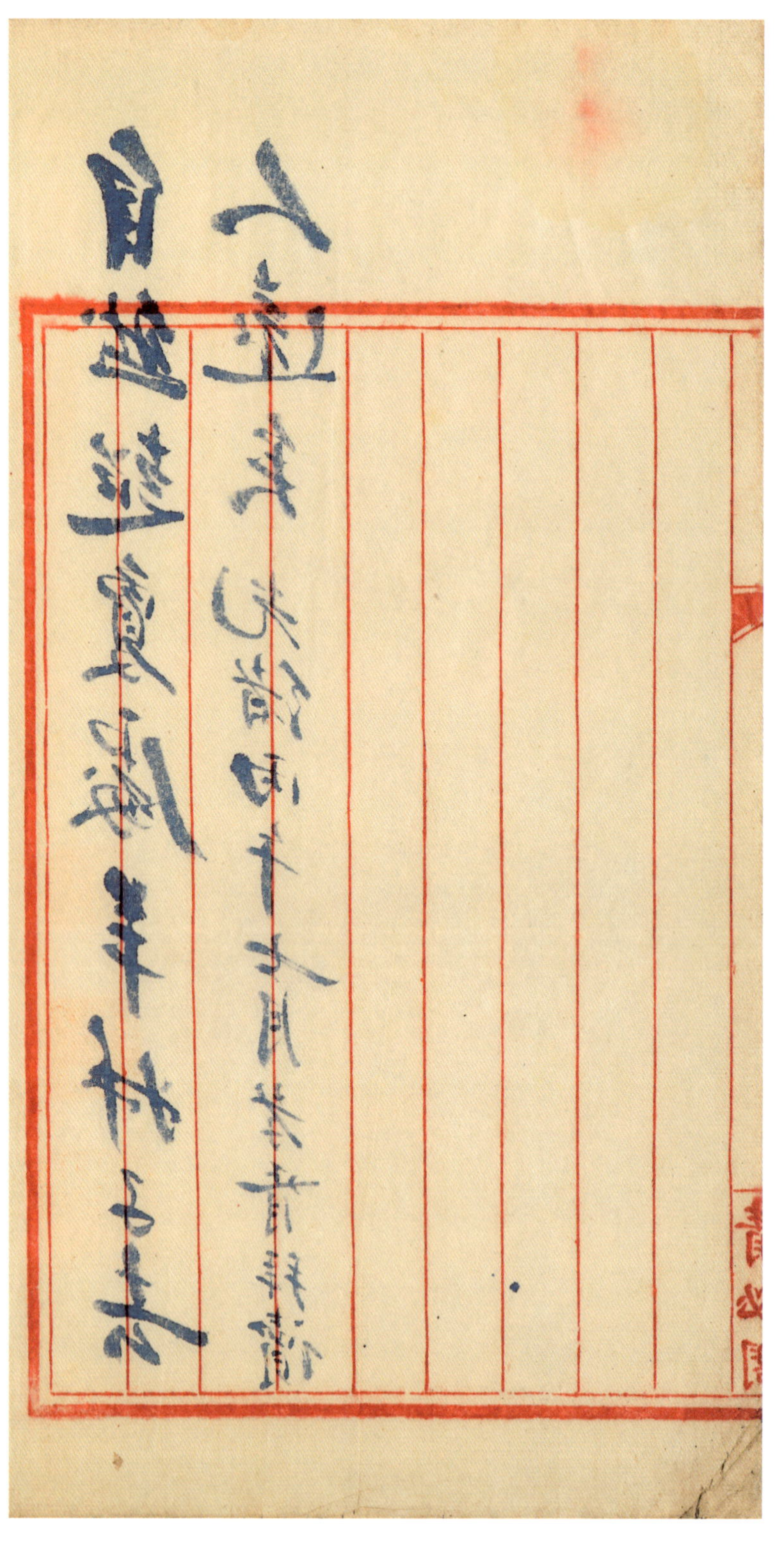

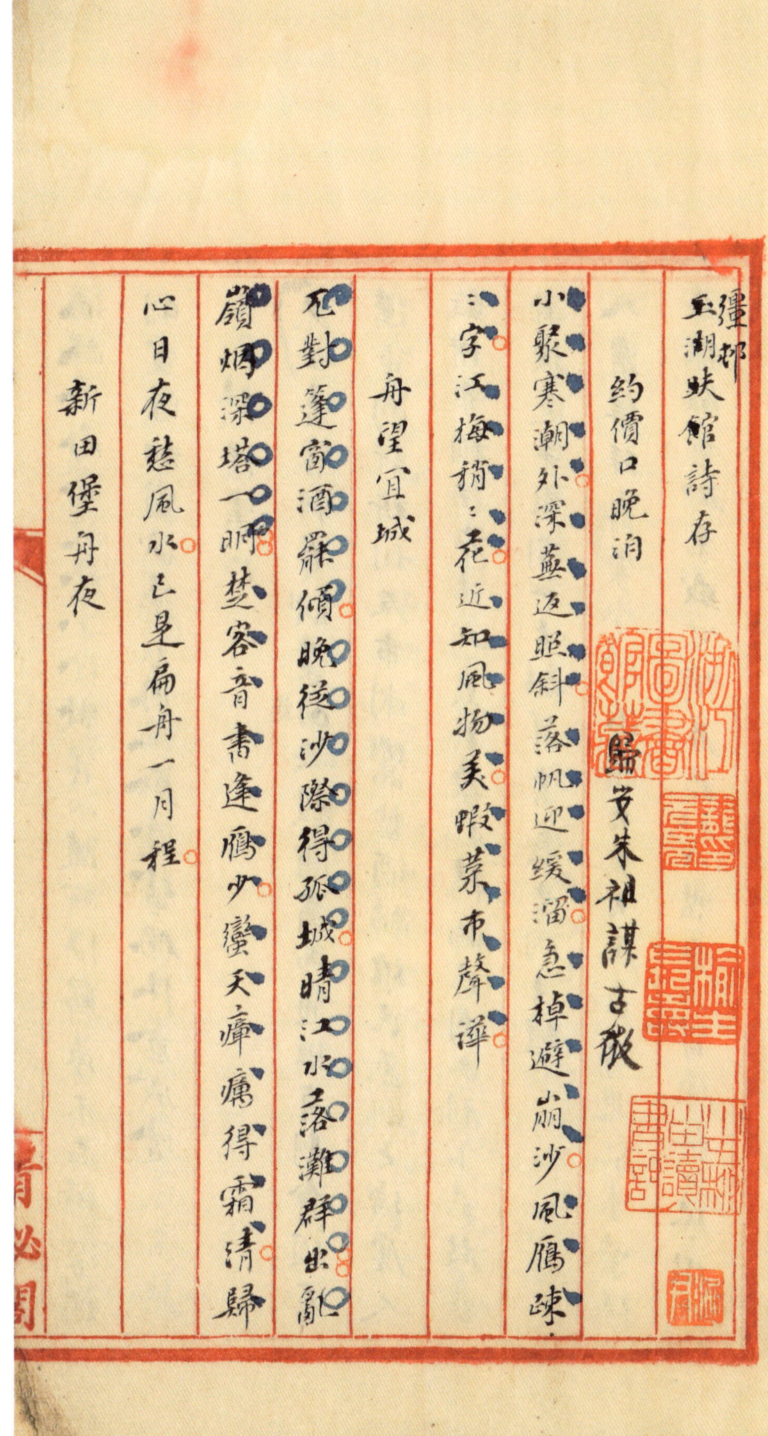

彊邨玉湖昳館詩存

約價口晚泊

歸安朱祖謀古微

小聚寒潮外深蕪返照斜落帆迎緩溜急棹避崩沙風鴈疎
疎字江梅稍稍花近知風物美蝦菜市聲譁

舟望宜城

瓦對篷窗酒罷傾晚從沙際得孤城晴江水落灘群出亂
嶺烟深塔一明楚客音書逢鴈少蠻天瘴癘得霜清歸
心日夜慈風水已是扁舟一月程

新田堡舟夜

酒醒雁南飛河聲上枕微冥心隨所愜羈夢不忘歸深燭
明雲慘初霜試薄衣因風感蓬鬢獨往意成違

讀漢書作

先王羞言利貴賤業並自安轂轤商而通誼有期會須有
漢重國計析利及市闤鬻鹽酒酤榷民氣則大殘廛人
斂諸布植法本不利哀哉桑孔徒病民國亦利卜式故長
者拔迹羊家間一上船算書長失明主騅
入粟得拜爵家令憯治體大夫大庶長噂遝亂朱紫緣
其掾繳意抑末或可倚名罷一以濫卷卷冒廉恥一發撤千

鍾豪彊延辭此悉毗劻弃歲事高飄後災重農屬有謀

枘鑿竟一軌

儒臣貴明經補衮延其職尚無純懿撻經御六奸懸毹毹

王子陽諫疏江都匹再扣昌邑譽一伏未央席嗚呼三代後

吏道尚鞶飾公卿率邅時簿領徒糾纆取重託厓岸知

災祥論默病謝竟不召公宜有慧色合傳取少翁扶風

故懵識

東京偉節義黨禍魁儉膺攬籍交英賢師事荀朗陵

朗陵子八人爽也為世稱黃髮被奸命憍然台司登國命

未及振委蛇道處承大直故若曲此論吾不憑不見兮與轡振手公車徵

題李文石明湖秋泛冊子

皁蓋清樽未可攀涼秋趣辦一舟閒不須長白山頭去如放儲江眉睫閒

大明湖水明於玉儘爾擕箏載酒過狼藉秋風秋露裡柳絲荷葉正無多

鵲華山色吳興似點染鷗波畫本新兩角濃青小於弁不辭去作濟南人鵲華秋色圖趙文敏爲弁陽老人作董思翁嘗倣之惟有秋山大如弁阮儀徵題董卷

句也昇□在潮州城西

詠蜆同黎文噴園

海蜆知誰惜，沙需璅屑嵌。浮（馮）生波浩渺，具體石斑彰碧旋紋廻甲黄，矜色珥彩捕鮮，紛漉網避炙，細障帆得壽，浮生誤加恩，澤族嚴初湯，江水沸（嫩）後味，鳥鹽鹹，非俎箕難扱，留人筋，毎銜春盤餖飣，賓座玉筵（涎）饞，未覺膏脂潤，徐逢舍利函，泥塗同一擲，鳥雀苦相鶻，取稠胎原在，當筵口尚緘，北庖翻東手，容易食經芟。

嘉禾一首呈某使君

大梁十萬戶春至氣猶瘦慮短疏渠少時勞渴種多頗

憂供轉漕未敢頌嘉禾會有觸祖　詔風行九郡遍

東城聯句

高興當春發　黎乾太初　他州且滯淹招要徒數子　何鍪喟公

權戚得深砭蹋戶恆提榼　祖謀　橫書對促礁壁潭爭蟣

虱乾暴漉涉蔦鵝言惜秀韶邁　鍪　端居戢影嫌鄰夫

跧癱亂井　祖謀　新婦閉車嵣瀰膝孫腰腳　乾　尋幽博眺

瞻畫闉穹直巔巔　鍪　丹磴截炎炎近地風雲接　祖謀　遙天

草樹黏市烱生蕪瓦乾　滌水洹千區藕杏朋垣鎛　鍪　青

林出塔尖龍象僧買酒祖謀敲火女煎鹽雨既陂陀臃乾
風邊筍蕨甜饋晚荷短甑鑒破出手長枕農事南疇及
祖謀軍書北海嚴樓船終港島乾烽壘況閩黔怙亂添
三蘖鑒清時屏六鈐賣金勞陸賈祖謀領牧表陶連諸
將虛籌筆乾群酋待聚殲吾儕仍濩落鑒嘉遯必淪
潛耽寂娛餘暫祖謀憂生語類讒訟伸俱蠖蟄乾臧
否吝龜詹浮世終纏蛹鑒歸途帽側簷將攜奴客憊
祖謀剝啄一僮覘呼甌批冬筧乾塗脂孽臘醃闔題盃
共覆鑒狎坐漏初纖觥政觸苛罰祖謀詩心茂小匳缸

昏曦未竟乾敍月門檽簾鑒

題吳丈搃仙出其先德養雲先生月輪山壽藏圖索賦

浙西之山絕塵表就中秀起錢唐江盤青繚碧無不有

江光湖渌相渟春我昔讀書江上寺敞門長久芭𩯭儽

頗疑絕頂有雲舛脈之白日聊塵庵偶爲縱目得大槩

譬館麗胥置羊腔使營菟裘老於此先生達者真悾悾

青山理骨是處有佳城況得依鄉邦往者粵西典大郡

鬱林秋色迎[illegible]花狖鳥一迴勸駕猿鶴往往促歸

艭秀江亭子火榛莽開化寶地餘螻蟻一邱欲臥便息壤

宰樹下蔭蘭南莊北邱永宅寂居穴對之盧不懸崆峴
鮮民之生忽三載先楑未辦歸吳櫬去年麻衣走風雪
松楸膳拜心神懷會稽誓墓今已矣王官營兆何時降
收圖觸緒愴涕洄卧聞寒雨飄空窗

又題其長林策騎圖

重闉形勢控崔嵬壽及承平典郡來守相舊兼開府職
使君今說柳州才花明邕管千峰靜路轉桄榔五馬迴
想見班春多暇日鬱林山色對衙開

同狀宦甫晚步重宋城宮口占

野月婆娑大林風窈窕閒踏莎緣岸石睎髮照溪皆六
月蓀蒲燠（煖）空波漁子來安禪端不必理蔵未遲迴

師古圖為洪明府題

柴桑淡泊人一醉萬事足不買鋪金花自栽插蘼蕪配
食孤山翁傭販皆水玉
操落宋玉悲成佛靈運後使君江海跡把臂定誰其異
代德不孤賢人心中有
塵械苦塊丸抗心意（不畦畛）何盡滿藝河陽花便結白漏劇
努力作詩人知君就真隱

送黎太初之鄧州

送君穰縣去驛路眼能開向日哦詩過青山並馬來帶刀秦俗健放艓楚江迴舊我趙庭地甘棠想未摧

偕金叔青過何徵君艮園四首

鄉闈操落後君亦杜門偏腳病蘇殘暑澄心落古泉林陰穀祖得盤寶制成圓酒廠非吾事匡床坐晚天

河汳論交晚琴尊間日開興移無發處詩罷點牆苔機息林香發天青塔影來不須風扇拂真氣辟飛埃

小隱巡人屋新要過侶懽要菓無越島傾橐買花欄緗

衰鬢逾靜風濤對不寒滄洲宜不（吾亦）羨垂路問漁竿

緒鄉不能理清尊相向悽朗吟塞士賦苦說碧山棲廻鞚

穿林失炎雲霞蓋低日歸情不懨身外百蒿藜

何謂公金鼓青約遊繁臺不果晚過小飲黎丈嘖

園後至次前韻

滕亭驛人出吾廬掩卧偏艱霙後饑飯肝膳有清泉

韻事中年損殊方客話圓蹋門常不厭隱几待秋（涼）天

懷袌向人盡尊前亦暫開物情偎蒼狗荷近得青菭滿

意適登眺耽吟信蠲來城隅烔月地鞭鞚沸紅埃

適合羣相惜羈窮醉即攜援箋瘦短僕迎月送出欄雜
黍供恆卑鴛鴦晚自寒眼中鬚絲改飄颯愧綸竿
老黎江海士高眠忘出樓內律傳來彥家風敢隱樓出門
樺燭滅深坐老蟾低未遂移居約清宵但萊蔡時□文有結鄰之約

送阮霞青歸真州

梁園文遊渺雲烟幕府青衫一注然欹向城南舊遊處
揮桮腸斷酒壚年

渭公以宿載青草堂詩見示再疊前韻兼懷秋
文子郁汝南黎太初寃中

排日調詩健追涼步屧偏撥鐙明古巷疏雨換秋泉酒
羅清然失淡深歌坐圓向來飛動意披豁滿秋天
燭花飄簟細風篠刺簾開酬唱從連枕心所服異落殘更
秋氣入一雁雨聲來爲有懷人句寒（處）窗拂硯[illegible]
淨雲知此至居者不能懽鬪驥臨車軌蜉蝣出井闌宿
烟茶鼎溼驟雨葛衣寒發索知同惜々去同伴釣竿
世法良所謝匡床對以悽淩晨虛馬策攬帶過雞棲酪
酥風雨失星河樹杪低步廻添悵惘完質在蓬蔡

艮園秋禊詩

大梁城中水未稀，下簾清晝黄埃飛。六月驕陽氣如甑，大
雲偃蹇蒸人衣。一夕新秋雨洗出，城隅池館含清暉。良園
主人頗好事，揖我招我毋爲饑。邗江才人盛壇坫，觥詠瀰
落千珠璣。曹賓谷秋禊詩見邗上題襟集 研池筆沼紛在望，酒後一揮成
歔欷。百年盛衰亦有度，眼前同調須因依。延賓遲矚權此
夕，明月浩浩光入簾。林香自南爐跌葉，花陰坐試吳醪肥井
乘冰果勞可嚼，曲水流搭曉則晞。典午清談久衰邈，右
軍遠識武康裔。措執盛名倚毫翰，雕刻聚訟誰是非。良
藏陳迹裝（千載）花石，槃蒨亡嘲譏。君今理此遂幽討，掃除況

可娛庭闈鹿車隱矣政不倍人生益樂那可祈主人更酌
容趂舞雩用祓除師浴沂俛仰清宵重處惜林風晞髮
醒言歸出門騎馬各有適郤聽烟磬來微微

送內子歸甯淮上

爾尚偏親在遠顏動十秋祇緣兒女累那減別離愁遠
樹平淮向寒潮報汴流鮮民吾已痛歸日慎遲留

冬夜檢時賢詩集各綴一絕句

亭林大筆媲羣雅清景當中天地秋尚有吳江老都講
一生長抱杜陵愁 顧寧人 潘次畊

見說湄光是隱居。故人不爲報雙魚。蘇門老下徵君榻。豈獨傳家有素書。申晁孟

新城壇宇照山東。會合劉秦得正中。未是詞横流疏數手。可能滿意對孩龍。王賠上

碧澥蒼梧粦磨興。淒涼懷古慮梁能。輸它獨濂堂中叟。老向中原拔幟登。陳元孝

臨江水無使君清。循吏風人兩擅名。彈指華嚴見樓閣。可能鎮顱中營程。施尚白

吹氣如蘭彭十郎。騷壇高步接文房。入筵自有松花飯。

不許麗才一觴溢膏　彭駿羨門

畫手龍眠近似稀鼓云奔真放本精微辯才縱使稱無礙

已墮蘇門第二衣　查初白

海嶠詩人黎簡氏新聲窈娟出天真重山晚入涪翁派

歷落嶔嵜亦可人　黎二樵　馮魚山

我愛山陽潘四農單車人海走雷風歸來楗户逢同

調要與東南角兩雄　潘彥輔　魯通甫

開卷蒼涼古色蟠海岱豪氣足登壇可知老將幽燕概

尚有畀官折遇蘭　朱子潁　[illegible]

正音大雅莽榛菅，健者今生必杜韓。獨抱涪皤奉初祖，滔滔一別有澄瀾。曹文正公潞生

節庵樸學風沈酣，詩派經巢共一龕。鋒鍛洞穿凡豔洗，宗風〇〇振黔南。莫子偲　鄭子尹　以上

羽獵微詞高漢京，邊聲伊鬱亞今情。饒它江左文章伯，低首空江長杜衡。註內見高陶堂集　謝麐伯

冰顏蕭瑟鎮不怡，律聲晉宋未多師。紛紛時世梳妝好，誰識西江高碧湄。高伯足

送金皷青兄弟歸桐鄉

之余蕭瑟人送君嫘瘦時問君去何許迢〻在長水湄南
雁映翩翩隕葉辭故枝悽〻窀穸謀春〻庭閑思君今
遊子身歲晏況苦飢留滯涼非願慎勿獻驅馳無因睡
松楸吞聲愴孤兒

汴州清明曲

花事侵尋錦谷園長紅小白競春菲東風得住葳蕤鏁
不許胡蜂蛺蝶飛
銅荷夾燼夜無譁歸盡春人油壁車誰唱憲王新樂
府端清樓外月西斜

東阿道中呈茀亭前輩

十日西風未放晴，近叢林樾已商聲。乍欣紈扇朝朝減，卻苦秋泥步步生。瘦馬羸童徒爾懶，烏紗白葛與人清。後車儘有鴟夷載，翻羨山家種秫成。

中秋懷吳門舊遊

碧梧流影露初晞，起步清宵此且樓。襟袖乍禁秋氣入，江湖相望酒人稀。高樓西畔星河轉，落木聲中蟋蟀微。何似錦帆乘水曲，當筵親為玉纖揮。

齊河縣

千七百渠併東來一綫湮皇天无悔禍為霖竟從鄰我渡初逢雪斷流或先春似閒行水使經術向來醇

風走蘭儀

驚風引危步隄斷自何年河七為官甬城燕得寇情紅舊鹽竈火青藝社場泉欲問瘡痍事停車苦未緣

題北口書壁

落葉不能數疏林停曉驂西風生瀰岈吹夢落江潭行色猶墟外鄉心一雁南勞蹤真短計初磬出茆庵

一花之寺看海棠繆柚岑三月曾有詩遂和其韻

時禽闌檔話春昊詫我深居倦幽討吹沙日夕漲九衢坐
惜句芒去草〻城西小桃落無端墮珥零璣不堪掃却
愁迴風捲香逕傾城顏色失其實汝南碧玉鳥宜嫁生
性嬋媛故自好紙宜錦幛双憑欄狼藉觴盤戀花猫向
漏丹砂損年壽蘊季黃金衒妻嫂吁嗟人苦不自閑明
膏坐煎焦穀槁衝括行樂非左計灼〻花枝與人老

柚谷復以再疊三疊詩見示走筆酬之

坐牖不關軒與昊逞志娛嬰牽系〻秋中有言重蹋騎
詩囊無底從制草心知窮樂天所憐口說尋春跡仍掃

賴君大白出新撰，授我短練溢環寶。睇鳳半羽吁何工，鑿儵七竅未爲好。故知才分有程度，妄覬流傳祗嬈惱。壽陵徘徊窘學步，齊贅滑稽困援嫂。花雖無言嘗齒冷，迹之既陳空意搞。勸君下筆慎勿誣，他年舉似西溪老。花之寺僧藏有曾賓谷詩幅，詩見集中。

曾與九師出守衛輝，寫桃李春宴卷子，命題，率賦一章

選場鶩群流，各各事騰踔。巨者梁棟姿，杞楠亦小數。不材靡而至，僭矣百無效。猶省分棄捐，撒之遁出淖。拳木

由艾栽鶴銅必隊範圍知夫子心賢否均一疇偃蹇廿
年別聽熒不知報昨師返京國庭長侍旌翻豈意大河
北一麾遞承詔自言倦承明蜷迒送晷曜外臺一迴翔
凡百非所樂願在門墻春莞爾得微笑及今五馬去併離
離餘料政要奏橐詩備慰情稍稍同門半籍湜大向儒
生眉曼聲儳其間未抵蟬蛻竅頗師攝鄴圖績裴光
燿微哦持此意一觴師其醻

謝秦遠根樹聲餉鵝用山谷韻

我笙筆力迴萬牛曇穰村頭誰白書晚於臨川小三昧何

廸貧子衣綴珠。玉人憐我腹不腴。走致臘鵞霜雪如。東
書殘炙今誰是。與君嚬蹙浣南湖。

謝何笛帆餉兎毫筆次韻

中山諸毛遠遯居。天遣供奉百家書。幾時盡室走吳會。
蘇披香艸塵潤珠。薑芽之手凍不腴。鉛刀裝研定何如。
韋不枯來摹鐵隸。幾能低首爲春湖。

酬馮夢華

馮髯一鬮不速客。作意書來慰老饕。後夜雪深鉏菜甲。
蹋泥鞭馬莫辭勞。

乙

蘚苔

蘚苔亦隨人作計暫逃初地洒塵纓嬌春羅綺不挂眼倚闌風花空復情殘客未宜荷畔岸清尊政要與將迎悵然欲別無他去醉及街西鼓月明

嘲北地菊

名士如畫餅菊爾胡鼓之向來歲寒心突兀槃桑離兮甘酈縣潭一与起躄靡何為獸棲遁瑑劇山野婆翩然闌朱門稱娘傈碧瓷賭腹者百輩文屏間軍持未褰而杖藜未寒護簾衣漸不悟匹面姹色勝嬰兒先生苦好

事詑山東傳為對香三沈吟位之事下畦朝酹一尊酒々酬
五字詩為君榮名節娟亍不瑕疵修门風雨入花葉同披
〻失笑情勢迷嗒若東郭綦坤裳雖正色荎〻植降旗焉
論紫與赭老坡棄如遺榮觀不超然顛沛那（孰）可（與）治無為
提一律清霜能表微

△雨止和韻

霄闌瓌玫挂危進曉步新涼落溫稚林籟韻於張水樂
蟲衣素若解天弢耳疲箏笛臨流洗目笑蠡辰麼室勞
磔〻肝衡閱興象憑君攝取澤枯毫

送遠根歸國始續婚用蘇韻 次後移居詩下

不讀塵珊中不昏情失半胡茲不朽業噤此秋士嘆投分
遘石交驅蠢雨欽氈涼風如引繩挽人飛鳥散朝發國西
門无蟬貌其伴將子來何期倚辟軨中旦𨢊俗儒禮度聖
籍或遑棲子志關不達枉危徑且亂誰孰知此賢義軀道
濯盥娟學行自拔高蹈不皋溪雖心與吉語惝恍一以貫我
寤莫譽錄勇一百其懦去去不我睇眼底遂冰炭賴君乞
瘦弟（兮弟野篁止予齋中）襆被秋眠館奚翅霜隊霄响之貂狐煖
為君賦東楚綢繆見此粲

移居

上彊山別七年餘人海湛冥損讀書歸夢幾時真結社
新詩邀客和移居無多家具四壁立步有林泉半擿於差更
蒼青琅玕入手先生作計未全疏
頗適賤屋兩浪浪曙戒新為徙笑笑方連巷客貽青玉案
南鄰鄧兵曹假坐卧具望衡花叢碧山重晚聽田水無三里聾揭壁
書拖一床但有生涯如谷口漫論尸視到庚桑
自掃窗櫺國九縣心回闊懸叢孫先山川阨塞疇雅說手
目讐溫苦未辭居士不獨憂國病徐仲到臺郎新貺洗心方

秦遠根近耽內典 捐書盼子時存訪莫任終宵看屋梁

六言

薄酒一談一笑佳篇三沐三薰試叩六根感後佛何不自

聞聞

白肉本無命根黄華總是般若我心瑩然一泓何事婦姑

六鑿

新知得謝郎弟謂秦埜笙碎影唯伯仁妻不並西峰斂霞或者

祺谷扶犁

題鄧職方[illegible]畫梅即送之官江右

知君畫竹無全牛霜風峥嵘繞指柔如馬再拜遊不敢南
枝北枝交扇頭雲白之幬舉迷似云雨我法相穿求直嫌
無枝姿無韻畫手文心天所裒長安花傭工耦揉廻苞拗幹
關一售誰能指顧捐束縛卓筆為脱出阜因眼明從此陳
脊斗離立寒香兩蟠螺仙雲吹墮海南砌仰之何所其羅
浮故人寫此不圖茶阿堵中有吾菟裘君胡不薰知見香
榮觀超然渭川侯不然將官就吾郡世上豈無文湖州

和陳竹香齋䈎 存懸韻

卜居共此北江鄰禪觀天機最倚君隔一牛鳴望城市就

三摩界叩根塵閉門且借僧房夏得句旋援庚嶠春善我能來商略此竹根不厭覆指頻

△贈章佑彬毘陵秦遠根西園韻

何事夜光遭劍抉惜哉方丈並舟還屠龍屢試來評技躍矢羞顛玉女顏息壤卿終用卿往慎斜材典不材閒嗒然相賒冥冥淺佷獨歌哀恐客訕

遠根既和予詩意有未盡再贈五章用天壽古所尊爲韻

閻浮氣須洞百螺奮一妍玉石不能止漸積駈之然南溟

有奇翮絶雲負青天宦問一足夔翻爲鳴蛙懦
衆人惡磽磽意而湛輩各入世侮既多今亦頗文莫蓐收
張中宵睒睒顏月灼感子不能寐羞顏獺清爵
章侯靜者流山氣自太古水書文字性鬱鬱青霞吐獵人
用提一律未遣辨麐麌何物賢踏妨政復難與語
妨賢良訕訕出位非審處犧㭉聘不辭踴步無寶所蓬萊
那可接哀哉童男女何以杜德機蟪居而雲舉
驂耳鞬半蒜方知人事尊黄閤一夕狐縮手睨蓬蝨門吁好子
故失計鞭鸞就雞群彼哉夸毗子十擲不一雉

和　　秦樹聲

龍章詫裸壤弊屬徵一芾胡不晦文德解衣媚南天大
道委蛇性魯諸生研研顧持東家戒雲氣馨古遷
腐草為馬蠲蕎麥自僵落等此來明天是怨兩無着
不辭蹋東海秖愁污靈若況復牢枷身孱孱嗔公莫
三蟲告天歸亂笑飛度語吾君太行獲畢數在雕虎
肝腎日淪剝蒜髮擢春縷夜氣何淒淒銀釭欲終古
孱力咽清露哀蟬非怨暑惟恨浮脆娑蹇如五技鼠風
雷無壞劫赤鳥歸有所與君屬冥冥直到天倚杵

定性在湫寂言復且〻根（樹擬別署且根）窮拙豈天意紅日倚人門

（宋儒詩雖貧不得日高低）絳羨不對薄餓隸盧自尊生世多諸業夯

蒂富足論

陳秘撰挽辭

獻矣喧畢地聊竝蔞毀身龍灺真有識牛斗儻裁神一臂 又況

盧巖電長埋玉樹春琴尊剎那事慈過鳳城闉

遊盤山燬呈三巖寂孫四年

汩泥揚塵天所憐齋心上觀神一主眼而清景莫敢誰

來都智與三公上吾黨老嚴有鋒氣把辟巖林鬱相

望子春一去三千年青士蒼宮猶隊仗寶坊十九委荒蕪
偃蹇真形無由扤泉聲欲畫一筆無松根濛濛自溶漾是
時涼秋萬物肅看山稍徹秘密藏畫師要以皴勒求安
排丹碧背塵相僧言絕頂瞰廣漠百折鳴箯出層嶂長
城蒼茫落吾手崖風搏人氣益橫肩背單薄古所憂過才
空白髮空招悵生平微尚專一壑邂逅藏舟得新覬瓶
盋汗漫蹋修門折齒終辜屐五兩

書天成寺壁 寺在盤山翠屏峰下

到寺月已午坐窗風泪之泉聲八功德松影四威儀僧笑

齋盂儉心蘇短策瘦無生不可(須)說方與白雲期

答遠根

越市長時稀命駕授牋閒日一館亭未能忘事呼尊飲
甚欲將君共酒居閱世空枰枯幾局洗心白業貫三車
併歸句律勤參取出谷終期客慧除

贈古微五古一章

秦樹聲

先生峨嵋僧戒印佩終古我亡龜藏六冷灰蝕肝腑相与年
鬢間冉弱銀絲縷悉火照京雒牽免小風蠱不踏熱鐵爭未
想金剛亂慧帚搴諸縛佛力猛哮虎中道胡退轉德瓶滲

新乳女衰百戰空外道魔方弃欲界十八天一天一石補各花
湘纍心鬱々思湘浦湘浦何葳蕤翠茗豔軒翥寒冰鏤魂醒
碎玉裁肌苦移薄蒨雲稠珠琲潤音吐淺笑紅瑰褻春觭
皺奇醽白醱試青虵雌雄纖豪剖九孔美人蕉惡露羅衍
窮南威起重泉安知非嫫母野亭亂秋嫭恨血瞋嬰鶡素和
善槃辟璧月姓空弃嫵聰察韓長鸞璃技挿眉宇若生
鴻漢有早裂高安王獨世論官村儀同上開府妍皮無癡骨
往詰豈欺予李家發新磨譎諫壓簪組有遼羅衣輕淒
絶婺陸睹亡金猗蘭軒乞奴涕如雨處々槐台上忠義誰

与伍元化有謫繆松柏森郁螻脈〻紅墻心寶釵暗折股
何當守芍陂一世幽脩孫梨園箏笛蒙雛鵷唻腥腐鄉
雲靨絳霄眼律破新先靚頷借鴆為媒禁臠意消沮
香國論斗再齊盟會押主勿謂秦無人秦人會且羽詩成
罰不辭在牧百童殺

偶書

醧翁無取黃魯直蝯叟最憎虞永興眛睫黃塵說三昧
幾人晚出炳心燈

餉陳檢討粵茶

宛陵先生貧到骨得若翻憎如贅疣何以分寅老居士為人喚夢起黃州

蕭遠根用山谷次晁廖贈答詩韻

滔風吹人墮箕口力不能呵牛與斗迴向曹溪子胡盍拔身文字障中還據夫逆旅不爾汝一夕面壁願請問道高一尺魔一丈安于頗遭狂疾賞捷闈晚數武昌鳴操麈連下名王城自陳學詩如學道不南小宗角枯榮洸洋未達如如體齋心半偈寒山子潛郎新有能詩聲乳笑弥明與廖喜君不見脩門世楪非儒年千似隋珠勿浪彈問道四十苦不早

人流天咫寓相攀吾儕蛩駏未遑捄區中衆喃已漂山

閉閣

衆聲各坏戶扃棲聊閉閣皺眉參世諦合眼夢佳家山起陸憂方大要巢羽未還沈冥非峻節不忍負榛營

除日題靜公山房

燕雪不冰蹄衡寒來戢小春泥與腳軟殘歲過僧前物外有佳處鐘前且未還渾忘烏帽底宣政正催班

適已

與春消息已何飲適已洸肄但有詩邂逅餘芳仍款〻刻

除世味不疑々鍛居封夜依蕭柳林卧邱逢同析著自食

合梨卷龜殼旁人初不辨渾涵

和遠根乙未曲

宣州詩翁恒苦饑索米夢持篆稟歸舉家啜粥臞不

肥平原筆力弩彍撲先生研田十年耕溉墨一斗揵其扉

臨川三昧熒々睥濃鋒鏖起諸城痱芔醜紙百不借揮

璽書增俸疇敵晞月料半流埒茹薇烏能休糧脫塵鞿

道山延閣接太微胡不陳書紫宸闈胡不曼胡短後衣

捷書夜叫旋頸飛何為顑頷出篳圍乾悲湯延不可磯

諸公豈辨妃與豨一邱之貉蒙鹿戮菜傭求益來巳豨
斗鐸黄鍾甚是非搢紳者腹負大誹要用陶胡奴緐款
遊將著鞭騄子騑安吴華讀絕襞韋他年奇字森烟霏

原作　秦樹聲

蒼牙契本歲初餞鴻甚才子泣天扉棱棱杠栗烟霧霈更
千萬禩誰能肥盛年顑頷幽篁園生魚遊釜動手徽古槼
大輅彈者希青桐迴睇龍門非空堂深夜跳蚪蝛十篋陳
書卒病癖侏儒飽死臣朔頑酒酣噴墨戲春感哀駘之
僂琭蠙璣好文野老北方鶡手携精蹻䩄江婁戚獲含咲

來如揮謂余宿命驪烏依西風蟬腹薄脂韋白晝罕犢
填金閨毀瓦畫墁公何違余曰唯唯青陽薇臨池求米今
鹿裘山陰曲路蒼鵝飛僧攜謝韋吾不誹芒芒胥聽詩

古徵

題沈太守韋武拯安國 代

平生所聞沈漢陽三年畏壘居大穰袖中了了活國計餘事
秕課萬家桑鋒車趣覲一搴攘氣如天馬不可韁中歲感
漲瘴鴈集百不一試度世方為言先世鄭東里斗刀所奏無
瘯瘡韋武苦於古勃海郡厭土隱沃瀛杭糧昊天不惠蒼赤

手勝遇睞澤紛蜩螗我祖談笑出津筏編萑截葦靡不臧
綻奏根食謀彼居毗氣旦夕呻已揚漢庭璽書浸則已鵰
溪小鴉騰遺先吾聞此語重有憶其時三輔同稷荒先公
手播　天子德人飢得靡渴得漿傷哉民腓身遂瘠惇
孤零亂千迴腸界口雖寫去思碣石甫歷未及金題紫雨家
名輩有紅事感時道舊增悽皇今年北山老蛟出天意
未攬陽侯狂吾儕飽飯秖蒿目斯人形劬何由康還君此
圖三太息顧躡監門排玉閶

題徐鞠人北江舊廬圖

前人傳藤梧後人歆清陰不惜藤陰稀但惜祖者心長安奔碁並跳身匹一族不割謝公墩行儼惠民局君乞田十雙藤無宮半畝於陵所卜居夷跖定誰某客來攷坊巷譯是北江廬有亭翼其左篁石羅前除載酒試有徒臨壁苦無銘益知後睎今具茨不同異洒並清風西坐我好軒庭風流泠於鐃嶺歸此重覃靈無廬之見存即吹好游衍芥巖皋壤邦善開不在鍵扃飛里安巢窠廓儕揄揚游縫亦止濼江湖泪相忘蝸居蹈龍尾冒下仲舉榻北江先生計偕

時冒止繩匠衚衕一處人家規傍小巷施芭言一捭闔

雜述寓舍花木

蜉蝣又炫服。青黃憚爲尊。師汝全生智。吾將[行]署櫟门。 櫟

髗髗萬蟻喧。古落不蝕蝕可洞。駭雷起枯株。雖[乃]覺封侯夢。 槐

怨葉戰涼飔。顆丸獨飛雨。齋鐙夢不成。無爲宵老楮。 楮

獨笑莫予侮。春風菽放顛。無心開且落。不著學人肩。 海棠

手植蒼筤竿。隔[令]年碧捎雲。移汝埭南宅。終焉敵斧斤。 竹

天邊織女星。籬頭牽牛花。花開月東上。花落星西斜。 牽牛

欄前雙桃樹。崔嵲日千迴。中有阿連夢。紅雲壓眼開。 緋桃

玉交枝不斷。半面出新妝。拗浸銅瓶裡。團爲瓔珞香。 丁香

園人銅紅蠶露桑光勇勇但將連理桑不落同功繭　連理桑

春風吹老屋便邊柳條青向夕毿毿影玲瓏浸衆星　柳

修榆秀北塘下結莢一把當戶網青蚨遁逐四天下　榆

石暉樓訪宗人春原

石暉曉來泊迴睇川陽開澗碧瑩于雪山荒藉不苔蟬音烟窈窕放杖客數陪太息吾宗老忘言且振括

病起

方春十日病春去尚幽眠眠適瘖辭性病辭山水緣蔡笙泥出蘭破繭欹缺天物化看如此衆生共贈篇

權制

雕弓傳之學飛眈眈噬何耽澤龍吐貝珠問誰能不含海波

幾時請淩氣敵多貪權制遺國工刑七而賞三

横流

浪傳精衛塞横流暗得雞迴島索秋已割蓬萊小左股莫臨

碣石海東頭激波勞衍能(給)沈陸逢氣蕃孝免(旋)波疣一笑業

成無紫我人間火急有鄰侯

喜甡甫臣雲林弟巴同蜀

三春病是吾家事一嘆汝隨江水東各有兆堪付杯酒挾蘇

靡靂挾參通鉏犂棄置時何福賓客朝昏斷未工日斷高天
真倚杵莫含孤背似秋鴻

金蓋山圖歌

蓬萊㡳失山左股龍虎逶蹲々無安所不見三十六峰寒林屋
洞天諠豁海一擲直下三天都棲息容成翔玉女負笈夾煙
學鷺鳴桐華被逕迎鳳々舞道人絕粒今幾年斷爛琅書滿
巖戶中丞洞觀三洲靜縹緲高真懸振取壽時奏衆棋華
鳥臂彈虎輪一逆旅瀏然真面出旃檀乃是天機精者啟我
之金丹換蛻凡骨揮手詠君不復語黃芽玉訣叩何時上下

赤松去步武秋懷浩浩張閶浮扶搖神皋起瀛瀛高瀛士莫涎碣

石海東頭保有蓬山圓嶠園

管士修同年母夫人壽詩

苕苕不周柎欃欃太山河下蔭三珠樹連蜷百尺柯丹邱恒駐景

寶婺況錦波西方長生籙衛壽奇區

夢分北郡粟不擾優曇花中種丸熊膝青山挽鹿車蓬侍通

德星今匹聆報家壹卅靈根蒼壽霄散紫雲

前日瑤池宴天闕家慶圖子壽章下視三島殿中趨玉堂斟

芳蹤吾先與翟孫伯親遠季年不愧篆河模

合坿和婉意微而通處到唐宋諍句律方漆波居寄示才
子春寒補綴清溪才性以篤極因是最朱陸

贈漆園

嘆余飾家業□□高大牛斗不能非直秋蘭菊枝人
健為節氣流放而新一窗林家西場地闊層元九家為鄰
餘事環海成何用桐陵昆然莫向因
半農相進筍支濟詩園聘舟心
乘流而補業高士翁而清秋一閒閣也此豪興廣為
逃虛枯兮哭詩窮坐想大雅收滄波猶恨鄉舟入晚空

万態目營河來氣沈沈星宿拂斋寥

題葉天寥真

晚歲瓶拂裏〻老早避貂璫念〻交要以出烽閱東海讓空〻家

法力能回

病山避亂武陵武陵畫人陳仲猷以書畫相勞苦題（乃君往年避兵地也因屬）

故長的亭留元歆東寓（炷香時的）

極天兵火悅修途誰語蓬壺定居困急故人憂患外

哀歌將是雪霜初新忘濡呴宜子組金迷路晚樓尚井尾（嗟　亂離　萬緒）

日夜江帆急東下故國人多樓台杳（使　帶）

十年

清秘閣

右彊邨詩存手稿一冊臨安朱祖謀古微撰原題
玉跌館詩存後又刪定為彊邨棄稿予為列入彊邨
遺書先生晚歲更名孝臧號漚尹又稱上彊邨民
詩多壯年之作故仍為署原名存其實也
先生少時致力於五七言古近體詩刻意学江西詩派
曾手鈔山谷內外集二厚冊以備朝夕吟諷又有陳簡
齋詩鈔手寫本一冊並擲予行篋中五十後与臨桂
王半塘鵬運相遇於北京始学填詞旋遭八國聯軍
之亂与半塘諸友集宣武門內所謂四印齋者相与聯

洎乎庚子秋詞及春蟄吟等集，乃益專意於倚聲之業，並以校刻唐五代宋金元人詞為職志，刊成彊邨叢書四十厚冊，為研治詞學者之寶庫焉。晚歲不復作詩，而所為詞融以唐宋人詩，樹骨沈雄，處類白石道人，詩與詞殊合同而化者。雖兩家取徑不同，咸能卓然自立，而感時撫事，悲涼慷慨，視白石似有過之。今以此稿歸之浙江圖書館，並略記所聞如上。

一九六四年五月甲辰孟夏萬載弟子龍元亮謹識

龍七

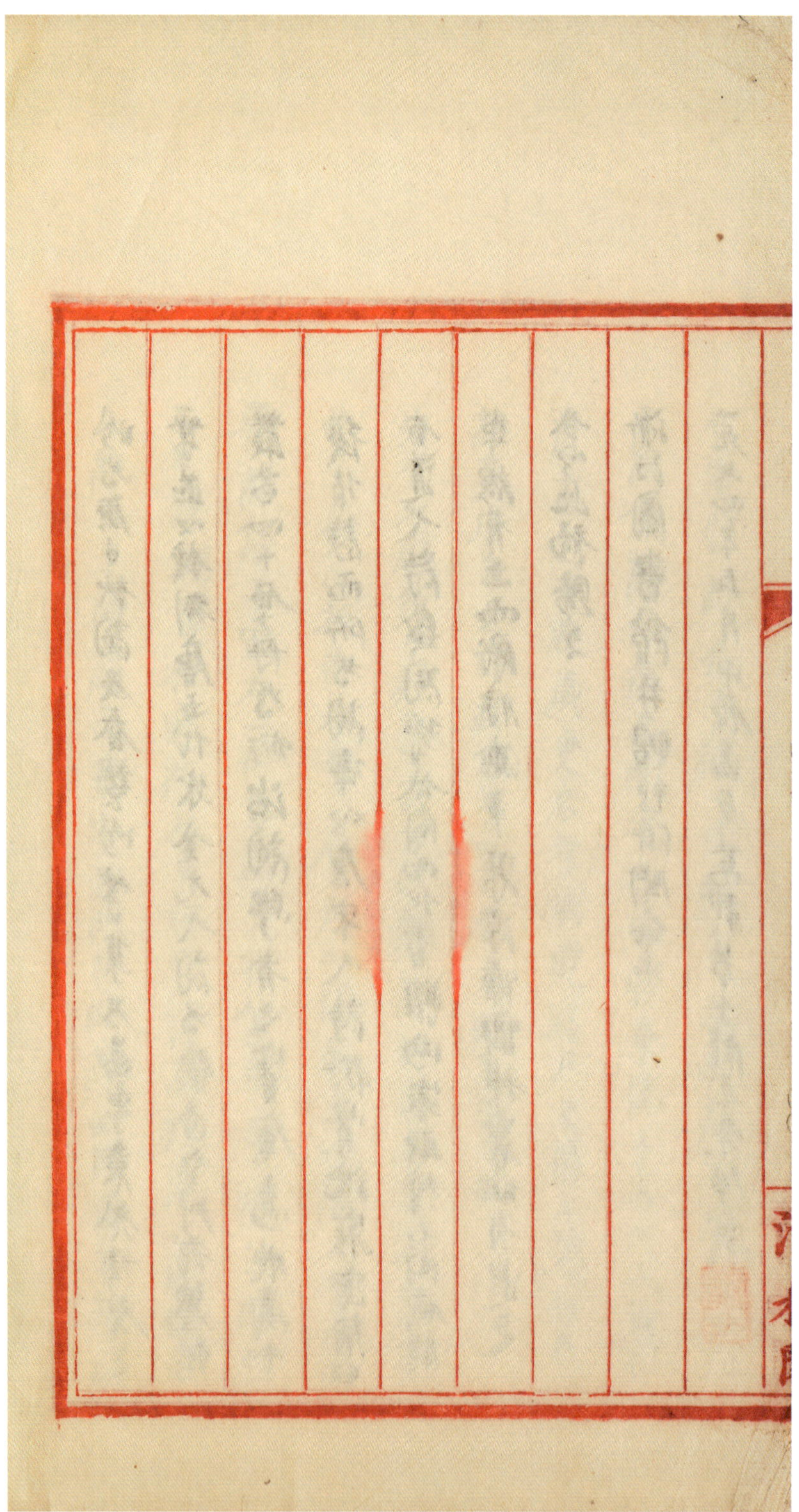

彊邨雜稿

據浙江圖書館藏稿本影印原書框高十六點五厘米寬十二點五厘米

彊邨雜稿

歸安朱孝臧手定

彊邨雜稿一冊歸安朱孝臧古微手寫本首爲詞稿七十七首其薄倖一首早由先生刪定入彊邨語業卷三餘除已棄或注明代筆者外先生逝後徇諸故舊之請輯爲彊邨集外詞附刻彊邨遺書中次錄周密孫居敬林淳李璧耿元鼎陳造諸家之作意或從永樂大典湖字韻中寫出以備補入彊邨叢書者又次錄秦晦鳴柳摩霜葉飛詞之屬則先生擬舊之作也又次爲文稿五篇又次爲宋詞集聯十一副當是先生手輯如楹勒錄之類以備纂書採用者此事吳中文士恒喜爲之其精巧者直如無縫天衣言同己出先生興寄所託亦頗饒絃外之音往年鶴山翁季後曾說予以所作詞就正於先生季後亦有大

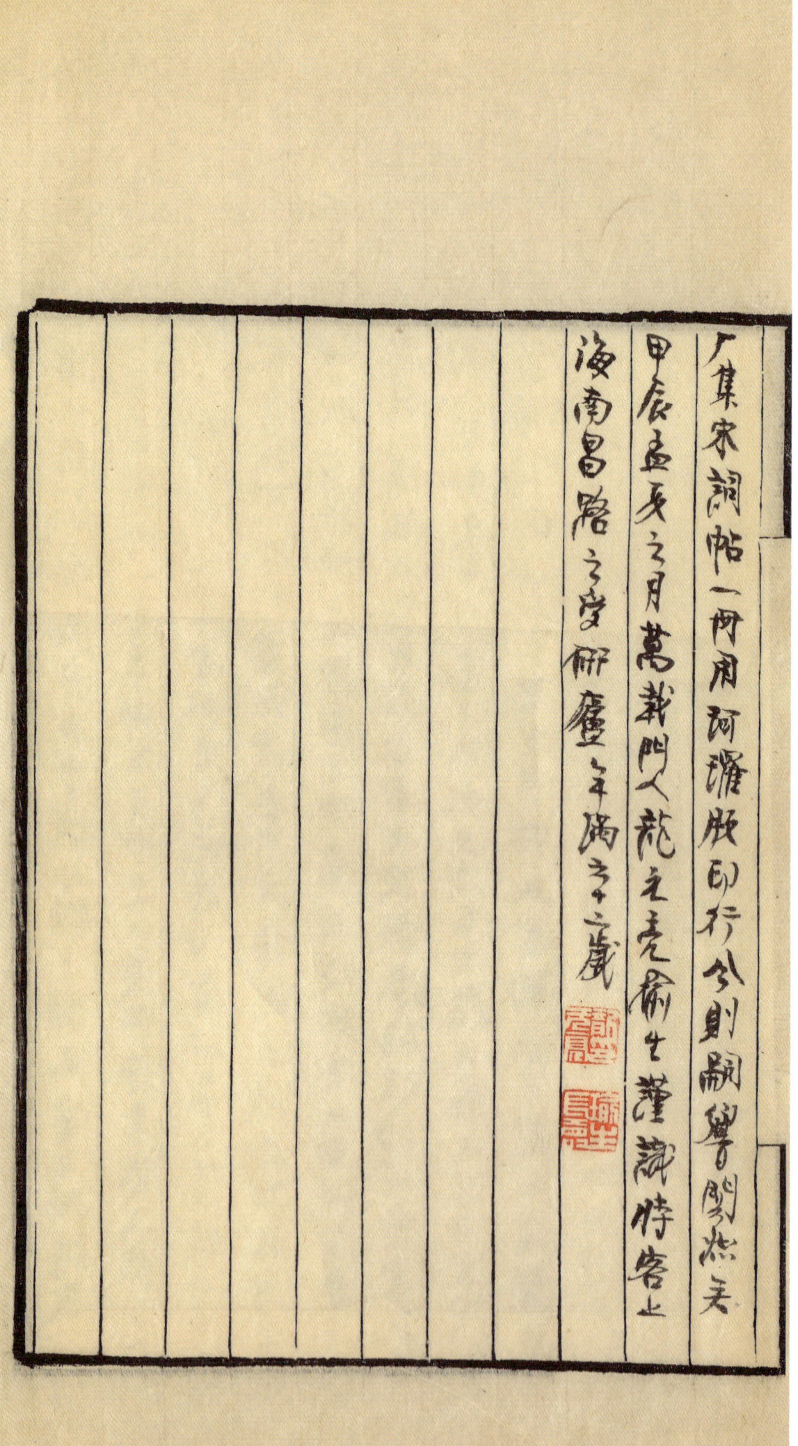

厂集宋詞帖一冊用珂羅版印行今則嗣響闃然矣

甲辰孟夏之月萬載門人龍元亮榆生謹識時客上

海南昌路之受硯廬年滿六十二歲

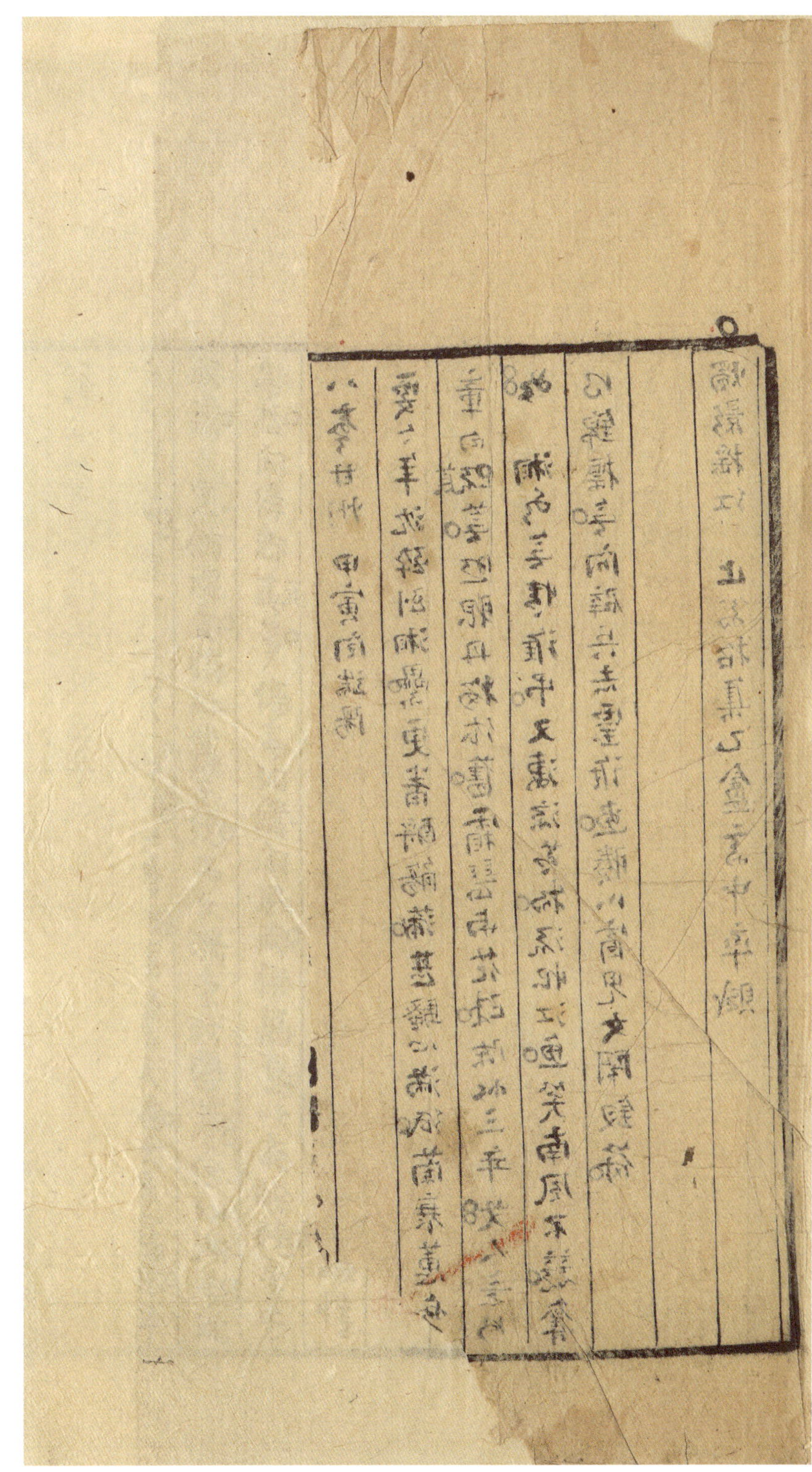

八聲甘州 甲寅閏端陽

要々年沈醉到湘纍。更番醉觴蒲。甚騷心滿紙。蘭衰蕙歇。章句疏箋。照眼丹榴依舊。霜鬢與花鮮。陳叔三年艾。人意同然。

湘水無情誰弔。又淒涼萬物。流恨江魚。笑南風不競。奪得錦標先。向辟兵求靈符。勝小窗兒女鬭釵符。

燭影搖紅 止翁招集乙盦寓中率賦

飄零妻鐙。酒卮不抵殘寒醲。借人醒落醉橫枝。消與流年感。客愁飛花共減。夢天涯清鉛數點。寒星邊影。飛傍誰家。雕梁燕占。獨臥滄江。空盟尋到鷗群。漸莫憑回雁訴鄉心。兩地驚波機。生菜春盤未歷。兩條梅澀萼半舒。歲寒情味。莫被鄰家東風輕賺。

蝶戀花

飄灑繁英如雪片。搖盪游絲。那繫流光餞。未必清歌彈指散。急觴催拍誰能限。　涴地花塵生氣面。步障重重。未省春深淺。烟語隔牕人不見。解紅新曲共排徧。

還京樂　和晦麗蘗子

斷魂事。說與殘燈催墨能惆悵。念鬢蓋塵鏡。涓灰蠟炬。吹盡誰問。記影娥池上。長條常月和煙遶。傳素手。扶醉喚取柔波進槳。　倚高樓望。騰狂花吹雨。瓦鶯未惜春〻。芳草又長。東風換綠林亭。晴絮雲腫麥未徃。黃銷濃是急雨徃來。明窗佩響。怨色西闌月。窺人昨夜薇帳。

前調　題沈霞笙參軍櫻詞

催懷抱。閑書斜陽猶覓微波語。任驚鴻去遠。記紅踏馬殘情無據。閑倚都（花）春事。傷春涓淺闌風雨。併萬感。昨夜醉燒燈芳成譜。　寫銷魂處。偷琢叢千繞。而今漲舉狂雲處。總紅調說。沈吟又拍闌干。遊雲無際里。如許坐滄波。還恨日天涯。文章羅襟手篋秋蕭瑟。蘭成身世重嘆。

高山流水　宋徽宗松風琴

敲宮法曲冷朱絃。倚龍吟風雨潛然。開宴記芳時。南薰韻入流泉。河清慢慢徵角重翻。宮游處。仙籟屋霄編徹。仗合蒼官。和春雷別殿。篤轉御香前。　會端。青城畫午室。香谿語處指秋寒。雲氣香花詞。夢蓬萊北千山。向霓裳笑處發烟。知音少。棲鶴孤臣老淚。怨攙哀絃。帆定奪不返。凄絕隴禽言。

虞美人　八月十四夕同吳瞿庵賦

常娥不悔偷靈藥。碧海孤秋繞。霓邊猶未是圓時。誰喚風前涼笛起參差。纖雲卷盡金波泣。破碎山河影。言愁直欲問青天。不許今年明月照明年。

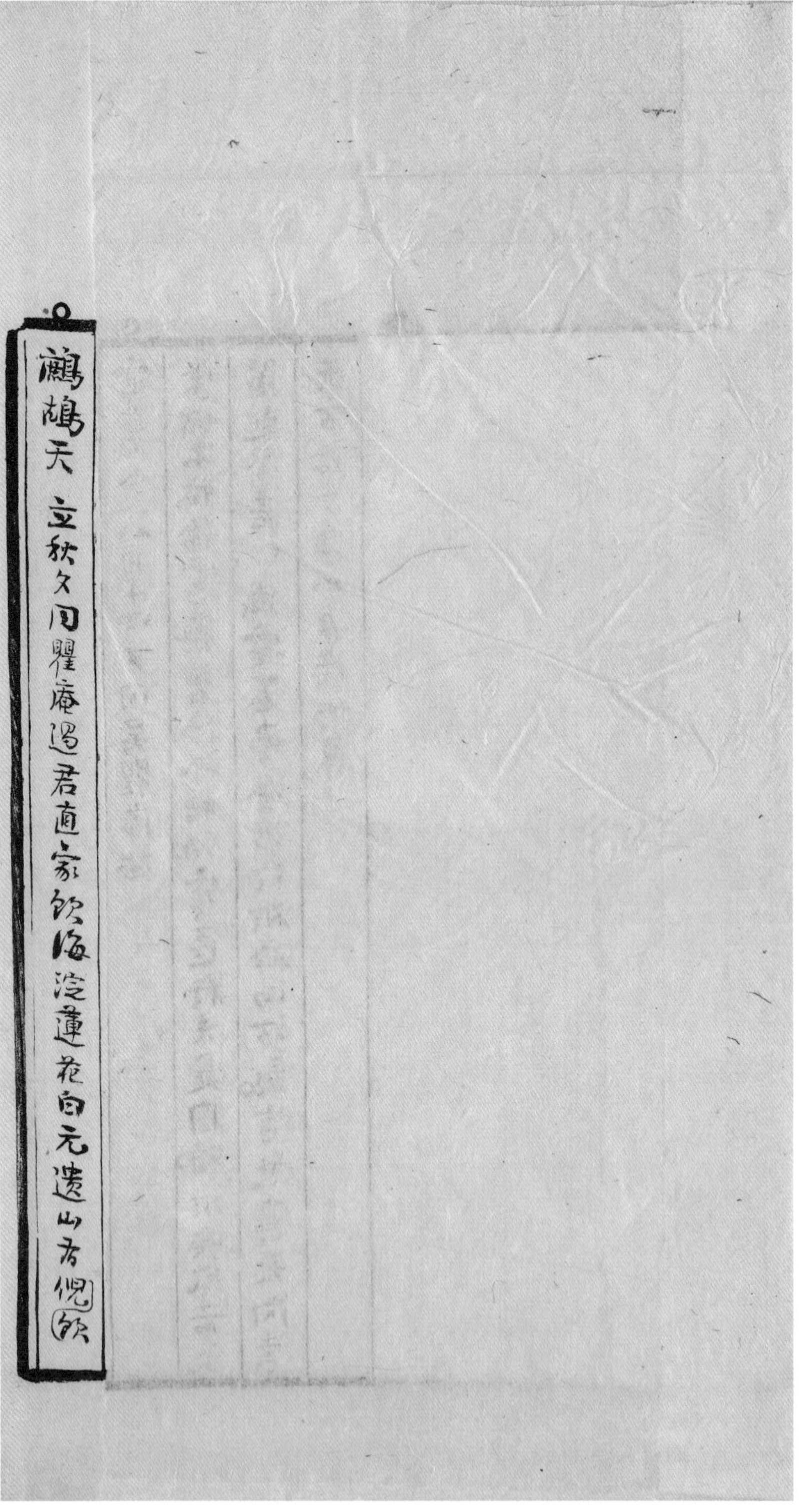
鷓鴣天　立秋夕同瞿庵過君直家飲海淀蓮花白元遺山有倪飲

文仲家蓮花白醉中作寄同前調

嗚咽丹棱水不波。拍浮來趁小紅螺。臨風雲接秋無邊。聲寄傷分太乙多。　浮汗漫日亡何。霧清醉殊不須詞。白頭野史寧家歌。清間平生老蒼桃。

水調歌頭　壽沈子培七十

風力鼓吹墟。海日總明樓。危闌曉袖。年邊景物座中收。薛會歲

白衣蒼狗。寂寞寒山老[illegible]。一定鼓天遊。吟坐依南斗。吾意非淪

添。　白苻芝。碧筩酒。茅為鄉。傳奏返魂東。𠂢翁一䈽山樂寫。見況

早是蘿龍考舊。況侈劉樊家藕。仙籍本傳修。笙語持桐素。義取作

四輛。

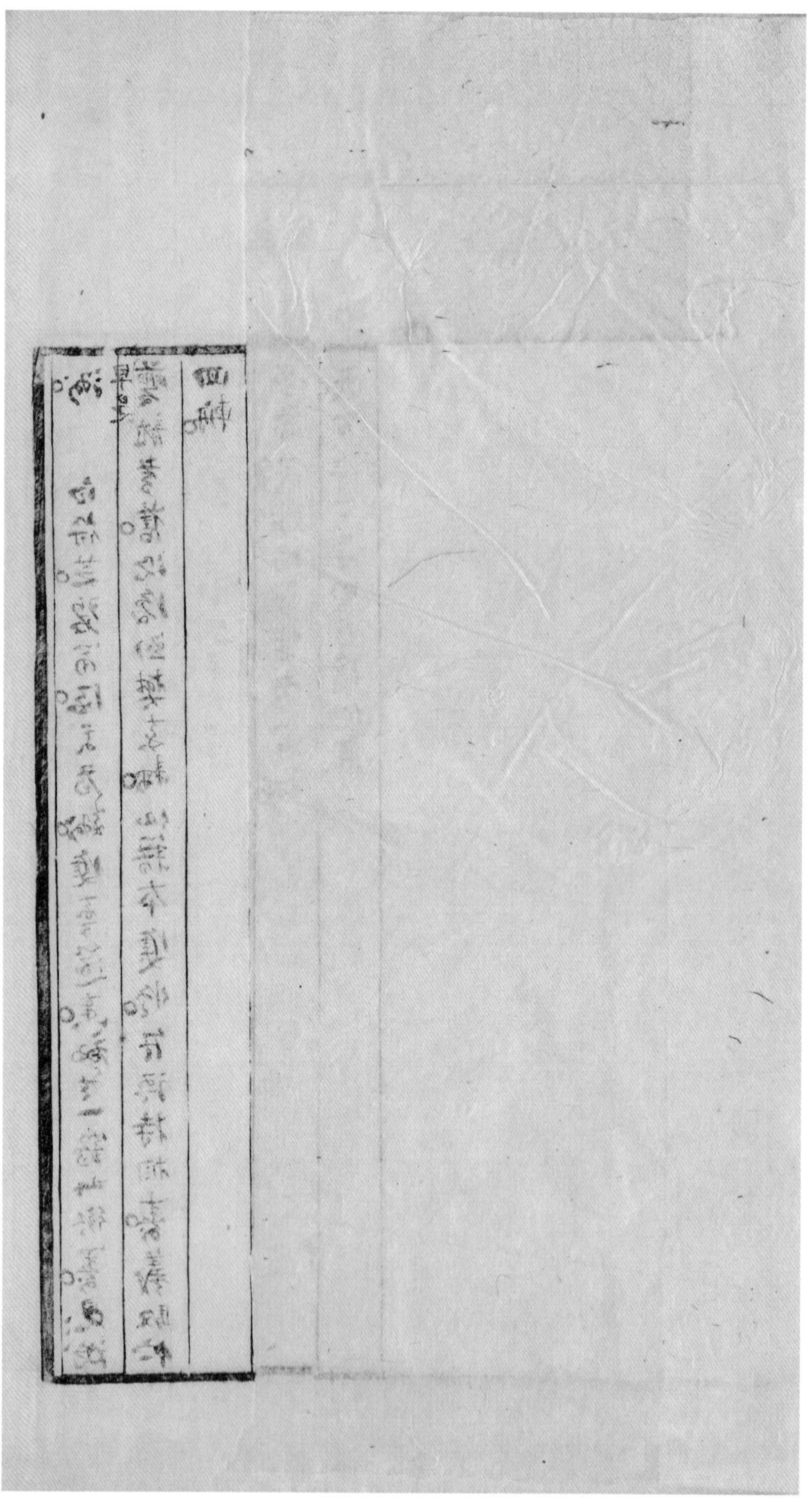

代

題自摹

念奴嬌　張石銘爲母貝氏造塔刻金剛經

四恩一報正宗觀我寶瀕無真性不殺恆沙量七寶妙果人天

爲證西母慈雲北斗爰日法炬塔輝映珠華散處皆應作禮

恭敬　誰製窣堵波銘斑連葉綵段拈靈山境閣邊絳紗耽

淨業清課楞嚴消領貝葉雕鎪珠林秘譯慧血歸明鏡浮提

匡語粟去護蔭俱敬

點絳脣

燈黯春陰。瘞花銘罷空瑤想。佩環無恙。夢繞歸風響。　十載

江春。鳥換桃根槳。仙雲住。夢人惆悵。多事千絲網。

浣溪沙　西溪泛舟同先爲、闓同病山、仁先、公壯、映盦、猗伸、伯完

又是蘆秋一番秋。十年詩鄭醉菁華。明朝金鏡照鄰舟

坐縱橫山偃蹇。斜霧栖舞柳語迴。荻花[illegible]雲路杯。

溪山何緣也姓西。淡妝濃抹又相宜。幾堆紅樹岸萋萋。

好年光源湯過。小颯風輕兩路嘶。西湖衹好讀書棲。

化隊鳧翁繫艤仰。指提取次出花隄。一鈴先失艸堂靈。

息聲家言記莂。因依佛界借傳燈。我來不作有包僧。

鄭灼手抄禮記義疏。明中葉吳原博、朱性父、錢性父手寫書。嚴久能寫儀禮要義、春秋集傳。李賢書太常因革禮。宋賓王抄周益公集二百卷。寶山集士禮居藏本。蕘圃又有寶山集、渠陽詩集，亦宋本。

薄倖

倚東芳樹。遞一霎、殘春言緒。未憐[illegible]魂乍撿。輕繞汀橋風絮。甚卧枝香夢東園。春根重上桐里句。役綠筆盡勸。金尊顛倒。催今詩第新譜。也自鮮連環誤。渾不奈、綠窗鸚語。禁不知門外。飄紅舍地。等閒卻、過將紅事。不關風雨。但厭厭、洞房。天涯望斷香冷處。危闌更倚。[illegible]

念奴嬌　題蔣孟蘋寫書圖

淵源蜀學。向靈衿淮海、驚心一隙。巨集能了、天水初藏尨。珍禽遞綫。三醫云已、一瓶許綰。其本數分合。元亨汕書。古香襟染衫袖。前度十七遺藕。仍從委蘂。三寫流傳知。說似芳菲拈白浪。幾絮華翁。金箔謁書。號華

和夢窗 孫春名山壽。屆之日出。陸侍御與宗宇。

金縷曲

憔悴長生酒。是前身、安期飛舄，浮丘招袖。畢竟百年誰主宰，

可負扶藜攜手。向幽齋、二分春色，不論蒼狗凝物理。便三五

飛蹤休問又。指生涯、又君壽。羨君家、鳥兒庭下，儘從宜千場

醉。滿月天花應此界，直須寫、筆花此意人傳見。待以佛國林如

綠。四海之中真健者，定何須、紅頰長廊守。還種得，花債

丹霞叟。 題蔣孟蘋密韻樓圖

重檻連牀緗縹。串卅年、英光深燼。真珠船卧，閒對秋燈塵軼。（過眼雲烟漫有）

畫元和悅耽，題緗。儘有書城，能消除否。檢點萬卷儒匣。（按譜笛中，世樓舊蘋錦碧）

唤起詞仙一笑，來伴幽獨。 四郊多事，凌舉舊香凄縢驂。

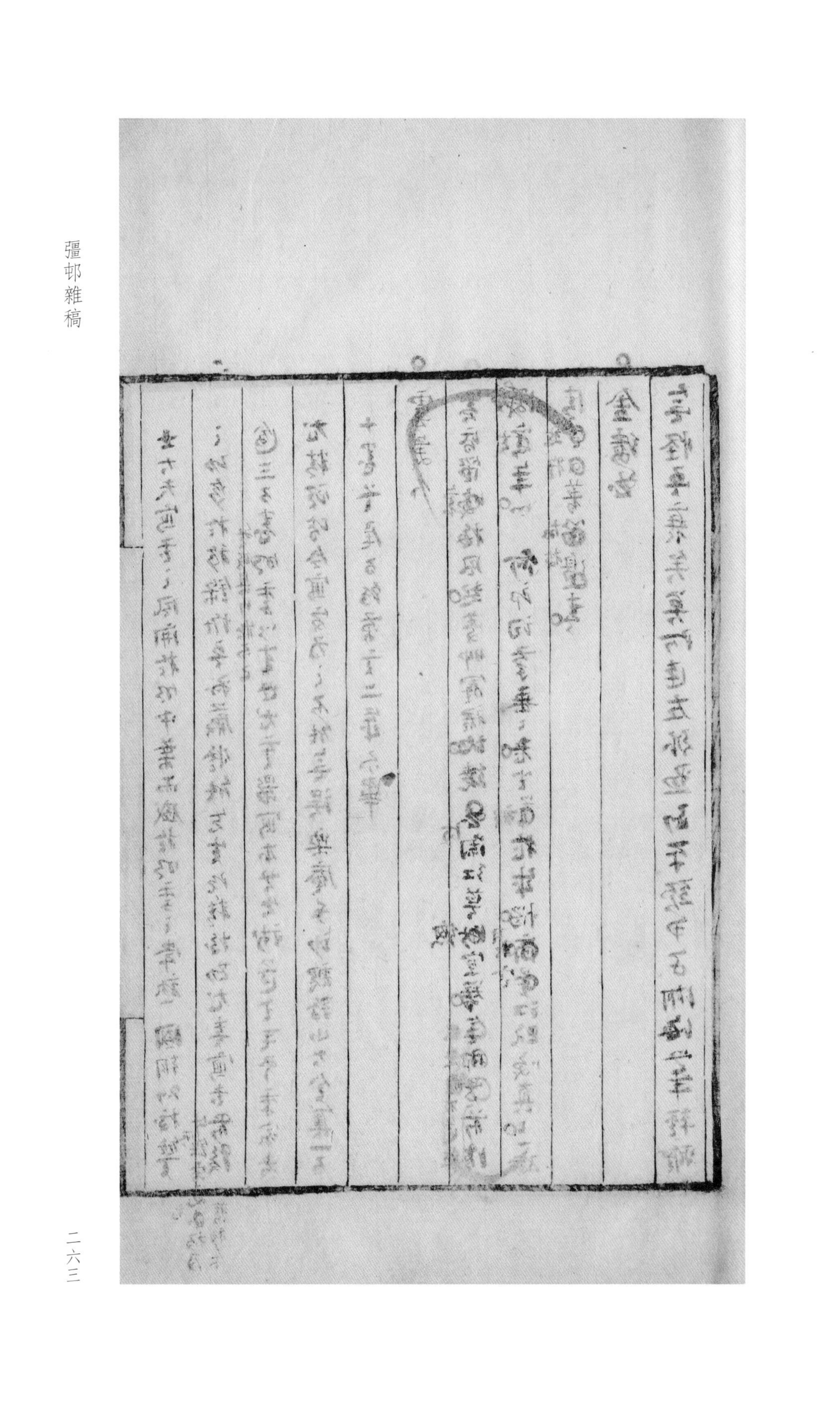

[illegible]

士大夫寫書之風開於明中葉而盛於明季之常熟。國朝知格齋[illegible]

（叶氏錄宋元本 乃舊抄本）

之功多於移錄，惟季[illegible]嚴修能先生精校勘，尤喜寫書，其後

遂三百年。寫書者明季以來世尤重影寫本，其出於汲古毛斧季家者

尤精。頃得今寫本為之，不能無誤。樂庵手鈔魏鶴山大全集一百

十卷，首尾百餘葉，文二集不畢

雲外笑人

香留[illegible]梅風起。夢草羅裙地。繞長洲紅萼。幽窗宜夢。[illegible]前[illegible]

[illegible]窗年心。何郎詞筆垂垂老。半生花月惱。[illegible]江路。嗟真[illegible]

清真自著[illegible]書。

金縷曲

念怪吾衰矣。莫阿連左孫[illegible]子淵海[illegible]筆[illegible]

水調歌頭　壬戌七月十六日林鐵尼招同王息存、王病山、況夔笙、陳餅庵、夢坡、叔修及余來墅生亭李閣生賦圖修禊，徒此紀之

今事不問夏，時夕已中秋。但翻風月，在了何地不清游。傳是

猜拳茗飲話斜陽飛雲桐與柳還泥陶次第邱壑老子已

蕙襄　我亦君之僻我與鄉僕撫鄭一笑從我且去自登

樓古木桐我自閑蕙生以余佛指齊古物相學諸臣寶玉亦深休掃

舒論齊物何必向吾翁

百字令　題余堯衢倦知山房圖

角巾換老。依然是持搢人生胥月。造化小兒太嚴毒。隨分何爲歸

宿。老屋三椽。良田二頃。高卧清虛足。蒼涼綠戾。老仙來伴幽獨。　諸道

倦而知還。散發遊海。宦跡相繞。多難方同一概。回首鄉園松

菊。故國青山。滄洲白髮。歸夢誰成斛。何年異壁。大樵孫書遠視

蝶戀花

帶雨孤花支落莫天際朱閣隱著濛濛霧初肯相思儂與海

東風叶較關言語　却是紅襟寄律户但爲呢喃不省誰庭主

親事零星從頭訴千縷爭緒君休誤

惜秋華　爲雪尹李題其尊人讀書秋樹根圖

敗葉寒楊是風林雜誦當衣時節霜沁素天驚杯替人嗚咽寧

衣帶卅叢叢清盈匊皋魚淚血丹青裏春暉暗換清淚愁說

東閣況羅緒肩話遼東舊儂雨劍花外絮塵鏡皆如輪他鏡山清

絕鄉棠梨舊花寒寒怕緗素霜芸消歇樓頭況今前別腸千緒

東風第一枝

錢臘題襟空春勞帖十年人老京洛舊愁纏對燈花豔陽

又窺鏡幕東風微醉怎還被輕衾迷著燈淺情待寫銀箋

早有寄梅人約　花市冷綺羅煙落燈事早慈驚未覺莫

回憶濃年著後拋等閒殘醉吟筒誰勝否霽底蜡梅紅萼貽

恨詩尖急飛來譜向瓔藤角

[illegible]年八[illegible]

東風第一枝

[illegible]

[illegible]

[illegible]

[illegible]

卜算子

江北望江南花發雙紅豆道是相思兩地殊一樣傷心候　昔

眼隔年鬟移鏡面凝香久道是相思兩地同試比誰消瘦

[illegible]人[illegible]梅[illegible]圖[illegible]

[illegible]

跋語 [illegible]

留春[illegible]風[illegible]清道[illegible]中[illegible]

江城[illegible] 壽白

過了梅花[illegible]人向三[illegible]好花

[illegible]仙翁佳

但有[illegible]白[illegible]西[illegible]山 先生杖[illegible]

[illegible]詩成[illegible]

[illegible]向[illegible]不[illegible]年[illegible]天

[illegible]

疏影　冬飛雪

輕花散緲做釀寒院宇葭琯芳菲夢斷行雲似剪東風裁

瑤箋訊蛩覓淩波縹緲珠塵雨灑點入綃梅新靨料昨宵步玉

人來遞了朵雲便傑　休語湖邊擬袖針猶凍向曉吟侶儷
鬧帳墨經年踏鶴書回繞聽玉龍吹徹如何一絲春痕展又
怨指練床人怯傍淚窗添暖熏籠慢取鴛衣重疊

疆邨語業弟八冊影印商務印書館印本

疆邨遺書畺邨叢書四冊影印商務印書館印本

八十年來上海之史料 二冊

景印常熟翁氏藏宋刊本陽春白雪八卷外集一卷孤本

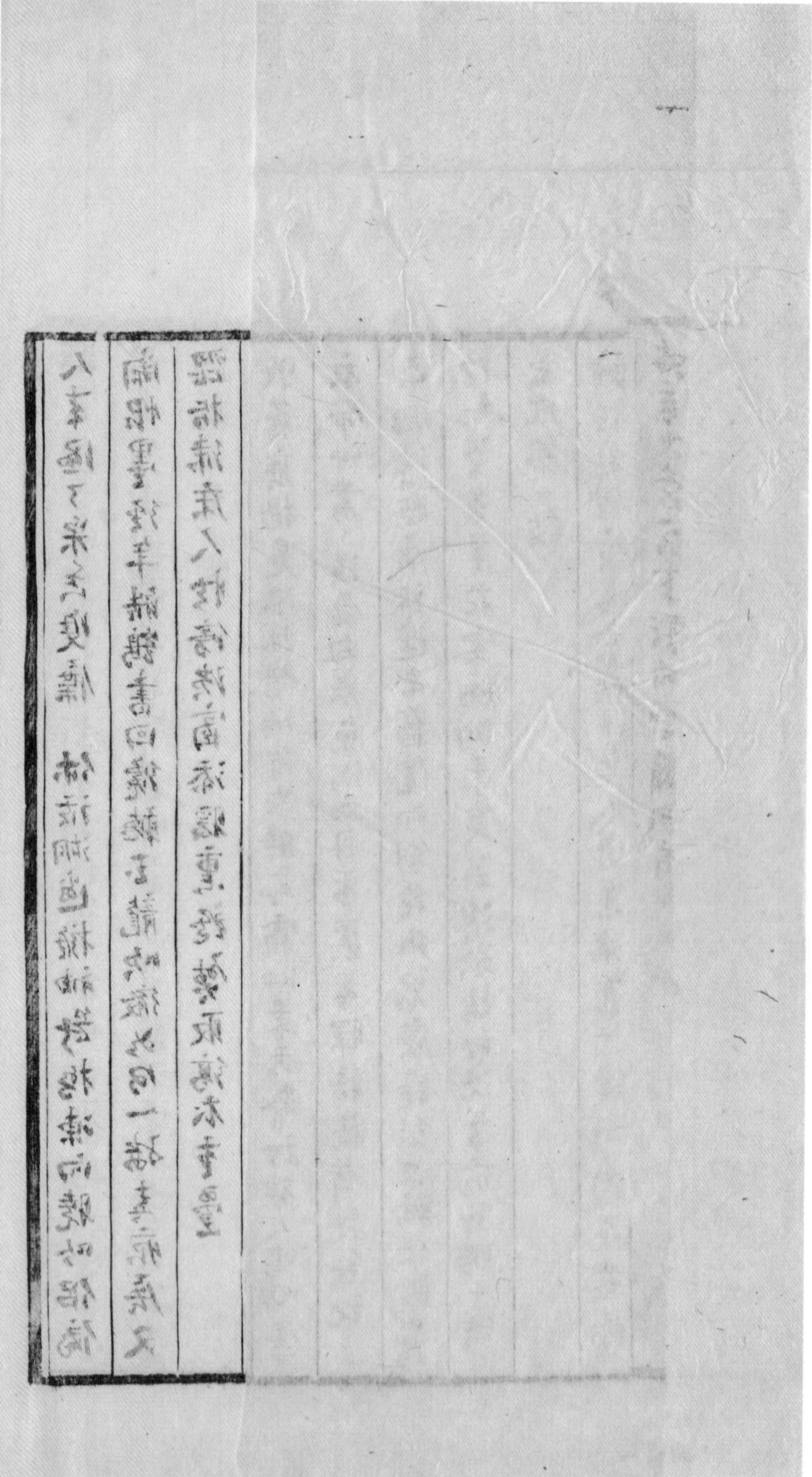

月中行

隔簾多語聲微紅（又古）　波樓麝華郎妖（次）　春燈雲影好簾櫳（映古）

空梅滴金鈴（次）　蘭苕吟且知多少催不夢醒杵雲鐘古雲紅

學箋五更風（次）　消遣佛香中古

沁園春　壽詞

過了梅花還有春風林多盡綠葉即藏些於人間三島明看

日月安外雙丸狂海聲飛行雲深處（秦）舒遨鶴夷僊仙誰傳

侶有君盤白鳥（西湖）西青山　先生杖履葛巾已攜茶枕糠庵據

孫勤詩成（淡）雖付琳琅壺罍招引英雄滄灩能將如叙方酬大道

懶向鳳邑芳庭不計年撫算文為壯奇雖龢健翻摩天

帝壺春　壽詞

岡上竹窗祥雲繞南國瀛海秋澄聞道今年蟠桃多實好是金
英浮露家錫寵辟鄉鄉名隱語春暉子舍心情雲帆縱卷
青錦幕萱草茁駐鳳與鸞錦額西崇楚仙郎練衣擇也
親頌春萱南極耕自瑤臺譜家慶來入金觴煙仙源拜壽母
年年認慢仙家龢

△

醉蓬萊　壽詞

望南雲收蓋簇翠瑩叢亭亭豈此家慶屏開晚璟枝瑤席
東海桑桑南陽菊灑家是陰秋夕寸草心情辦來親抑照星
南極　粉署仙郎繡帆歸去桑梓山前版輿登歷樂有新
夢下書鸞仙翠纓桂香濃仙麝麟肺有麻姑親擘一望陵
南陔觴逸叢陶家富矣

風入松　壽詞

祥雲如蓋護南山雙鶴更添籌遥知家慶屏開處看新
聲樂奏桐孫瀲灩郫筒香藹縠紋東海果栗　仙翁衣佩收
雲袂吟緒渺滄洲數株梅蘂迎擔園咲盡洞天春入瓊甌來
碧雞峰勝處綵衣繞膝長浮

燭影搖紅　壽詞集夢窗句

玉樹西秋寒沈煙煙鈴長鳥韶臺雙引繞花行宿避連清
曉鼓點宮梅信早占年光瓊簫縹緲春風冬定留仙重陽
蟠桃正飽　野閬天寬燈情今載鷗來棲身閑雅趺寸心丹閣
苑芝仙貌同檣雲根一笑綵鸞飛朱絃古調雙鸞共跨已駛
天長紅萸烏帽

玉樓春　壽詞
南雲似蓋籠燈曉蕣翠萱蕤春晴裊鄉亭斟巴菊花期度嶺
來迎梅萼好　從兒整頓詩篇了瀛海歸艘秋滿抱

虞美人　夢曉樓秋燈隱夢圖和漁川韻
井梧一夜驚秋早月落南階少金猊香篆不禁風遮得天涯
路斷畫屏中　帳羅夢覺年時淚悔怨渾忘記秋又二十有
夢長誰伴不眠人賸有分攜床

滿江紅　題匡廬笠屐圖
拄杖翩然問誰是高寒真逸看天外浮丘袖把洪厓肩拍陽
郡縣簡分日遙連峰屏除秋雲出信肝腸如雪兩詩翁樓回

息　潞陽郭秀煙圖記爲桂西風席老生涯殘年蒼烟雙鬢

出世爲舟誰伴侶入山偕有猿生客剩寒宵風雪夢廷君去

題白

滿江紅　贈吳伯宛并題邨居時君將之皖此行

門對青山稱舊隱東皋亭館臨玩香絲桃蹊細柳連路山

葉最宜鴻案隱十年來結鷗波春閒何時著論效潛夫先生

懶　胸有磈磊將盟鑄腐與去千卷笑修椽古寫年年海

燕長策氣如何韌飲短歌傾南山杯好超班書琴莫營家

滄江晚

好事近　題前溪歸牧圖　漁山先生　撫曹河雲

扣角發高謌誰把送去同讀不必叢魚癡叶對溪光如玉

江湖料是未歸人近年笑減歡早晚上鍾山下買春蕉蕉樓

柳梢青　題顏吾逸如畫蘭擬厲樊榭

小夢芳殘烟根露葉葉○轉蟬信親親信根本双身○意絶一夢○簾外嬋娟○　年年旺雨東山清不得天花妙髮佛間來風風雨雨多少葉葉情禪

減字木蘭花　題送黃少魯由江訪舊圖擬陳迦陵

多情如此總夜紅芳蘇新色無涼月迴擾自倚情琴譜古招平生風義○江潭楚些眉賣將淚○雲鬟霜鬚○胸次先收一華

山78

好事近　和梅緣均擬安庵

亂篆折花條闌外水漲風息當窗忽催歸去看素手憐情

銘心百遍許雲英料理寸腸直到別有蕭蕤蕤處語是紅鵝

不寐

減字木蘭花　題辛仿蘇書衫桂樹圖集遺清句

貴金壺古百不惜人醉猶饞醉帽敧斜風君臺均九畹花　玉

蕭風颯以唇箏紋歌似水流收書衫夜冷春蔥下箏箋

鵲橋仙　次珊席上戲示白翁

五陵舊夢五湖新約併作天涯流浪尊前題拾少年人半經

卷藥煙僝僽。先生有道慈悲紗帽一笑都無相對商

新作猶山擎漫攜向遠山相向

思佳客　代賦

鈴響笑分須不定輕舒清朱唇鈴盈盈喚未為除乘翠扇別

青衫伴挽小唐箏　雲鬟情月如迎影中歸何可憐知花之和笑
相看憔悴委香前意不平

水龍吟　層雲易雨長卑李白雨小集香之子弄
畫之層宮船清歌盈湖萬漚香如雪簾前芝蕊邊隔梅行遠道
山容意金風芭蕉幾度隨新智連情荷葉開芝池劍氣消沈
何處一泓底筆字響　誰踏洞老遊相黃西句留中興懷把東風
戰鼓匆匆換却西擁菱唱一局滄桑九能訂總榮回恰帳殘
明年又健香塵翠壁倒看花謝

蝶戀花
後眼紅芳容易懶風雨沈沈送了清明否添盡羅衣寒又怯
搖屐去却無人藝　短睡却偎山枕熱夢裏無心不放雙眉

殘滴水中乾衛鼓絶鶴夜啼上梨花屏

西子妝　題張白琴儂汀宴月圖用君特均

驅馬趁斜背逗笛起半窗高陰花霧被霜黄柳暮愁多綠

離情臥橋沙堤間雜漫舞儔商略間雲去往夢素夜是録

韉革帽玉策親許　英遊誤暴驄看騰射虎荒山去縈四

鄰浯栻吴鉤歌沈沈照跡鄉樹第閬健向橋江春登樓一總

遺襟痕不分高蓮洞雨

謁金門　題張○○○圖

留不住瑤珪仙袂微步滴毀巫峰天外路愁遙蓮夜雨　泪點

黄花新譜寫北蟬娟憔悴結悠仙山双翠羽深情寄雨

念奴嬌　辛亥初春贈黄鳩樹修士峽僉子言之達方舟載隱

據梅鄰附跋閣本作不足據登遊元閣觀時貌莧河上人家

冊跋內用白石均念奴嬌詞左丞松禪相國是康和一年冊中文

多叔人墨蹟藏留樓集与吠塵聯句再次其均

米遥術雲舟閣鷗盟逐討素函侶共寒勒野梅闌未遞辭

懶看屏妝 映 曲路連繞殘亭呼語多事闌風雨未銷天恨

暝鴉窗未看題 映 向 朝暮青閣雨蒼書苦舊謠夢与燕

波古懷廢山樓曉家遥西陵秋別浦 映 瑤芸秀攀翠

翁奴嬌按老集岭佳古輕舍笑深深紅休點帆路 映

洞庭芳　賦劉聚卿所藏大小忽雷

蜀國冰絃。胡沙舊拍。雙檀辭令千場。春風幾曲。樂府小滄

梨園內宴傾杯趣拍。亂是停紅袖昭陽。儒道是。玉宮雲散。一例

舞霓裳。東塘無諍處。六么按出。孤咽清商。又比鸞鶵飛。

下彫囊。安得以龔絳樹。琉璃甲帳。攙搶去。人間世。驚雷破

柘重與話興亡。

金縷曲　壽惲薇孫六十

一滴從天放。佛區中粃糠塵垢。了無我相。身是鳳皇池上客。

彩筆爲千氣象。但贏得白頭吟望。世變輪雲千萬態。冥鴻

山精室將無恙。資梅福五湖長。　森森風骨長松樣。羨今朝

紫芝冷。羅蔵蕤自喜。諸黃鶴南飛一曲。訴與臞仙伶玄似

行入玉山頹頹。生老閒中無愧。顯笑談閒冗有高語。還渾不

用瓮頭釀。

又　芸窗病起。話生東之

未是師种放更休休松風同聽山中寧相與即試拈如我拿悟
入海何乎家正不免高邸悵然小示維摩居士疾要眾生與我
仍年惹閑閒訊藥苗長　休嫌枯木形骸樣總不消愁生高
論道機鋒葛說即補天填海東澤雖依然我王閒日三光
重朗半醉無依南斗看酒波中那得西風邊然處場楷千醺

又　題吳中五老行看子

自解種蹤我傳安排亥癰注籍路空骨相生子最宜邱壑還
不稱陵烟畫象存散髮斜簪相逢同拜散人新素歸要江
湖似古長年年逢滄洲趣日正長　頭巾懶學周家樣律諸不
吟予料理燈煙供書手把殘經須痛飲耳熱酒酣我王交雜
何風雲開頭任爾安期雲氣來試濤浮何物我搖盪行吞鍾

坐傾醲

又　三和

赤手龍虵放放病陸沈神州現出天魔魔變相勸收長星一杯酒起睨青冥此家有夢索攙槍彌望多少新亭閒涕洞閒河山風景雄無羨悲秋斗劍送長　壺盡劍痕翻新樣漫平章伯事盜跖才人厮養雄姿那來相料理多仍三章不足聊不卻天清白日路大好家居雄擡壞是金銀氣與天浮盪消日時仗醇醲

又　四和　病中校夢窗詞

一編淒蘭發謗遺一抔荒廢也茶占詩酴醾露相欲寫情芳無尚筆古今名清江家居湘拳波紋入（瘞）夢聽雨猶眠江憂鈿正藥煙風

人月　嚴慈壽佩弦詞長　同來依舊年時樣任教他送老

開圖井華借書鄉本所難爲人好何必丹砂氣王腰兩眼窺書

雲路一卷霜華（映）叢錄譜付人間秋士迴腸盪氣按拍試吟謳

又　壽曹遽盦

一瓻扁舟投侍安排膏肓兮不錫臺卿相元是玉堂揮翰手

三策居然靈謀正雕繢宣房畢象巨浪掀天風怒吼把布帆

收拾揮毫悠鄉去領水雲長　庭階和氣春膠擾更誰如

棣華交韡芝蘭競爽不問侍家靈素訣經向朱顏長玉室

長卿趁班仙伎掌廚門生兒子輩有籃輿不用青藜杖南飛

鶴爲君鳴

水調歌頭　題水雲洗硯圖爲曹君緯

[illegible]金[illegible]三年[illegible]

高文檀御欄秘齋作御金管紀詞況倫九身人間陪世山華初合山深留趣對訪堂奇雲雪氣只在深長樂夢同聽清銷鍊

壽樓春　題陳仁先同年壽母圖

寄英　雲香正闌夜多藤松鶴壽鶴黃庭招邀仙意吸霞滄見徑　白鷗見御看送上連宵壽煖泥重瞻進供扁車共挽膝下看仙郎　年年從前輝長看攬提綬帽淡林還枚最如昭波游拜觴祀題金逐驚舒向舊年無柳陰盆與枝將看家老屏間花地綺窗春至共

賦字木蘭花　題李先生詩稿板本

歎先生藏書況三十年舊學江門一樣繪不早帽人

[illegible]

奚斯工心頌一篇螭扁新詮字伴㒳裝虹月米家船滄江涘

高文擅嫏嬛祕奇產删金壘圮向沈淪九鼎人間成世小藥都合

山澤氤趣。新詩定有雲霄氣。只在漢長樂夢回晴潸然漉。

壽樓春　題陳仁先南湖壽母圖

雲英英溪香正蘭藁夕薰梅點春觴幾度招邀山意吸遠湖

先佳辰占鵲兒鄉看婺星連宵熒煌況魚膾蔆供鹿車共挽

膝下有仙郎　年年祝意蟬長看緌提德幅淡抹濃妝最好匋

波滌硯脩池題去還鑿甚間薔年題柳陰籃輿扶將看家

蒙屏南瓊池繡窗春未央

減字木蘭花　題李雲谷先生雙研樓本

英英先氣磊落半現三十字舊學江門一樣流衣皁帽人

韓憑詩語填海補天無用處一片蒼雲中有靈均舊淚痕

又 吞潘詞海題畫松

蒼虬根幹不管人間風日換龍性誰馴窮年歡壽歷前人

合象猶然那復蜿蜒霄漢去認作新圖仿詩家山第四株 附將然王

病山將天目吳仲圭畫天目松第四株今藏新山陳仁先所

鷓鴣天 壽詞吳子脩

縱乃高樓送夕陽天教晚節伴寒香綵衣扶杖呼文度稚髻

新春伴有壽光 秋澂灩回舒長三年海上看紅葉西湖擁棹歸

鷓鴣好爲梅花進一觴 辛罷一心菊酒庭闈畫錦書瓊英天雨伴空香 鯉庭詩禮趙文度鴻案釵裙武孟光

又 壽詞 曹君直太夫人 代作

法曲霓裳譜壽人屏開家園舊畫閣詩初新 憑渠桑海遞流極不

濱蘭戲養綺門子都落涯詞稿書入　箇依並修匯生氣根固与之松耐金宇

年年叢菊丟秋月蝕盡
長生路百丈
另撫瑤琴恨匿陌路

浣薩閣綃題畫　香風雨柳祝文瑤連華舞近芳芳丸然傳到

滄中學忠孝家風行有真　當世詔新變了備朶年年辛苦乘艱難

定風波　壽陳小石

花近樓頭畫眼明冰雪於佩本未清一浣麗成詩伴侶天許謫

仙人是老人星　往事北門嚴管鑰后却好從南極駐篷筐

更進菖蒲觴兩卮。為壽。与君沈醉夢觚棱。

畫樓春　題葛毓山詞集

鴛鴦湖詞鄉有金風俊柏罷旋新勝筆司音宮聲擁鏤詞

揚州楚之佩蘭情芳嗣雅音曾推丹陽想浣夢閣懷呼窗涵月

料理酒邊捱　蓬壺夢裏花枝擁畫綫兜向樵悴星同是郎承

平年少大羅霓裳桑海換人琶琴正憶舊游鷺秋滄江對匿

底蟫虛江南哲霜悲庾郎

清平樂 趙芝山屬題其先人遺照緑周樓圖

步虛環佩。畫裏屏山地。夜葉哀絃秋字字。證取彩鸞身世。

竟床漆篆潺潺。麻源夢結真壇。不看十洲兵火。戴花人較平安。

滿江紅 題杭州岳忠武廟精忠柏 用忠武韻

大木無陰。渾不似、眾芳彫歇。桐受雲旋風雨。千今為烈。醢終古心堅如鐵。不同人手植無年月。向南枝、應有寃啼鵑。傷情切。

奸檜鑄。沉冤雪。幽蘭瘞。仇讎滅。向喬柯擊兒。金甌圓缺。朱鳥空飄榜日洞。碧苔凝漬萇宏血。更先山玉骨泣冬青。照陵闕。 朱鳥二句一作樹色黯將愁，著洞苔斑，誤認宏藏血

眉嫵 賦河東君妝鏡

認文回蟠鳳影落驚鴻秋水半規曉募取桐情意菱花瘦娉
婷妝伴映巾帽秀眉倦掃映碣東紅豆枝小織情是一片滄桑影。
常風景愁娥。誰料玉臺人老賸有山蘼冷銅暈孤照稠髮
拋殘後諸天洞春來腸斷花貌絳雲帳繞貴廚奩紅翠為
少儿親見圖姿和月滿娟娟笑

踏莎行 題德積餘小檀欒室勘詞圖

鈿字長名梁絃物解鬘花十二錚瑛佩風來庭有鳳笙和月
明空下峨眉杪 蒼雪清陰白雲仙籟共君讀罷喃喃唱隨江（吾臺家法并妻妾）
南誰解唱流波共君讀罷消明債

百字令 為黃子縉題柏石圖 代作

家風雲志。等精誠覺徹。人天今昔。回首南陔春晝永懿訓

親承畫荻柏映松貞石撐玉潔壽母稱觴日磨笄節苦

一枝丹桂孫日　仙馭俄返瑤京杯棬淚洇恰入丹青筆

換了傷心顏色。形容纖膏斑衣孺慕不共滄

桑易綱常擔古生圖為爾所式

又　題黃秀烺古檗山莊圖　晉江黃氏墓域　代作

侯城鬱鬱看雲峰南峙濤江東注眠處青葱青墓所相像

他年喬樹以木枝知。如何派別。總返根源更。魂招楚些九京

長生圖乘　倫表誰為梧櫝。看四畝海絕續真如綿莫

認死生交誼了。各自料量千古。巷鍾師作著書嘆璞乾

淨甯兮土。羨莊丙舍昔賢終我高矩

思佳客　壽陳伯潛師傅太保　代作

南極星躔近紫微鶴齡天與翊垂衣向陽葵藿滄桑後陶如牛遺逢行古稀　壽正永日須四八期伊旦未應遠稱稽僑入滄洲夢頤辭南山獻壽杯

壽星明　壽楊澤汀六十　四月初一生日　代作

畫錦屏開腰留紫袞緝貌鱸生說貞姿松柏香經鹽鐵英聲鬱鬱舊有文章玄子陶西仙翁海上雲近蓬萊日月長瑤筵較停九芝眉采一瓣心香　綠雲三霄高翔會保障功深垂梓葉護絳鶴霧衛華增律樓蒼龍斗指煙入笙簧侍頌椒辛、兩年花甲通德門迎首祈祥搦麟筆寫東王仙籍寶軸琳琅

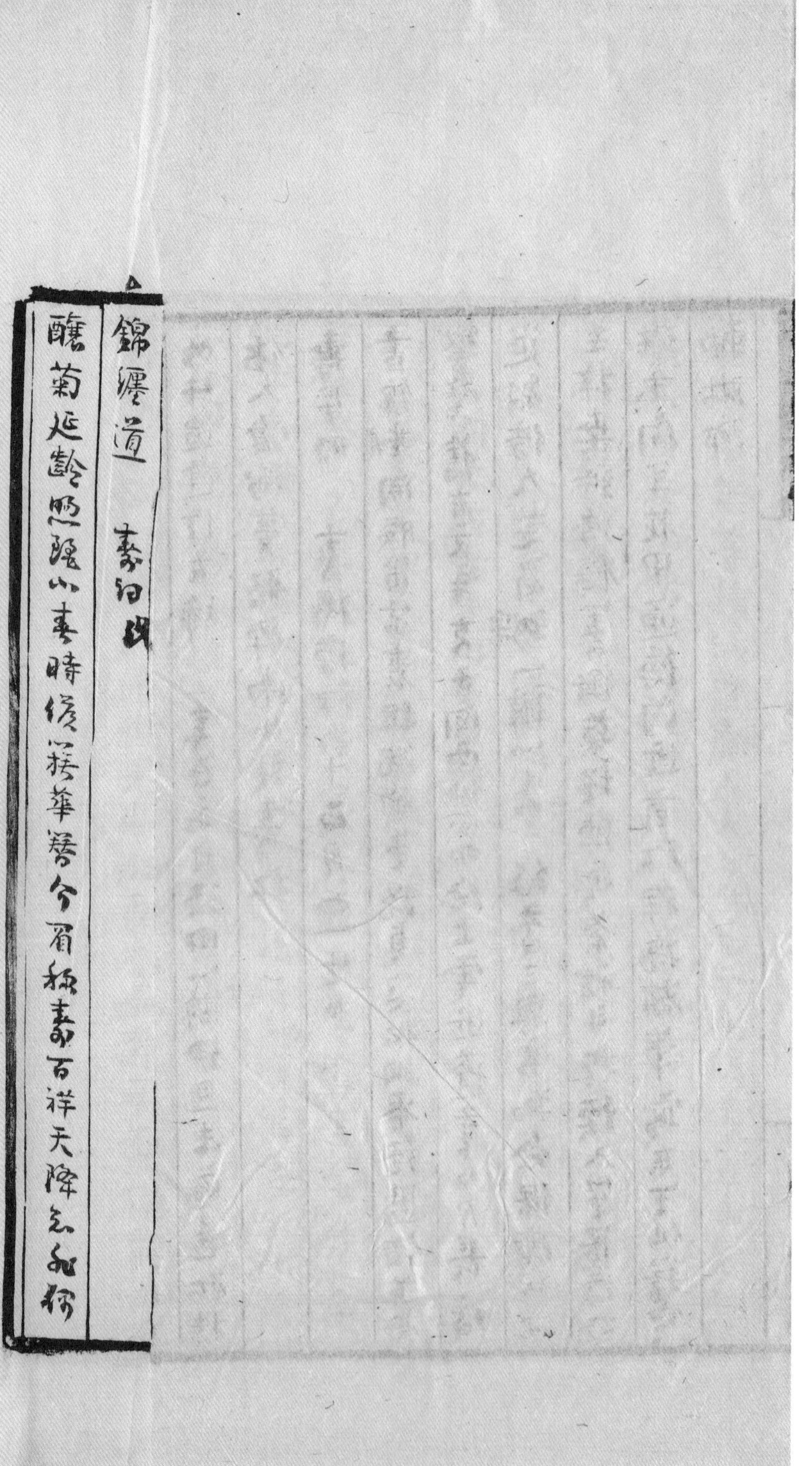

錦纏道　壽白氏

釀菊延齡照眼小春時候瑤華簪兮眉稱壽百祥天降氣和穆

入許聲孤記省華夢舊　又勤繞羽姜郎金田毋肅冉瑚暑符

坤厚羅璁雲收靜乘虹百畫告萊綠映常桐枝秀

百字令　李母曹太夫人壽二首　海

六珈今福潮憐神仙李瑤綠陽新令宋當春門闌舊德清風

錦里嘉猷化鶴蔣芳風蘭蓀訓綸華極屏聲丸荻畫蘆方宜

稱壽萱　壽星縱風從兩梅鶴繞郤玉立孫枝並安華紅葯深

汎綠芊綠錦屏分映綵衣疑鵲北闕紫泉誦而雲璈競蓋

蘇萱發好經輝頤道壹

重聞蕊書吟曉陳五福門盈各兩秀芝桐枝從作錦族德

門庭挽玉枝分於璘芝迎春安母枝幹枝長生曲裏早梅迎萬

年騰　鶴洲還又我族森林董摩涯極石莖遲小築紅亭

芳草渡 陰陰細護晦強處見諸直憶眼依淨叢芳徑其香暈

此壽彊所見稿八首在彊邨

清平樂 集玉田句賦蓉園歸思圖

簟家池沼鏡裏芙蓉老滿院飛花休要掃（如今處處春來多芳草）過了一番新燕

人生萬感天涯此時那處堪歸不道江南岸晚白鷗自有

鷓鴣天

百字令

己留桐記郡望名論千錢桐廬仁術一身都是德秀取門庭旌

曉紅春家林白華睡夢越步餘紛玉恩言三接上地雲錦節曦

家韜七十年頭棣萼桐引繞都臺葉祝才調鄰唐楊玉季為

譜鶴南飛曲百兩方驕菊千推悅錦製花開遊過花篆添盛裝

梧吟校以圖書在簽條

龍鍾初袖爲常洞殊鄉
老病依違送目箏歸
鴻點吾天淡一樣秋士
蕪未定日寫邊轉成亂
落江離夕陽[illegible]傷心晚花[illegible]
檻　斗檢[illegible]異雲[illegible]
家山懷中殘念柳路窣霧[illegible]
繪[illegible]流光[illegible]落晚情味識但[illegible]
[illegible]萬不許殘[illegible]整
[illegible]倚柳[illegible]殘天平看看松扎
[illegible]

瑤華　水仙

湘烟汎瑟一笑迎風是玉人歸日織情未訴蕉翠冷舊恨瑤宮清
淺襪羅羅新步肯輕狼濃波蒼入看等閒系綰桐逢不墜素瓊標
格　年年驚覺吟來只冰衫瑤簪應未吟風曲清月冷心事在
攀本梅兄能語一襟誰屬細細江天寒極

芳心欲渡蓮蓬待護將孫處見說直憐顏依淨葉勞從真气量

此章去歲所製稿八年再逢閏

清平樂　集玉田句贈芸園歸思圖

舊家池沼鏡裏芙蓉老（如今無奈春去多芳草）滿院飛花休要掃過了一番秋色

人生若寄天涯去時那更堪歸不見江南煙晚白鷗宿

鷓鴣天

百字令

亞蜀之桐記那同名論千株桐影仁綴一身都是澹香取門庭藉

曉紅去家林白華痕草趁步鏘霜玉思言三接上池魚放芹曝

家鄉七十年題桂芳桐引繞鄰壺葉說才調鄭唐推玉季為

譜鶴南飛曲百兩方將萬千擁悅錦繡花團簇逝林籌添屋慧

枝嶠校以國壽左新條

瑤華 水仙

兩言慎善信福人綏福本源斯在絳帳家風詩禮舊看取紗帷爭拜帬布無華纂組不廢芳矩貽蘭茝文章吏部鳳雛馳譽瀛海　茲際綰綽蘄眉孫曾繞鄒萊舞斑連綵聞説虞山開繡梓慈訓稟承端賴毛子晉鍥行羣籍其母戈孺人嘗助成之見陳確菴為譔乞言小傳萊竹長春棗梨皆壽鳩杖增愉悅侑觴東閣早梅還共芝釆　百字令

龍鍾初袖[illegible]
老添依舊送[illegible]
鴻[illegible]天涯
[illegible]未[illegible]
[illegible]江[illegible]
檻　[illegible]
家山夢中[illegible]柳
[illegible]
[illegible]
[illegible]天[illegible]
[illegible]

周密蠟屐集　湖上遊

落霞殿敲香庭空無浮雲最上層五福貴非爲不住此書石

跂九枝燈　柳宗元集藜杖呼相過斜陽煙雨一自山中石亭

相十年已過湖船

流之量柳枝青湖上和風雲江

錢湘亭散曉庵詞　湖上水調歌頭

湖上只如舊風月樂往秋來任錦纖眯目少生浮多少夢

楊岂三羅雅公然笑天地自斎舟無峰客踏社堂後世同之　鴨嵫部

果亭爲異議王彥交人問我何處瓦注亭勿怕今日春枯柳晴前

庵李禮桃治筆記與枯漆要請門問錦枝向世人歌

定齋林臯集　清平湖上浣溪沙

数峰稍遠喚渡船移客岂宜今夜扁舟停了定且流連　雪後

青山元不老霜中紅葉更添妍青門外侯門無了年

李壁雁湖集　思陵澤州階湖上隨意江紅

潇洒湖邊何處有山郭官事了如痴堪一笑獨步詩題

流景年年上下了臨堆悴支離鶴稀故人相望一角旗飄將軍　漸覺

晚花如晚高城外烟如帶剩與君談笑畫樓新月應世上添花夢

今老年漸覺懷來年事遽知歡難若伊儂更來又

又　不得不和荷余再作

年光芳眠正來無奈么池閣等閑獨倚園紅繞芳踪千里已

何天遥知幾換與霜鏡裏看花覺又何曾欲念問中年如雪居

高之為夢誰能為著處安之柳日勁文茶烟輕颺柳風窗外伺最後須

夢雲逕路偕回不待三年約笑吾人身世都塵埃盡猿鶴

耿元鼎　雨中湖上　浣溪沙

翠微山前步紫苗青山只隔一溪橋洞穿穿白雲飄　翠井卧

花人寂寂畫廊吟葉雨滴滴湯題詩句開苔

孫居敬聘菴集　念奴嬌　游湖

鷺四曉夢被好風吹過芙蓉城低嫩綠晴光搖曳碧檐映垂楊

庭戶蓊薈珠簾蝶繞芳檻　拂雲香霧玉人猶困海棠睡足亭午

見窗料撒紅塵恍然隱是梁臺天風欲為謝菱花輪照影不改

劉郎前度舊約方說新情未愜早喚便桃源路雲終去空教金卮

感佇

陳造　江湖長翁集　臨江仙　六月十日從客泛湖客舟往來依韵

初看昔工予姑臨江仙箋也續題壓卷

勝々冰奩停玉匣君看小浴羅囊芳池麝記睡壓卷繡成之頭處中有鸞姬書　要替驕人南北佩不知妨綴鳳裳殷勤更向點酥孃向來十八子還須切題箋

蝶戀花　泛湖

望著湖光塵楪緣寬搦冰匳中放瀨珠浴金鏤寒紋搽輕縠桂娥弄影闌相逐　欸乃一聲何處曲六惡漁郎肝肺皆冰玉向之前却家篷熟楼橈徑傍藕花宿

賀新郎　六月十日泛湖作

嘆々臣中隱撒棄樓檻泛靈河向津左界眠底西湖楼棄須沉自靈河分派相為印朱般小海西子妝梳濃後淡任朝陰晚寒

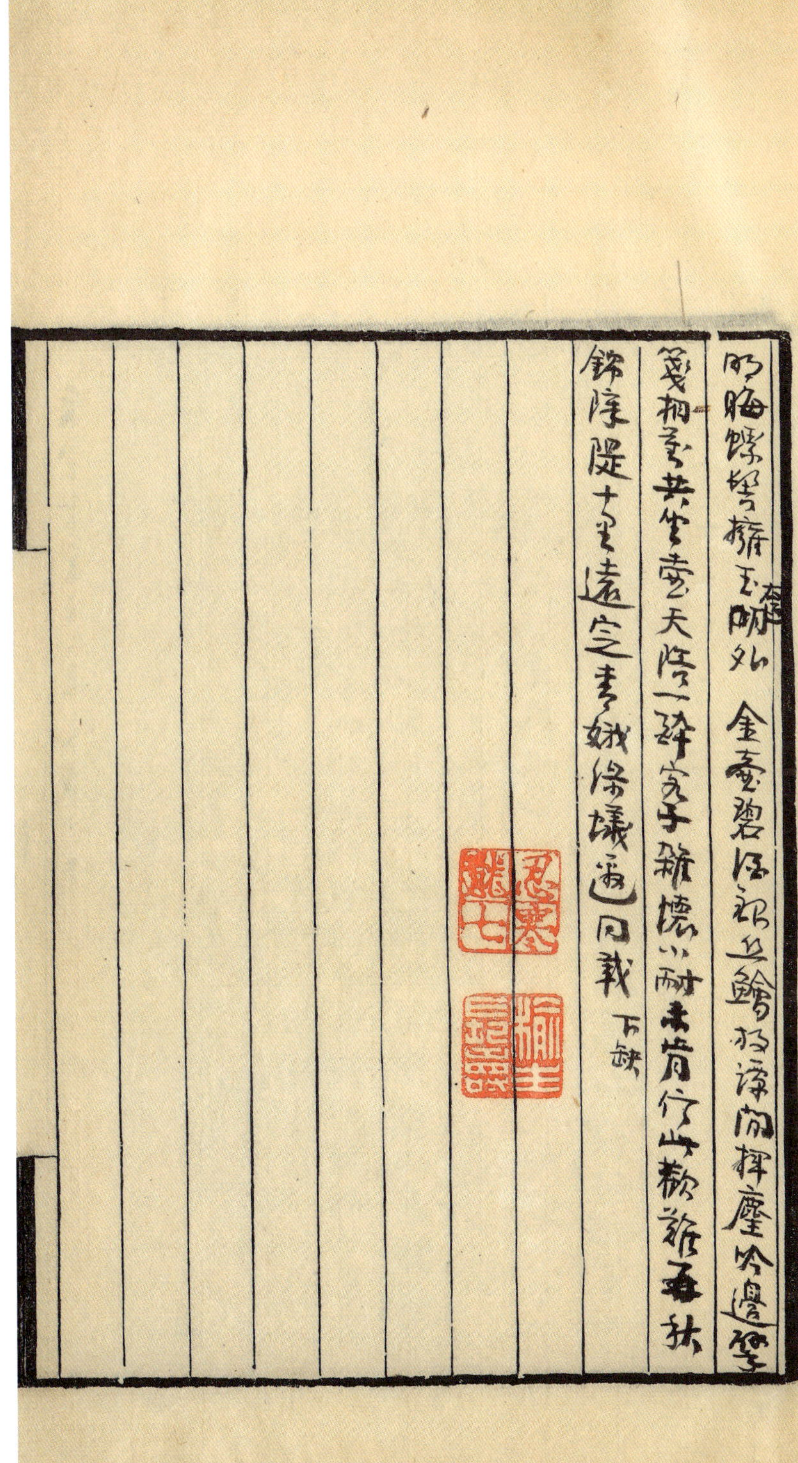
明晦螺鬟擁玉關外　金臺碧瓦殘照[illegible]鈴[illegible]淨[illegible]揮麈吟邊[illegible]
箋相業共登臺天階一許家子雜懷小耐未肯[illegible]山[illegible]旅[illegible]秋
錦障隄十里遠定之青娥得壤遙同我　下缺

後游陳緒蹤鐘外依然紅暈潤樹翠冷侍酒向殘烟愁多
征帆雨訪敗壁詞流作羽風鈴嗚咽甚今古傳海角銷凝塵
舸肯除夕〔夜〕歲歲迎君鉛素　休問春粉香纏雞栖病策故人
茅窗吟魂藏頭娟影探消姿雲凍書何語任剝淚緣巾万緒
丹成當共三山去將寄將蘆洲譜不見班騅繫鴉飛處
悲人情緒愁織嚥桐思江上千樹曉風催鬢怨山高腸斷行
々雨咲涼鄉填將儀羽紅墻銀漢桐陰古縱板浦抽帆天句
拭蟾華已是咽蟬羅素　休憶麈柄輕麾鶴根藏影凌蔡
苔印燈煙爾無情鳥到蓬山夢裏幽修語認鏡裏香緣
前緒將儂為澤盤鴉去々問年將搖餡滿地梨雲洞珠花處
右霜葉見示詞之闋秦晦鳴作

施渚書院碑記

唐有詩人曰施氏肩吾隱於歸安之西山著西山集十卷既歿居人尊其誼謚山曰施渚今山側有廣濟橋橋之東偏有施氏墓蓋故居在焉或以莫干山之水奔射拗激建石薔閘之故亦曰球溪然施渚之稱經而允矣按志後梁開平四年先生之裔孫某舍宅為清虛宮尋廢後晉天福四年裔元德復之宋治平二年改宮曰常清觀後又廢國朝□□中於其地置佑聖觀咸豐辛酉燬於發燼則又廢質之不立流俗之禋薦果足以永世哉光緒十有四年里人蔡君丕彰以其地當孔道俗囂慕而陋悃不聞先生之遺芳勝韻而無以興於行也請於令沈君寶青築講舍三

楹顏曰施渚書院又廣籌經費購隙地為諸生肄業之室若干椽役數載而畢又請之太守太守與令課士各有程士之絃誦於其中者惰者俄且倜也囂者俄且謐也竊慮斥擯而趨之若不及也蔡君之於是役也用心可謂勤矣既乃請記於余余惟人受天地之中以生中者天地所以為情也學者肖天地之情擴之以極其所至以為己之情而性盡焉因以通萬物之情戾則拂之弛者張之務括於中而挈以還之天地而已無與焉是先王立教之方也自海禁開而王事棘怪譎險巧之徒齊唇脂舌於稠人之中曰我時務也我西法也跡其行則賈射聲利不免為小人之歸而已吾未知其所受於天地者為何如將挈以還之

天地天地其能勿吐之否耶蓋澆季之世聖學之脉不在通都大邑而在窮僻荒左之鄉也必矣況先生之靈有以呵護於無既歟余落於殖者久矣牽率塵鞅不獲與鄉人共絃誦之樂而嘉蔡君之好義又恐後學者之易乎世以成名無以副其拳拳之意也書所蓄於肌者爲之記俾來者有省焉

重建道場山萬壽寺記　劉斐邨代作

吾州山水清遠甲天下而道場山最有名余嘗造覽其巔震澤之煙水洞庭之雲木咸會於懷登頓小極憩於山之萬壽寺焉而識寺僧法馨心異之去年還京師黄塵莽蕩中念家山清景何可得也今年法馨以請藏經來詣余求

記其寺。余不克辭。按山之麓。始唐中和間。郡多虎。僧如訥過之。坐石上。虎伏其側。三宿不去。遂支茅焉。所稱伏虎禪道場是也。吴越時始建寺。名正真。宋仁宗世乃易今名。洎明初而燬於兵。僧正印建之。我　朝咸豐中。粤賊陷湖州。寺又燬。同治初。僧道順復建之。而法常法磬繼焉。於是寺蓋三爲矣。自吴越至明。四百有餘歲。由同治逆數之至明初。亦四百有餘歲。然則自今以往。茲寺之與世相遺者。事變雖相尋於無窮。而苟擴而迹而循之。茲寺也。乃如神僧古德。纔及喪亂。其後之麗者。碩耆。任世逾千之數。正未有艾。豈非其可幸歟。今有正室焉。其大不可數計。於茲寺。閣時既久。故敝而欹。重造設焉。無有託延。而顧安受其敝。坐令千門萬戶。漂搖於風雨。鏽蝕於蟻蠹。斯燎於家爨。坼鬻於他人。而絕不肎求材以自捄。則何不若之寺之僧之力新其所住持也。吾其能無所感也。茲余覩茲寺淨土莊嚴。象設森煥。而山之喬木多無存者。非所謂美猶有憾耶。法馨之志卓且堅。凡有益於寺。無不力以致。其於林木也。閔無言。必且培壅而護惜之。待其雄茂深秀。壯山靈而滋水脈。輝佛日而阜民財。寔止蒼蒼鬱鬱。茲紅亭白塔。隱映如畫。助發詩人逸興而已。異時余之歸也。扁舟小帆。泛碧浪湖。過浮玉之濱。策杖而登伏虎之崖。猶當挾持馨公。徧覽林壑。埽葉燒筍而話無生。與世相忘。可樂也。

徐蔭軒相國八十壽頌

夫平格天壽之本恭儉傳祿之徵載籍所稱其言繁矣若
迺深求理歧殫極精微世或習焉而不察也蓋必涵養於
未發之中逍遥乎無為之域寵辱無動於心喜怒不驚其
志形弗能役安之若命與天地萬物為一體緜緜存存生
生不息所謂仁也是知長年之術非主養生無疆之期歆
乎天保洪範列壽為福言天之所助者順也豈稟賦獨優
而遂然乎凡民上壽且為國瑞自昔耆老胥有碩德聖王
敬禮不惟尚養年矧夫以大儒為元輔享大年措持正學肩
潛移風會之任者純嘏爾常尤賢智之嘉會然自微言中
輟民不興行害政生心叔末尤甚非有豪傑周覽深思羽
翼聖教傳之無窮人心幾乎息矣往古以來靡不皆是若

夫樸散純銷，名教滅裂，指窮於薪，道墜於地，天下岌岌，憂無學焉，富貴淫於中，則人有飲氷之苦，禍福撓於外，則人懷朝菌之榮，紛紛小年，倏忽變滅，相與宏道，豈不難哉，惟我夫子優游饜飫，不事張弛，絕續之交，與道大適，誠哉元老之遠猷也，身其康彊，天於斯時，祐之篤矣，豈況涵濡教澤，琢磨令範，奉操杖之儀，躋堂稱觵，而私慶者歟，乃作頌曰：

遐闚天紀，俯探地繇，大昴垂宵，榮光旦燭，神軌協中，帝期諸卜，道風以昌，蒼蔚具瞻，巖巖公來，膺命實生，輔衮台闕，鳴玉軒庭，佩道而顯，藻質而榮，愉進而朝，隱槁操忠貞，鑿彼時會，狂聖方淆，枝言悖道，群訛聽囂，不有哲人，誰迴昏澆。容〻神化。德音孔昭。猗與生民。先覺是多。遊世仁壽。納躬太和。峻神嶽〻。凝貌睹〻。靈枝錫杖。黃耇登歌。詩云碩膺。文德先懿。築夢竿迎。姬思孔寐。皇覽降嘉。清和翔氣。介福有融。祇詠明志。

熊母雷淑人六十壽敘

吾嘗三復昌黎韓氏物不得其平則鳴之語。私以為括乎莊周揚泉之旨。而又惜其有所未盡也。物蓋亦有得其平而鳴。屬於不得其平者矣。豈物之罪哉。必其人大有所不足於中。理不足以致平。絜乎物而會其適焉。則倖心生而不能無所求。求之而或不應。應矣而或有至有不至。則物之不平者日以滋。而已平者眴息而已幻而遁於無以有之鄉。烏安其昔日之鳴。而情必大有所不暢。又烏以求多於鳴之外。物之相物。遂為時而正。豈物之果不可得其平哉。苟得其平而盡其不平。其幾常微而跡也。自為桎梏者也。孔子曰。巍巍乎舜禹之有天下也而不與焉。春秋諸侯會于葵邱。公羊傳曰。桓之盟不日。此何以日。危之也。貫澤之會。桓公有憂中夏國之心。不召而至者江人黃人也。葵邱之會。桓公震而矜之。叛者九國。震之者何。猶曰振振然。矜之者何。猶曰莫若我也。夫桓之所存。其去堯舜也亦遠矣。此非鳴不鳴於得其平者之效歟。書曰天壽平格。格者至也。有平正之德。則天與之長壽。無貴賤一也。天子以神武為德。以康四海為壽。士大夫以通正為德。以守宗祧為妻。婦人女子以幽閒貞靜為德。以宜家室為妻。其為平至也。從同同。然古之為妻者。皆為君長恩錄之。即春老之言。亦朝廷之事。未有達於閭巷者也。至閨闥則閫乎其若無人矣。豈婦人女子。獨無有必得其妻者邪。無又以知其言婦人女子之德行者。即其善頌禱者也。夫善言婦人女子之德行者。有過於禮內則者乎。自梳總紛帨箴管線纊觿燧中纓屨巾槃饘酒。以及棗飴堇榆滫瀡之細。陵蓮盡察而五尺之童。雖不學而能言其意。皆流俗人之所知。無絕殊者。平之至也。德平至則物之平至者赴之。如驂之靳。亦其哉之微而義者也。[而又何鳴哉]南昌熊母雷淑人年六十矣。其次子笙舫舍人謀所以稱觴者。淑人曰。慎毋爾。人之妻特適時游月少多不必有絶異之處。高自位置也。旨哉言乎。其泰乎有以自足而非苟得其平者之比矣。其事寡姑及相夫子。井臼縫紉之屬。秩然釐叙。一以内則爲臬。極平其德者素矣。故物之平者亦日以流。而不平者亦晦息閒幻而遁於無何有之鄉。其自視也歛然。頹不欲以表襮乎世。而懼人之頌稱之也者。彼造物者雖能假之鳴。而亦無改其沖澹之度矣。漢劉子政所傳述者。率瓌偉勁烈抑鬱之不常之行。豈以爲婦人女子能是則名磨滅而不彰耶。而其人大抵爲祐勤蕃祉而老壽者。此亦所謂不平之鳴與。夫劉之淹學詎不知有内則者。而其不善頌稱顧如此。蓋世運之盛衰。閨闈亦有責焉。惟此人其知之矣。吾敢效伊優之倍

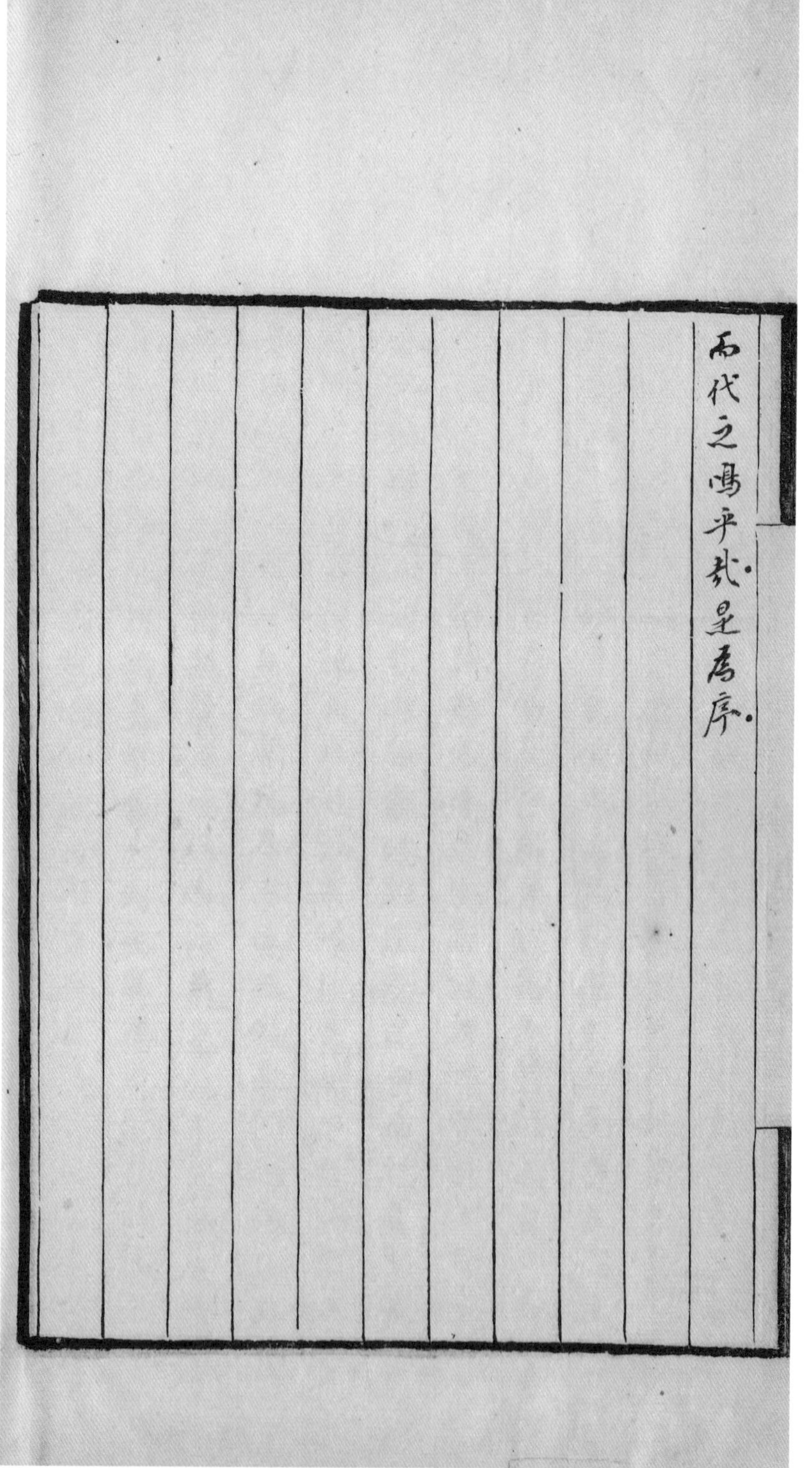

而代之鳴乎哉。是爲序。

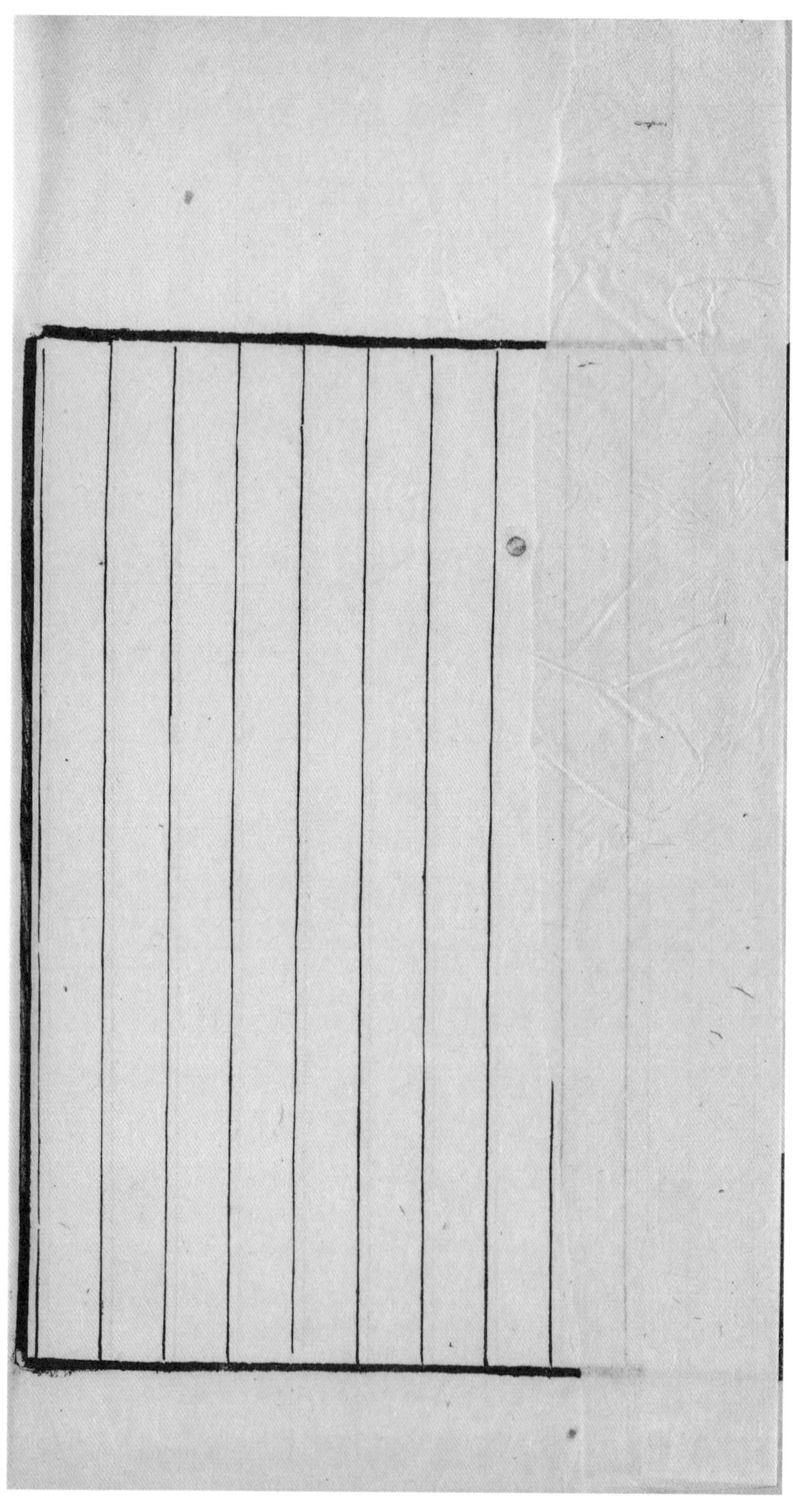

壁

素壁高掛米畫舫行窩烟雨斜風時候。瑤琴繞聽徹鈞天

廣樂高山流水知音　稼軒

竹邊松底只賸梅花共結歲寒三益。蘇老去芭蕉廣字時

不悵年月四千年　玉田

點寒苔帽拂雲金縷衣西窗花半老。歌詩梅邊之

黃松外築書向竹深處　白石　玉田

錦帳初溫葡萄上架春藤秀。闌干四繞蒼蘚沿階秋

氣濃　美成

高會憑今陰雲為我攀梅細寫茶經煮香雲。長歌自酌

詩君置屋碎枝　怪石看飛泉　易安

竹樹稍荒倚窗小梅索句。蒼煙浸翠開門明月閑心　梅溪

飛雲動古南臭天然癖此○浮圖倒影雨點同一清涼 玉四 幼安

古今興廢與他花情餘事雲烟忽過者般庭院風月新收

人多處鬱金美景良辰且安撫翁竹馬家看花歸去○詩來

天地一稀米傍植故園白髮歸耕湖海平生蒼顏照影我志在

寶廊朝吟暮詠又同知冰縈語熱火燃論空 幼安

流水浣花顏擬蓮娘三千詩選采菱沒狀○紫雲承露者

倚瑤臺十二樓向憑神手寫 麥窗

蓮葉共分題野月盈窗笑相鬧千呼危袁○湘屏捲雙扇

迎風花漫拾福秀檻引流鶯 竹窗

雲回擁天開碧生日從一百八盤轉過○湘屏層翠疊作

流文好集千家清韻揚 幼安竹窗

言仲遠妻丁夫人傳

言君仲遠有賢妻曰丁氏，癸亥三月以疾卒於津沽寓，其子瑜晴具狀乞為傳。余惟春秋時賢明婦人，如趙衰、接輿、黔婁妻，皆能佐其夫為時名卿。仲遠篤孝於親，而蕩於官，數歷中外，稱稱者云異家，而不知夫人實贊襄於仕宦者傳憂最矣。華華大者著於篇。按狀，夫人諱毓瑛，字韞如，世為常州宜興人。母順媛，說詩敦禮，幼傳其學，人直歸君，於義輔家，令直歸君，性節重，書策琴奕，位置有常序，載究其次，夫人隨時整比，不失尺寸，直歸君亦不知也。而性織紝組紃、酒漿醯醢之，乃靡不理，二靡不精，惠其聰慧，令成不假於易。歲丁亥歸之。氏以仲遠方侍其先大人光祿公職輔官，今每偕太夫人晚

年多病夫人扶持抑搔不離左右羹必手調不甘食履私營

不適舉婦得之尤不要其婦如不得子婦姑及從昆弟姊妹及

親族來依者無不親疏一撫以和教得其歡於內外仲遠翁冠

滁參師文學召赴丙申以遷歷居諸處上官恆將年在外無

所歸者亦服闋家居及第名朝籍由直隸知縣遷府升長蘆

運司內務部貳屬於是公門內事無劇易悉夫人一身任之處

子為孝孫以況擢冠就業開書長公署中夫人隨侍從往值

暴疾不靜從容處豫仲遠處延騎而夫人從之法延遂錄

錦為女冊乃仗惡存以備淸窮無緒大河史豫年安達隨之

知仲遠之先期接撫赴德將夫人潤護并奉儕治毋為祝年

財不慎不至之路合將者治疾者以佐其光孫事安之惡其左異

鄉丙午仲遠撫鎮大名先時奸民有偽造總督印信售偽準
官書者名丙辭捕及之吾延寇島遇仲遠躬擐甲胄驅直前不
畏之乘好民黨潰入城捕獲寇徒於夫人命捦捕之仲遠因
一猶丙伏誅置於法已丙冬先祿公殁於天津邸舍仲遠先
告謁仿湯藥夫人向鄰患疾兩梅楊公教方瘵養志家嘉
數曰承積多寡德於世年方逢國家蒙民秉持畏遂發之
去今何光祿公捨生殯仲遠適一宦德州積善所夫人無葉瓊
渴葬沅棄其他間此見容佛淨究凡一過實解說所謂獲有得
中者也夫人在室為父沅嫁為始或割臂療疾厥後見鄉誦稱
讀有道者揚縣通路鎮先生感歎良輔美夫人頤盡於傷之謂
至誠者哉夫何緣以為名世此之稱之知夫人禍錄疾力以雜此

家事米鹽而勤其之勞者親此矣性好吟詠纏綿悱惻得風雅之遺孫夫郭娟逵送成日先四調詩及華山女士詩孚士昭惠閨秀正始集皆有頤孫丈夫子三孫附孫男孫女孫女人親為之助居於成為附所重女子子二招俱歸名族

舊史氏曰孔子繫易於坤之六三曰無成有終今觀夫人所為其有勞於家比於古之尸居非者異所為帝子之既不販顧他物獨奉宗器以行尤見其孝不忘世守君子能勞於後有從宜矣小雅云彼君子女謂之尹吉為木舊家閨門之內動女全禮法作乎其為君子女也

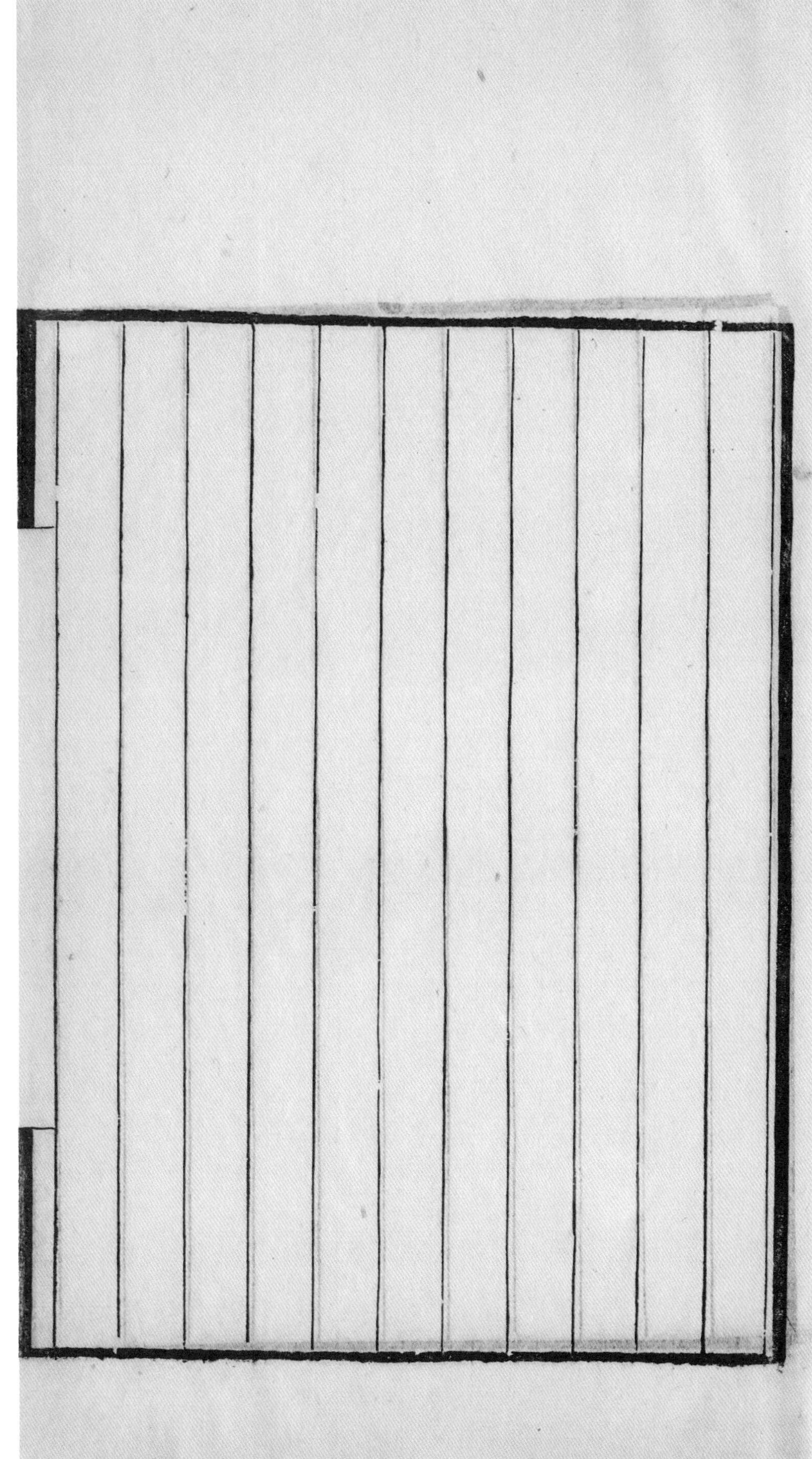

蔭九世兄足下前承　枉談為快本擬宛轉籌畫以
副摯愛舍姪之意乃是夕得舍兄鐵錚賈君所作
函又次日奉閱舍姪奉致一函倩人縷述閱之
駭然弟以舍姪游學為有志之士故對于學費精
盡餘力贍因其慘遭大故而環境所迫待其歸
來料理一切頗多棘手之事故對於歸其尤為心
力交盡今茲乃如此結果夫復何言然又能
為他人言又不得不為足下言之舍姪所要兩
函語意或擬疑者勒指其缺則不免誤
會矣亡弟遺產除徐州田產契由乃母自
行保管外尚有鹽業銀行貳千兩譚水典

弍千元，四行儲蓄處弍千元，橡股五千七百兩此（附）棠雲之款值一千餘兩
皆係由滬地所息經乃以望懇暫行代為料理
由乃為丁君填稱作證，受付本本籌寄金姪
游學等費，除四元之一千五百元外，幫助兩千
三百元，其不應手册等商經乃[illegible]以兩次提
出九百元，光景皆言是回國以資旅行答
然金姪屢次言歸不歸，乃以所向本言以後
不能再出，並勸本不可再上，其當最後金姪電稱
決歸，經本託戚好劉蘇力商，乃以允提千元湊
足所索歸資，為一佛郎之數，兩丈自動提寄四千佛
郎。此外連年家用，及緣女所需，計提用盛案弍千

兩漢典式作元元所錄僅四行式作元豈言之留
此以備後急不能再動云云也後也不復再言
乃舅丁君雨生在滬以語其作謹忠數字還乃毋
事從長不復經手免犯嫌疑賢之我兄亦他日要證
之一人也賤態態舍姪節節經媚不歸自為求學矣
之本所向他人之言既多遷按此不為信以為實
然既允出款即屢贊成之人年來受人責備嘲諷
不一而足兼之籌款時之經歷艱難時之艱難收
甚矣所維堪累屢屢之操心屢之失望故對于
舍姪不免疑慮之處訓戒之言務望轉達切勿督
憤意人計較至兩兩函均言不實欸何由請

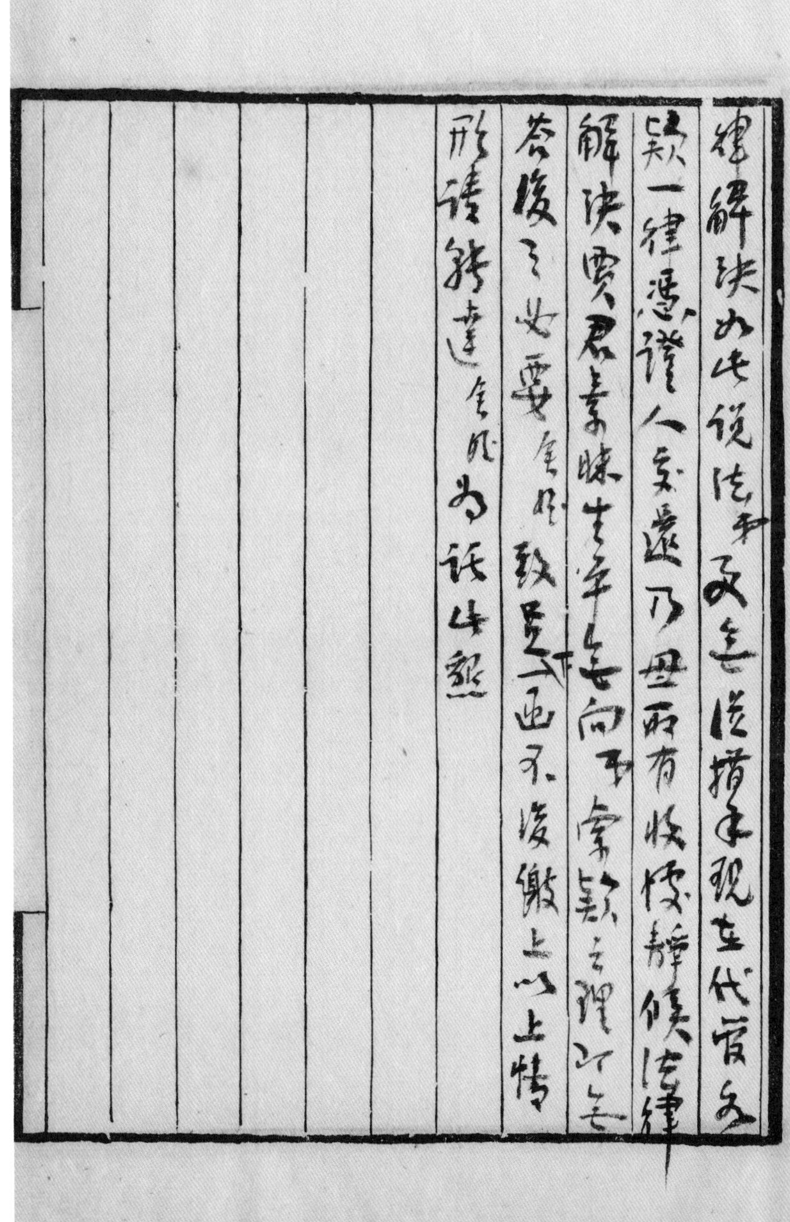
律解決如此說法。又查從借手現在代官各
款一律憑證人交還，乃毋庸有收條，靜候法律
解決。賈君素昧生平，無向下索款之理，何以
答復之必要，合肥致函不復，徵上以上情
形，請轉達合肥，為託此懇

又落花和樊山韻

蘼苜風光狼狽銷色去後盡了容輕天人記作當年佛菩薩禪留容和恩夢

珍樓臺四壁畫中風景來乳時青春韶華年時事可定迴碧憶都梭

禁春邀蝶舞害風動夜出黑洞臺紅東浣衣織染分寄寒去視舊車不存迴梵

此景無穩三年後寫遍瑯琊南山中一朝山鳥啼茶蘼歸那更子生語不窮

黄昏風力奇到而春秋寂翻了前期寫生根品終何處認化舊身已太瘦香國

愁緣舊夢記道人點上經秋之兩年青同般動語春在東皇太乙枝

傷心傷春夢驚經夕昏佳如說亭亭席車過後生日報天眼開時碎入經法界

物應依涌現闌珊影樹不飄零紅般綠意消除去只麼山光只麼青

江山金粉潤雲擁舊家喬木空回首占翔如夢新枝換易
羅芳同看樓葉盡摧殘松語意寒宮桐守向江南哀怨
蘭成晚節悲待問蒼顏殘書照閱人歎世間滄桑看四禁
畫久霜悽緊風雨摧折朝暮豪氣吼伴月論陰經年
畫角年故國休見又看人情無限雲限東夢古離聲

賀方回跋第三行未改

趙青山補遺注中多旁注二字

聯軒詞末一首刪歸補遺

寶晉長短句目錄是衍

白雲陳序步屈之誤也

樂府補題中行首三字

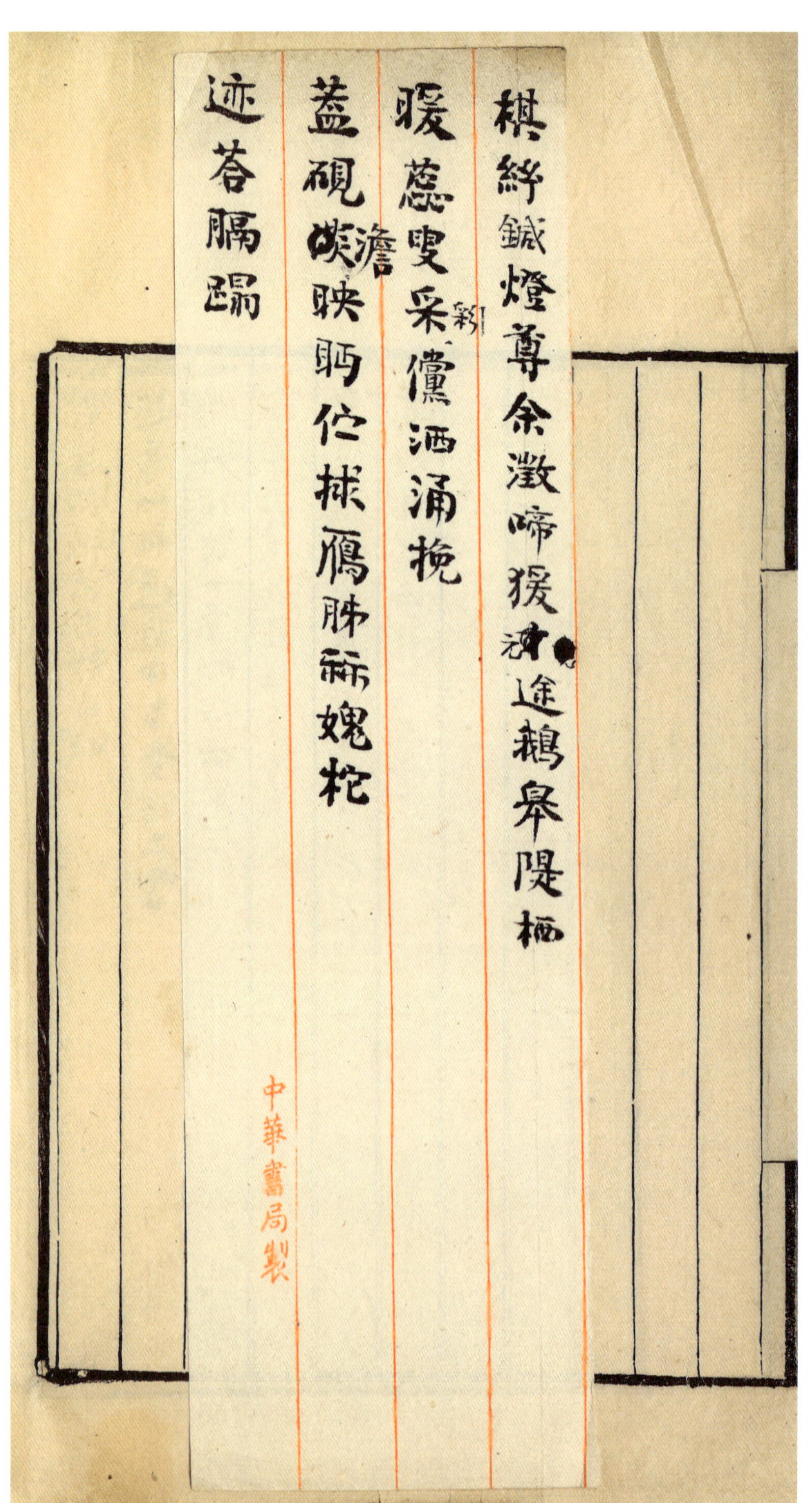
棋紵鍼燈尊佘瀲啼猨猿途鵝皋隄栖
暖蕊叟采儻灑涌挽
蓋硯唳簷映眄佇捄鴈胇荊媿杝
迹荅膈蹋
中華書局製

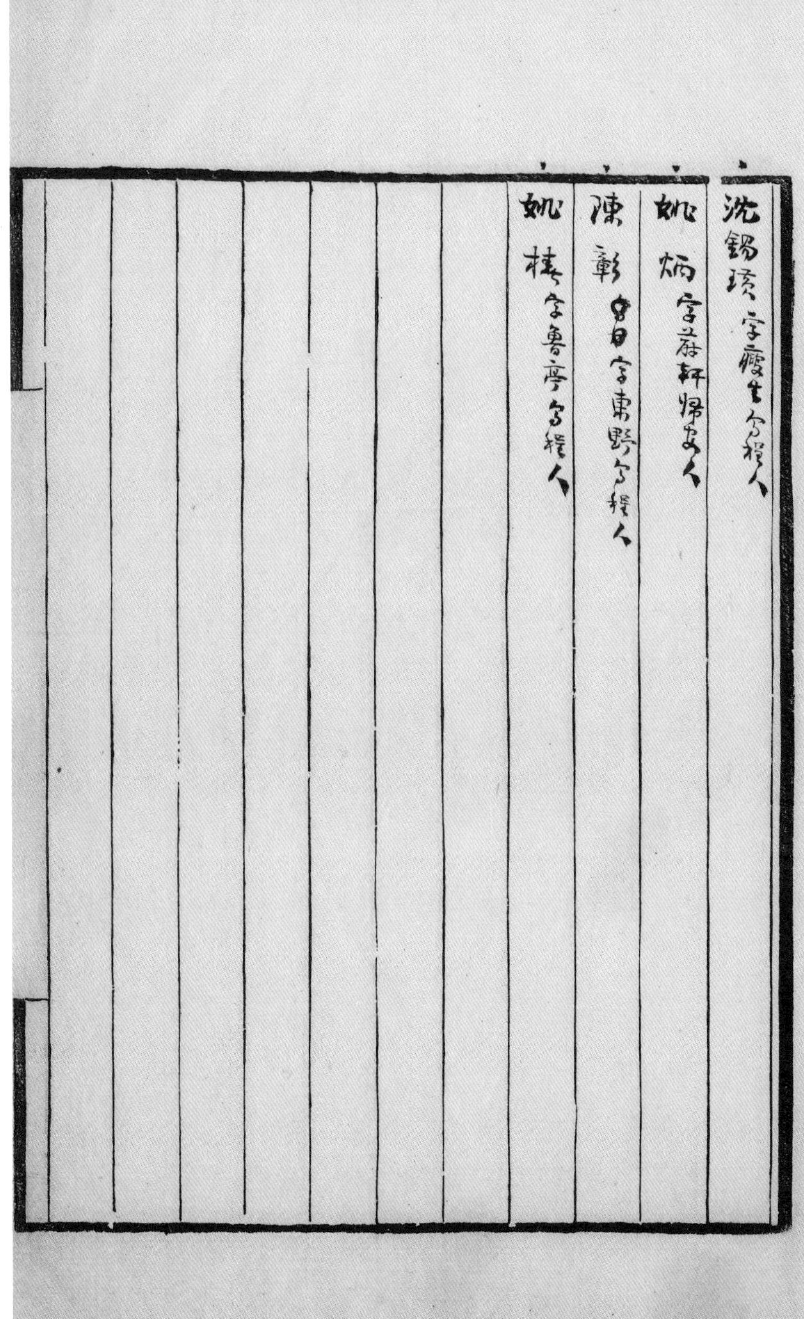

沈錫瑱　字霞生仁和人

姚炳　字蔚軒歸安人

陳彰 [illegible]　字東野仁和人

姚棅　字魯亭仁和人

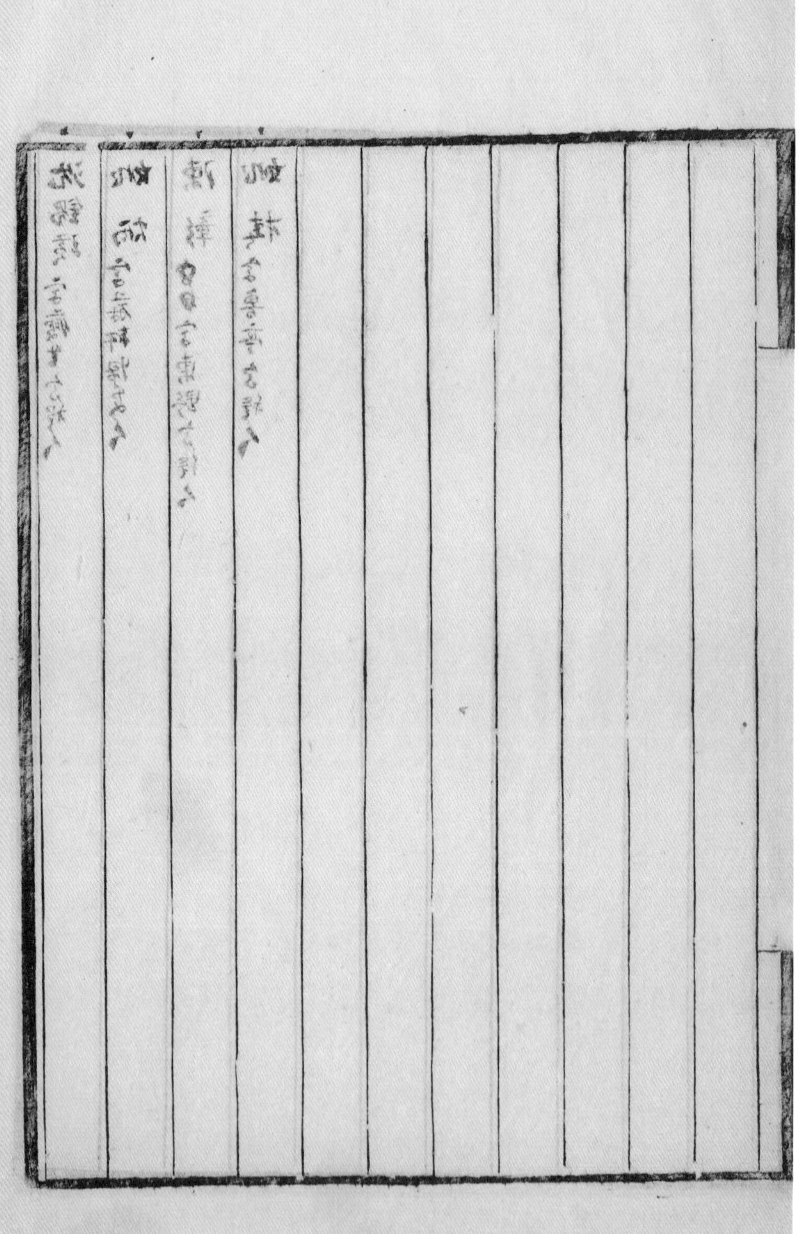

閔亥生蟄雲艸詩鈔 写
談九乾未庵詩鈔 住
朱介傳壽集 長 乾隆
蔡星臨碎琴詞 住
黃琮兔臥雲樓琴譜 写
汪以泰保杉野居集附詞 住
談修行退圃詩鈔 住
鈕重熙蕉葉先生集附詞 歸
張鑑秋水詞黃雨亭居詞 写
汪鯤飛六花詞 試
張景壽以燕室詞 写

徐福鶴田詞　寫

范來庚秋船漁唱　寫

張雲錦潯溪漁唱　寫

潘玉冷香詞　寫

戴韜玉西齋詞　歸

吳氏浣花來詞　歸

朱祖謀手稿六種

下

朱祖謀 著

浙江古籍出版社

詞莂

據浙江圖書館藏稿本影印原
書框高十五點五釐米寬十二
釐米

詞菂

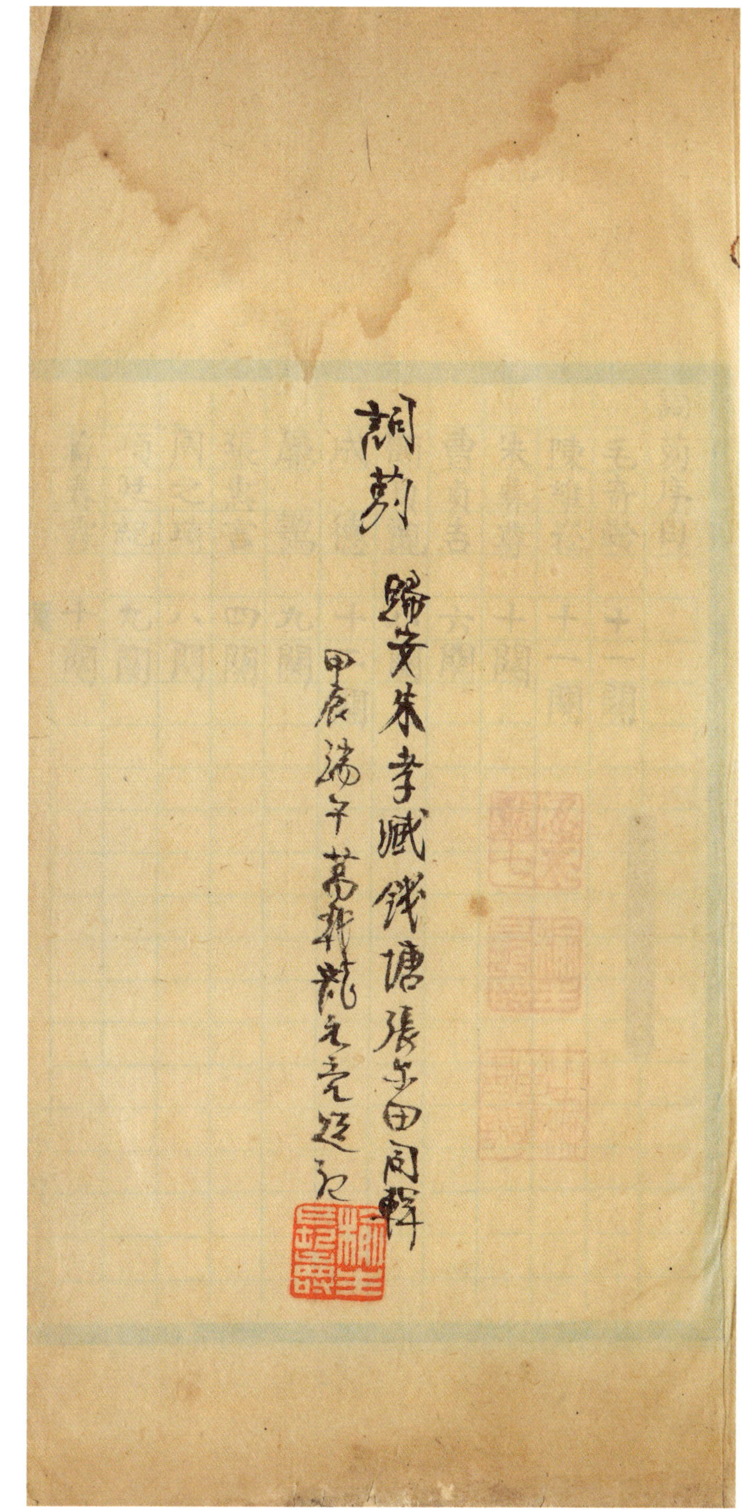

詞剪

歸安朱孝臧錢塘張爾田同輯

甲辰端午萬載龍元亮題記

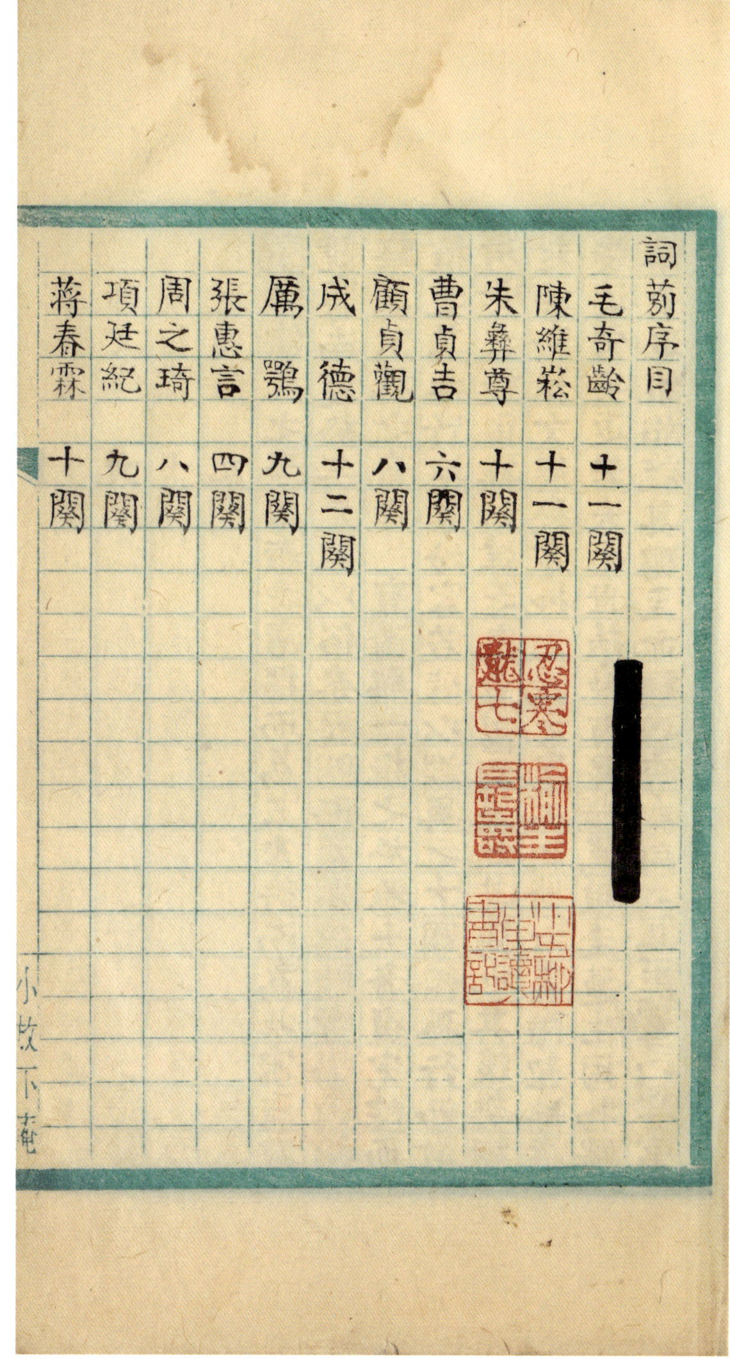

詞菊序目

小玅下庵

王鵬運　十一闋
鄭文焯　九闋
朱祖謀　十闋
況周頤　九闋

序曰倚聲之學導源晚唐播而為五季衍而為北宋流波競響南渡極矣元雜以俗樂歷明而益夸淫哇嘌唱轉摺怪異不祥之音作　有清興一振之於雅大音復完綜而搉之其年竹垞梁汾容若皆以淵奧之才闢徑孤行西河珂雪幺絃自操如律之應夐恩頑藻此其獨也其後樊榭起於浙皋文倡於常抑流競之靡而軌諸六義雖挈缾庸受遂宕失返若夫越世扶衰有足徵焉稚圭蓮生因物騁辭力追雅始就其獨至亦稱迴秀咸同戎馬鹿潭以卑官

聲於江湖閒並世作者半塘之大大鶴之精彊邨之沈興蕙風之穆髮ゝ乎拊南宋而上矣夫詞於道藝也潛學洞古鏤心鉥肝以蘄鳴一家者代有之或不盡傳即傳矣於世何墺然猶慼鳳一采崑玉片珍蓋其難也爾田少侍先子言嘗從鹿潭學為詞鹿潭自詡其詞曰白石儔也及壯獲與半塘大鶴彊邨游三君者於學無不窺而益用以資為詞故所詣沈思竱進而奇無窮

晚交蕙風讀其詞遒然優然又若有異於餘子者遭世亂離半塘大鶴既坎壈前卒彊邨亦攡光韜采獨蕙風憔悴行吟於海涯荒濱每舉詞故審音闋然意者藝之至者其流變與光嶽相終始歟爰因退迹覽衆賢之瓌製采擿孔翠裒而集之非夫邁往逸駕自開戶牖者屏不錄

小枝下菴

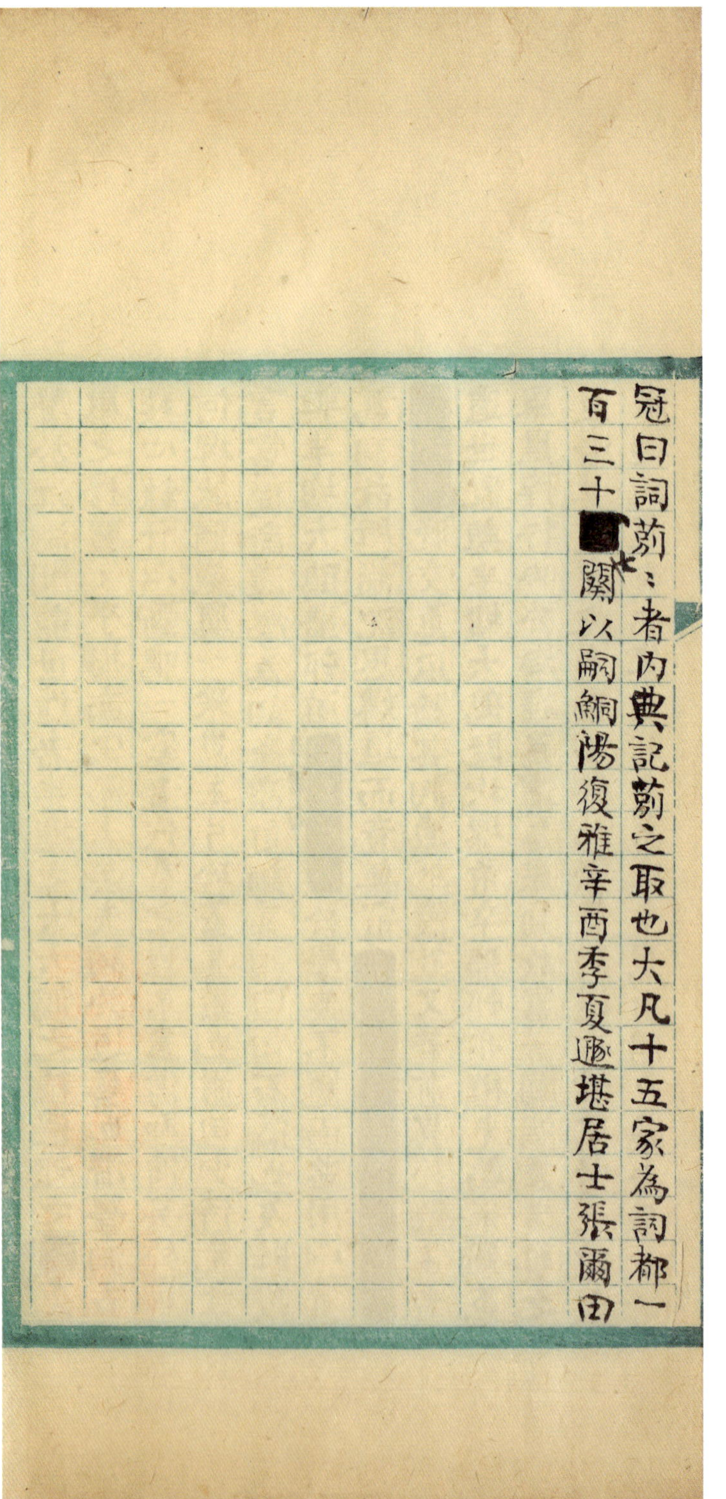

冠曰詞莂莂者內典記莂之取也大凡十五家為詞都一百三十七闋以嗣鮦陽復雅辛酉季夏遯堪居士張爾田

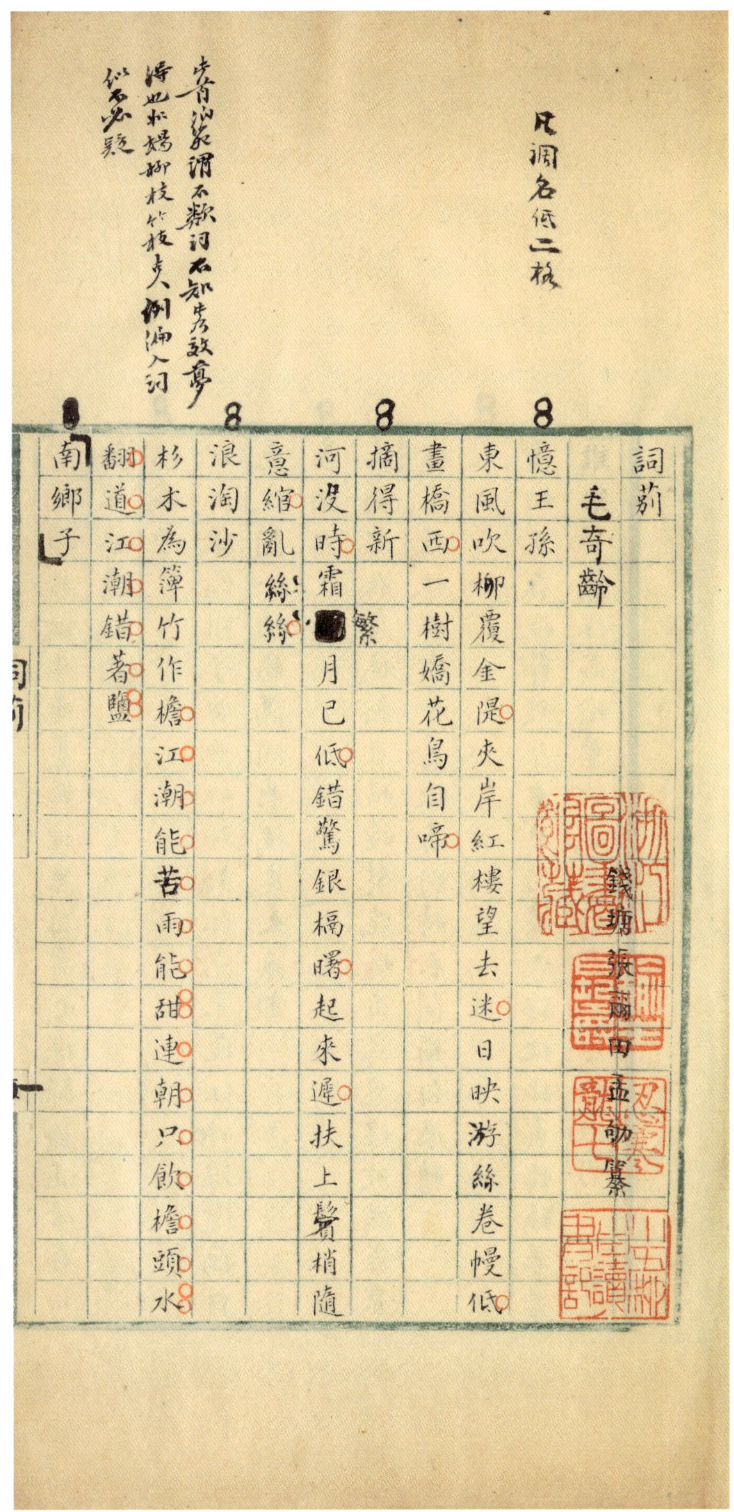

詞剏

毛奇齡

憶王孫

東風吹柳覆金隄，夾岸紅樓望去迷。日映游絲卷幔低。畫橋西，一樹嬌花鳥自啼。

摘得新

河沒時霜，繁月已低。錯驚銀橋曙，起來遲。扶上鬢梢隨。意縮亂絲絲。

浪淘沙

杉木為簰竹作檐，江潮能苦雨能甜。連朝只飲檐頭水，翻道江潮錯著鹽。

南鄉子

盧橘催酸風生蔓葉瘴煙寒自責明珠歸極浦心苦白
氎單衫著秋雨

江城子

日出城頭雞子黄照紅妝動江光采蓮江畔錦纜藕絲
長欲問小姑愁隔浦長獨處久無郎

長相思

長相思在春晚朝日曈曈熨花爕黄鳥飛綠波滿雀粟
銜素璫蛛絲斷金翦欲著別時衣開箱自展轉

又

長相思在秋節複斗垂垂怨蜻蛚錦紋砧素絲鑷夢苦
見參星關深落榆葉欲識夫壻寒花階映微雪

刺

浣溪沙

碧玉蒲芽短短針雀羅波底刺當心拔蒲歸去水淫淫
楫染綠苔疑掩袖幔飄紅露似湔襟晚風吹轉北塘
深

菩薩蠻

日黃不上妝山面露圓難綴珠簾線種得鬱金花將來
浸木瓜
枕屏山六扇上有江南岸岸盡是吳關關前
人未還

天仙子

城上春雲城下雨倩人留壻傾春醑偷將壻袷障春寒
烹雪黍傾玉杵調壻鄉音隔窗語

河瀆神

楚雨歇殘陽滿庭新月瀟湘松花濕影墜山黃帝女花竿廟旁　瑶瑟洞簫來極浦風吹桂酒椒漿夜半煙寒翠斂幾人能上高唐

臨江仙

澧浦紅蘭開日暮美人徙倚空亭幽巖春竹雨冥冥長思公子愁絕翠雲屏　碧水尚傳瑶瑟怨根根夜鼓湘靈蒼梧南去晚山青楚江遷客憔悴不堪聽

又

高閣近花紅影合繞牀還種青梧西施嬌小似無夫黄金梯滑不見有人扶　芡葉菱根遮浦暗含情但采菖

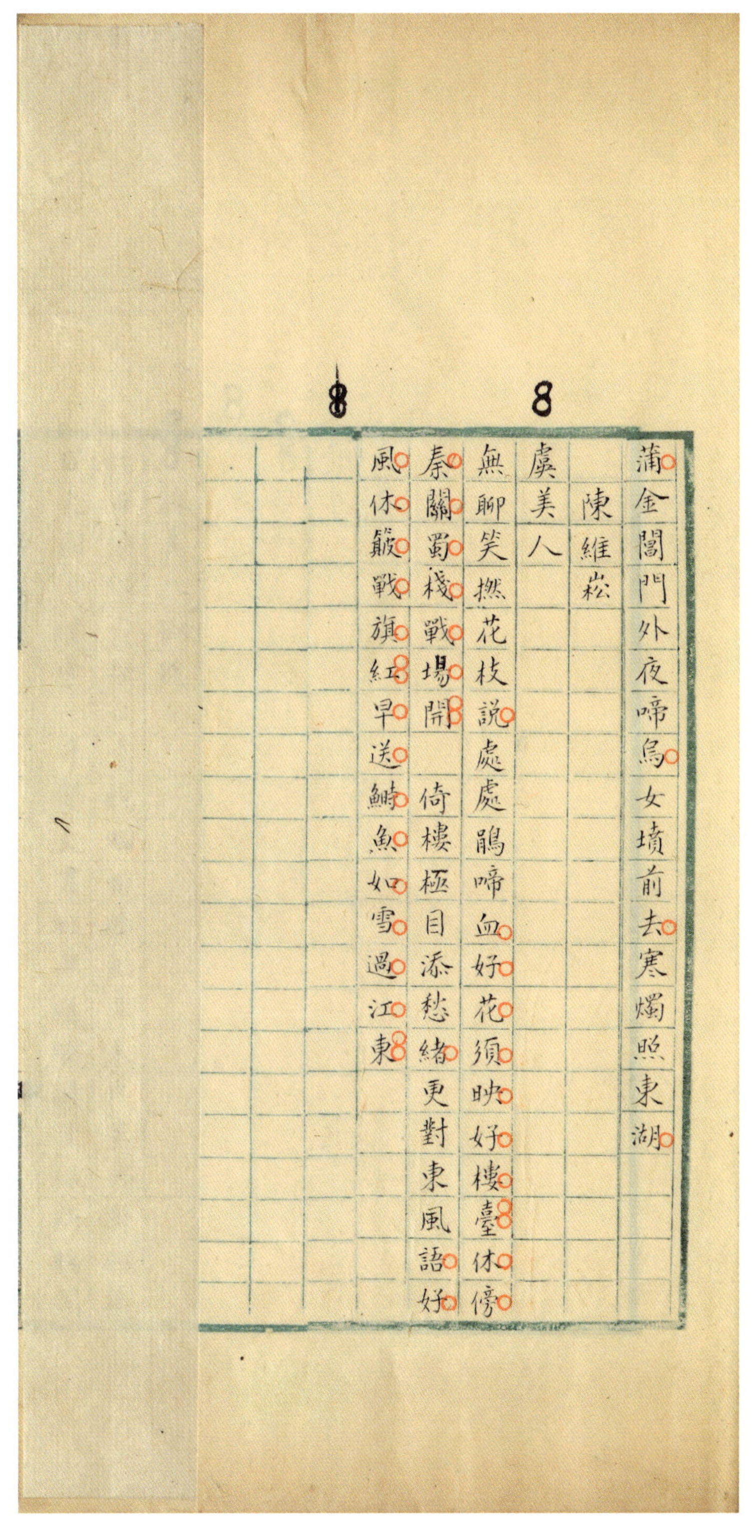

蒲金閶門外夜啼烏女墳前去寒燭照東湖

陳維崧

虞美人

無聊笑撚花枝說處處鵑啼血好花須映好樓臺休傍秦關蜀棧戰場開　倚樓極目添愁緒更對東風語好風休皺戰旗紅早送鰣魚如雪過江東

過澗歌

暨陽秋城晚眺

壞堞頹關暮煙積悄乎無人祇聞江聲千尺混茫極恍見水仙海変采月金鼇脊吾長嘯泉底恐驚織綃客春申遺壘在古戍吹笳亂洲伐荻碎把闌干拍沙草無情不管興亡朝朝暮暮西風只送巴船笛

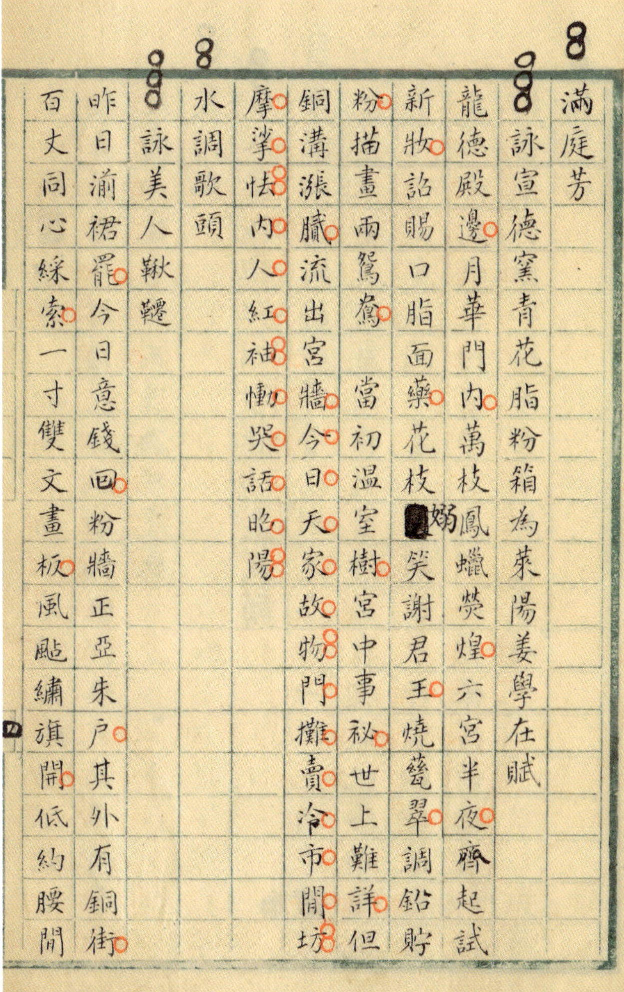

滿庭芳

詠宣德窯青花脂粉箱為萊陽姜學在賦

龍德殿邊，月華門內，萬枝鳳蠟熒煌。六宮半夜，齊起試新妝。詔賜口脂面藥，花枝嫋、笑謝君王。燒甃翠，調鉛貯粉，描畫兩鴛鴦。　當初溫室樹，宮中事祕，世上難詳。但銅溝漲膩，流出宮牆。今日天家故物，門攤賣、冷市鬧坊。摩挲怯，內人紅袖，慟哭話昭陽。

水調歌頭

詠美人鞦韆

昨日湔裙罷，今日意錢回。粉牆正亞朱戶，其外有銅街。百丈同心綵索，一寸雙文畫板，風颭繡旗開。低約腰間

素小摘■鬢邊牌 翩然上掠綠草拂蒼苔粉裙欲起未
起弄影惜身材忽趁臨風回鶻快作點波新燕繆落一
庭梅向晚半輪玉隱隱照遺釵
夏初臨
癸丑三月十九日用楊孟載韻
中酒心情拆緜時節蓸騰剛送春歸一畝池塘綠■陰濃
觸簾衣柳花攪亂晴暉更畫梁玉翦交飛販茶船重挑
筍人忙山市成圍 驀然卻想三十年前銅駝恨積金
谷人稀劃殘竹粉舊愁寫向闌西惆悵移時鎮無聊拍
損薔薇許誰知細柳新蒲都付鵑啼
琵琶仙

閶門夜泊用白石詞韻

暝色官橋消盡了帶雨綠帆千葉驛口夜火微紅瓊簫正淒絕記醉惹銅街喚馬更閒凭畫樓聽鵁無數前情許多往事橋燕能説 只細數花草吴宮除夢裏依稀一江燈火隱隱揚州更鼓吾老矣不知京口酒堪飲否

尉遲杯

許月度新自金陵歸以青溪集示我感賦

倚江樓獨夜月照到寄奴山下故國十年歸不得舊田

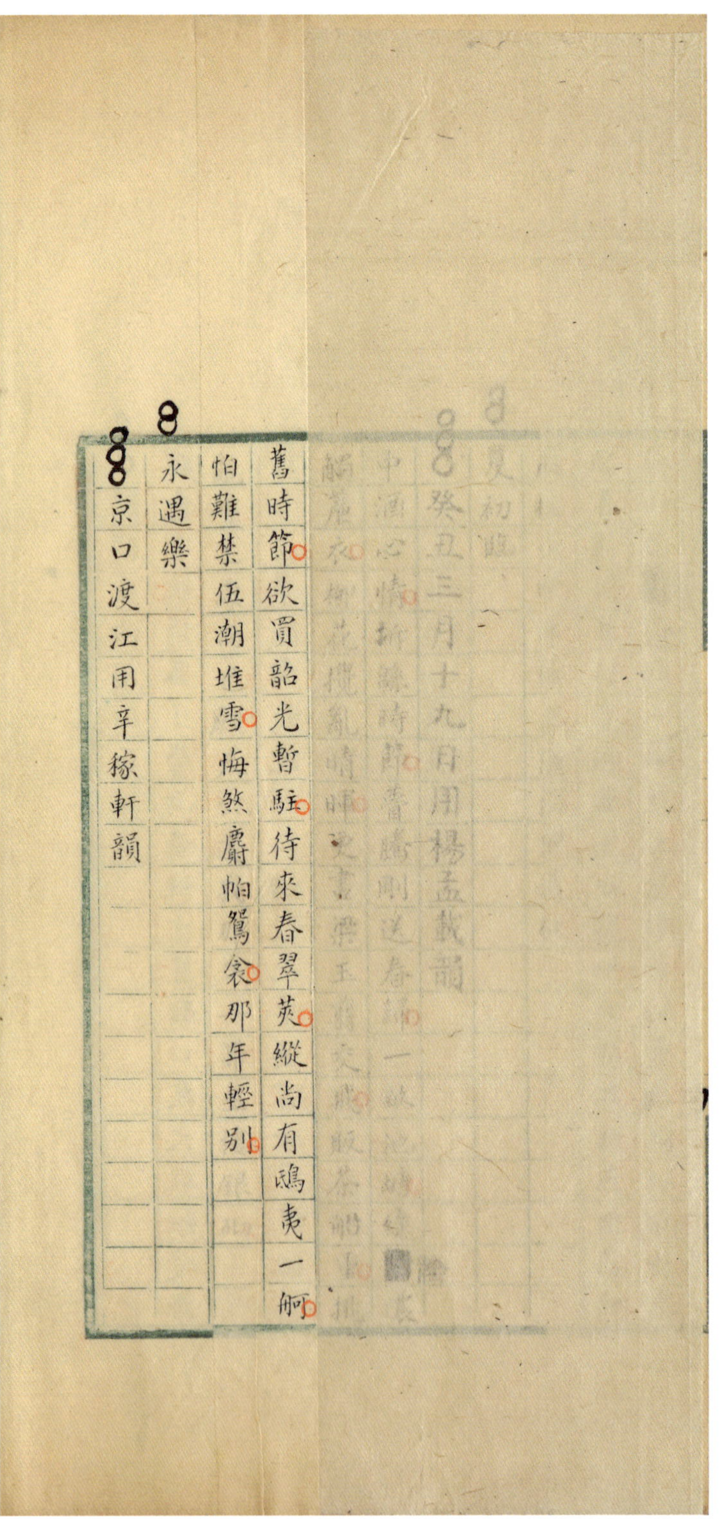
夏初臨
癸丑三月十九日用楊孟載韻

舊時節。欲買韶光暫駐。待來春翠莢。縱尚有鴟夷一舸。怕難禁伍潮堆雪。悔煞麝帕鴛衾。那年輕別。

永遇樂

京口渡江用辛稼軒韻

如此江山，幾人還記，舊爭雄處。北府軍兵，南徐壁壘，浪捲前朝去。驚帆蘸水，崩濤團颭雪，不為愁人少住。歎永嘉、流人無數，神傷只有衞虎。

臨風太息，鼻奴獅子年少，功名指顧。北拒曹丕，南連劉備，霸業開東路。而今何在，一江燈火，隱隱揚州更鼓。吾老矣，不知京口，酒堪飲否。

尉遲杯

許月度新自金陵歸，以青溪集示我，感賦

青溪路記舊日年少嬉游處覆舟山畔人家麈扇渡頭士女水花風片有十萬珠簾夾煙滸泊畫船柳下樓前衣香暗落如雨

聞說近日臺城賸黃蝶濛濛和夢飛舞綠水青山渾似畫只添了幾行秋戍三更後盈盈皓月見無數精靈含淚語想燕脂井底嬌魂至今怕說擒虎

「江南春」

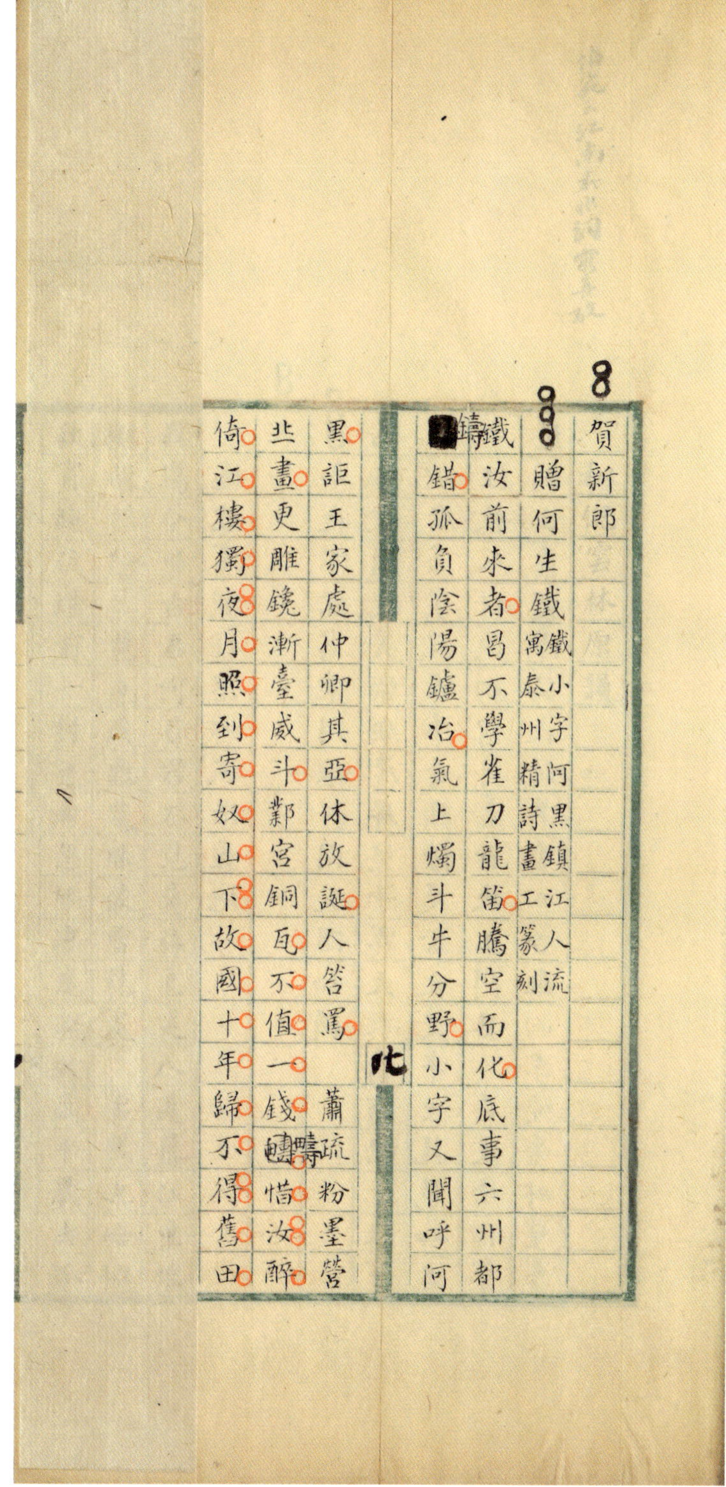

賀新郎

贈何生鐵 鐵小字阿黑鎮江人流寓泰州精詩畫工篆刻

鐵汝前來者曷不學雀刀龍笛騰空而化底事六州都鑄錯孤負陰陽鑪冶氣上燭斗牛分野小字又聞呼阿黑詎王家處仲卿其啞休放誕人皆罵

蕭疏粉墨營北畫吏雕鐃漸臺威斗鄴宮銅瓦不值一錢疇惜汝醉倚江樓獨夜月照到寄奴山下故國十年歸不得舊田

圍總被寒潮打思鄉淚浩盈把

又

冬夜不寐寫懷用稼軒同父倡和韻

已矣何須說笑樂安彥昇兒子寒天衣葛百結千絲穿

已破磨盡炎風臘雪看種種是余之髮半世琵琶知者

少枉教人斜抱胸前月羞再挾玉門瑟　黃皮袴褶軍

裝別出蕭關邊笳夜起黃雲四合直向李陵臺畔望多

少如霜戰骨隴頭水助人愁絕此意儘佳那易遂學龍

吟屈煞牀頭鐵風正吼燭花裂

摸魚子

家善百自崇川來小飲冒巢民先生堂中聞白生壁雙亦在河下喜甚數使趣之須臾白生抱琵琶至撥絃按拍宛轉作陳隋數弄頓爾至致余也悲從中來並不自知其何以故也別後寒燈孤館雨聲蕭槭漫賦此詞時漏下已四鼓矣

是誰家本師絕藝檀槽掐得如許半彎邐迤無情物惹我傷今弔古君何苦君不見青衫已是人遲暮江東煙樹縱不聽琵琶也應難覓珠淚曾乾處

淒然也恰似秋宵掩泣燈前一對兒女忽然涼瓦颯然飛千歲老狐

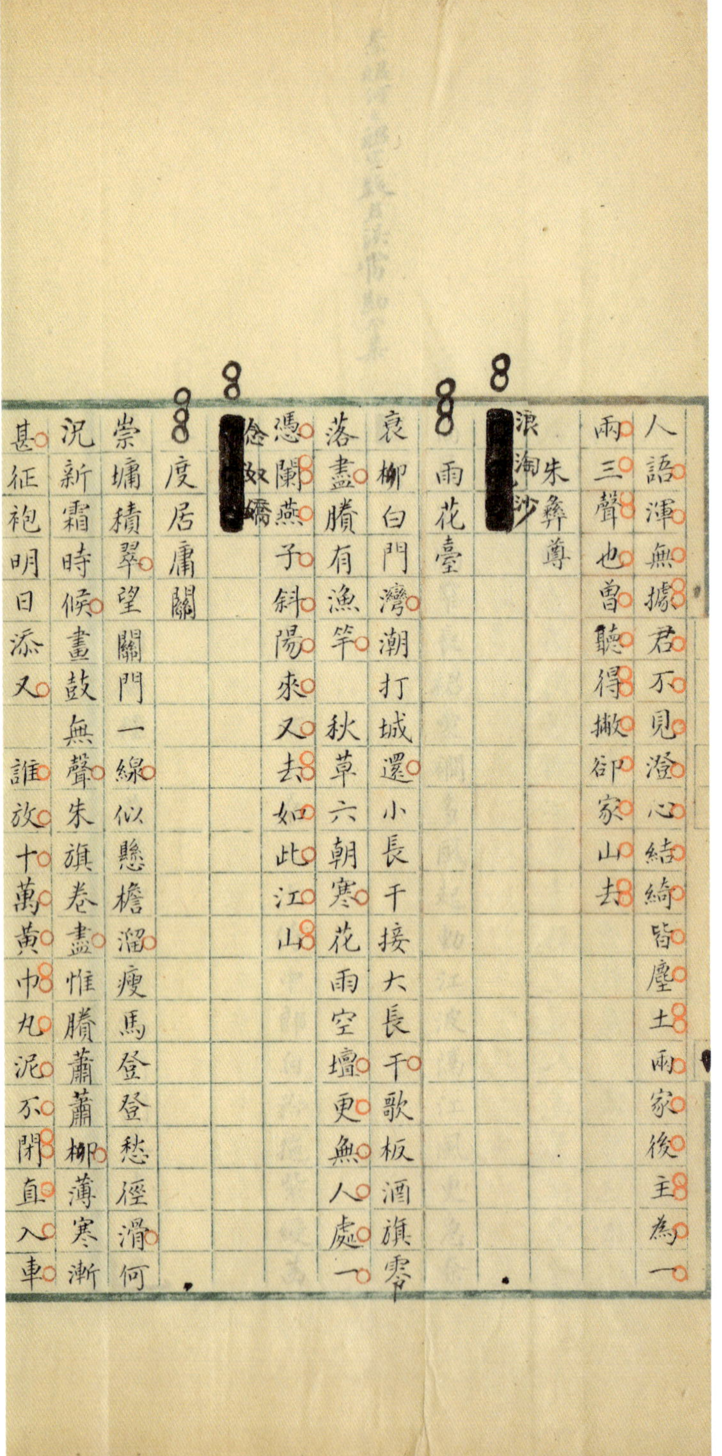
人語渾無據君不見澄心結綺皆塵土雨家後主為一
雨三聲也曾聽得撇卻家山去

浪淘沙　朱彝尊

雨花臺

衰柳白門灣潮打城還小長干接大長干歌板酒旗零
落盡賸有漁竿　秋草六朝寒花雨空壇更無人處一
憑闌燕子斜陽來又去如此江山

念奴嬌

度居庸關

崇墉積翠望關門一線似懸檐溜瘦馬登登愁徑滑何
況新霜時候畫鼓無聲朱旗卷盡惟賸蕭蕭柳薄寒漸
甚征袍明日添又　誰放十萬黃巾丸泥不閉直入車

天龍寺是高歡避暑宮舊址

賀六渾來主三軍隊壺關王氣曾分人說當年離宮築向雲根燒煙一片氤氳想香姜古瓦猶存琵琶何處聽残敕勒消盡英魂　霜鷹自去青雀空飛畫樓十二冰井無痕春風嫋娜依然芳草羅裙驅馬斜陽到鳴鐘佛火黃昏伴残僧千山萬山涼月松門

臨江仙

藥甲齊開更斂柳絲欲起還沈一春閒望費愁吟酒旗

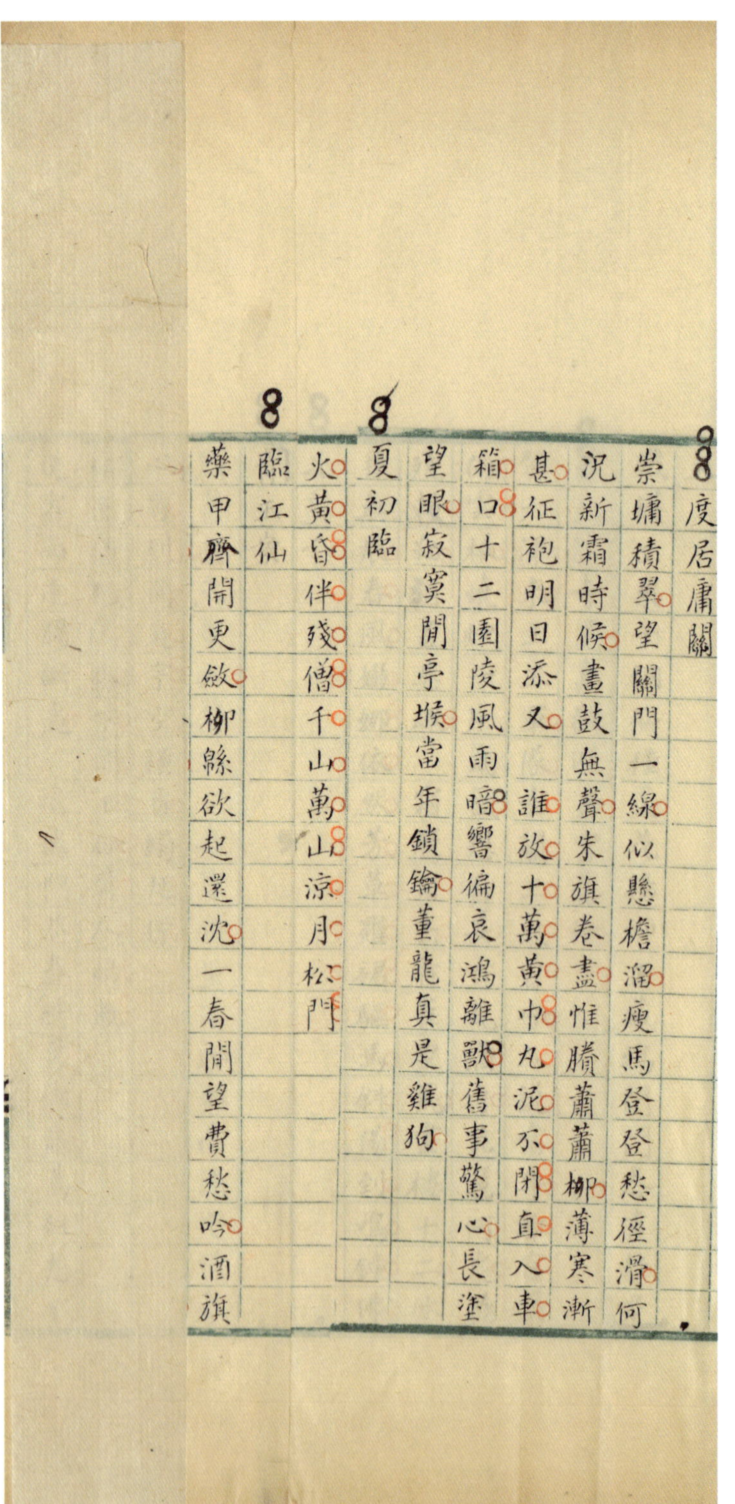

度居庸關

崇墉積翠望關門一線似懸檐溜瘦馬登登愁徑滑何況新霜時候畫鼓無聲朱旗卷盡惟賸蕭蕭柳薄寒漸甚征袍明日添又誰放十萬黃巾丸泥不閉直入車箱口十二園陵風雨暗響徧哀鴻離獸舊事驚心長塗望眼寂寞閒亭堠當年鎖鑰董龍真是雞狗

夏初臨

火黃昏伴殘僧千山萬山涼月松門

臨江仙

藥甲齊開更斂柳絲欲起還沉一春閒望費愁吟酒旗

天龍寺是高歡避暑宮舊址

賀六渾來主三軍隊壺關王氣曾分人說當年離宮築向雲根燒煙一片亂氳想香姜古瓦猶存琵琶何處聽殘敕勒銷盡英魂　霜鷹自去青雀空飛畫樓十二冰井無痕春風嫋娜依然芳草羅裙驅馬斜陽到鳴鐘佛火黄昏伴殘僧千山萬山涼月松門

臨江仙

藥甲齊開更斂柳絲欲起還沈一春閒望費愁吟酒旗

仍舊鈔詞選本見李注

風著力花事雨驚心　巷窄猧兒不吠樓高燕子難尋

熏鑪小篆疊重衾綠陰猶未滿庭院已深深

水龍吟

謁張子房祠

當年博浪金椎惜乎不中秦皇帝咸陽大索下邳亡命全身非易縱漢當興使韓[仍咸]在肯臣劉季算論功三傑封侯萬戶都未是平生意　遺廟彭城舊里有蒼苔斷碑橫地千盤驛路滿山楓葉一灣河水滄海人歸圯橋

石杳古牆空閑帳蕭蕭白髮經過擥涕向斜陽裏

賀新郎 金縷曲

初夏

誰在紗窗語是梁間雙燕多愁惜春歸去早有田田青荷葉占斷板橋西路聽半部新添蛙鼓小白薦紅都不見但愔愔門巷吹香絮綠陰重已如許

花源豈是重來誤尚依然倚杏雕闌笑桃朱戶隔院鞦韆看盡折過了幾番疏雨知永日簸錢何處午夢初回人定倦料無心肯到閒庭宇空搔首獨延佇

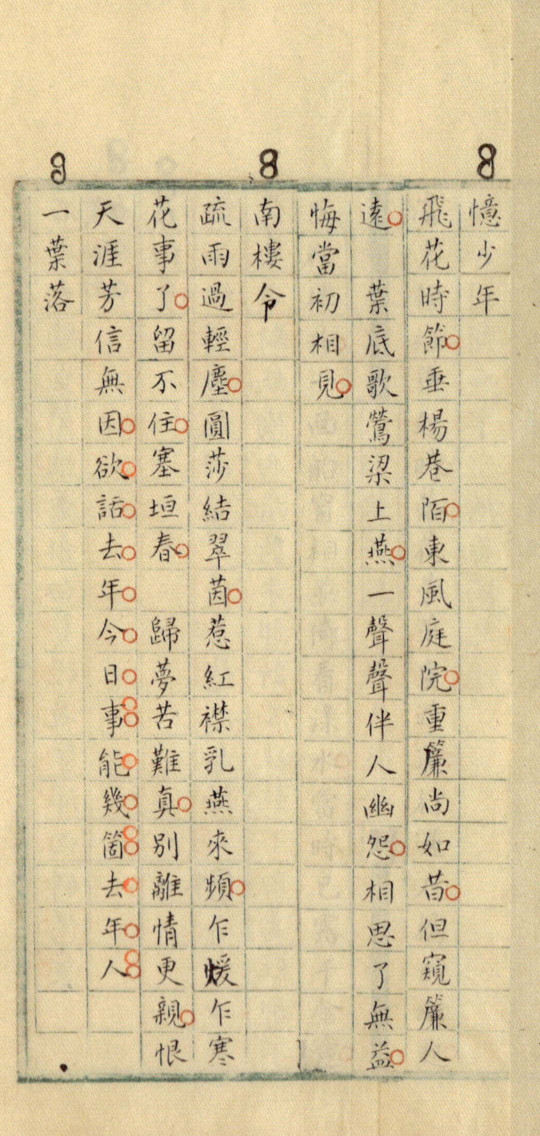

憶少年

飛花時節垂楊巷陌東風庭院重簾尚如昔但窺簾人遠
葉底歌鶯梁上燕一聲聲伴人幽怨相思了無益悔當初相見

南樓令

疏雨過輕塵圓莎結翠茵惹紅襟乳燕來頻乍煖乍寒花事了留不住塞垣春
歸夢苦難真別離情更親恨天涯芳信無因欲話去年今日事能幾箇去年人

一葉落

淚眼注臨當去此時欲住已難住下樓復上樓樓頭風吹雨風吹雨草草離人語

暗香

紅豆

凝珠吹黍似早梅作蕚新桐初乳莫是珊瑚零落敲殘石家樹記得南中舊事金齒屐小鬟蠻女向兩岸樹底盈盈素手摘新雨　延佇碧雲暮休逗入茜裙欲尋無處唱歌歸去先向綠窗飼鸚鵡惆悵檀郎路遠待寄與相思猶阻燭影下開玉合背人暗數

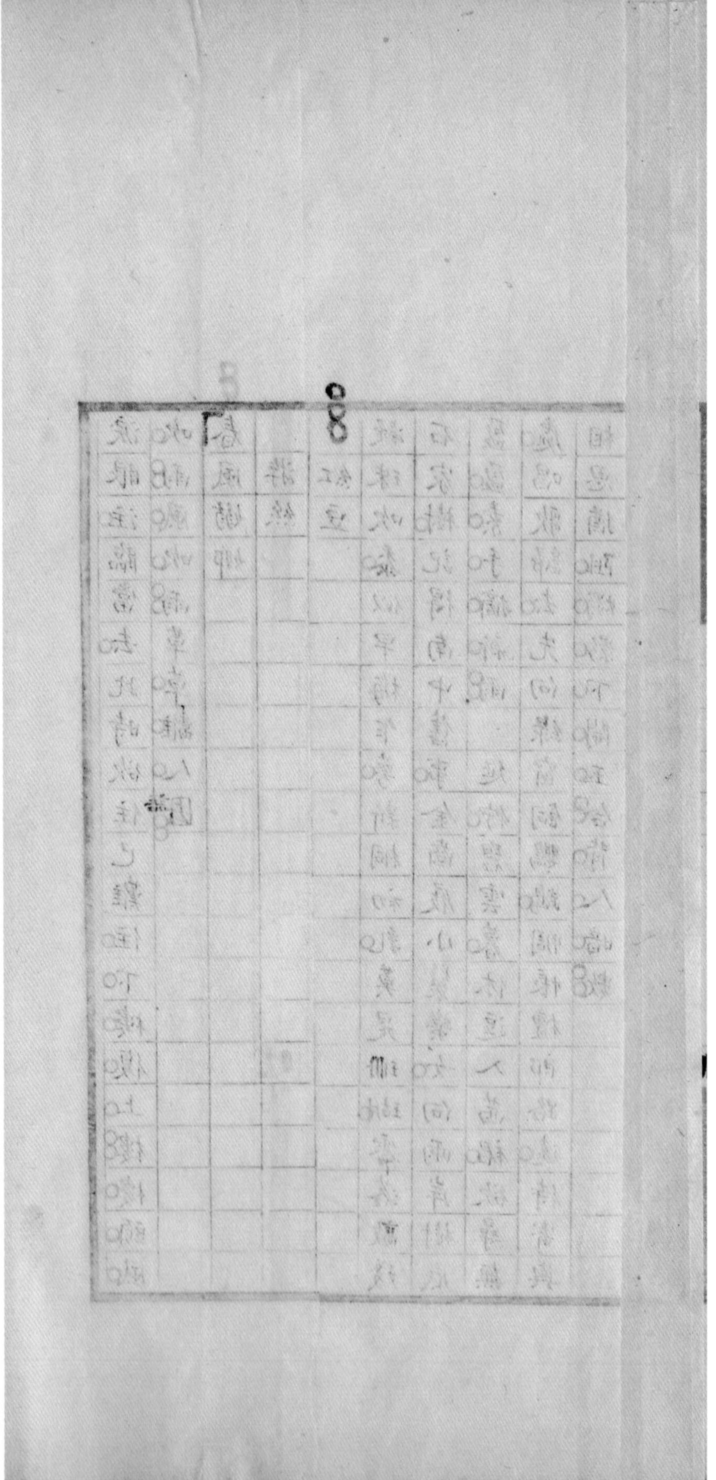

珂雪詞在國朝一代實自成一家
然名宜缺以諸作當之亦不敢謂
此
珂雪詞疏隽密絕不傍依門戶
亦無意於摹擬是其所長詞全
集完篇不多擇當表而出之冀文
印其例也抵近日復校於坊故掛序
与西河並舉非無意也

曹貞吉

玉連環

水仙

盈盈似隔紅塵路陳王休賦黃昏不是作聞香月底更無尋處靜掩繡簾朱戶更聽微雨青溪溪畔女郎祠彷彿見魂來去

木蘭花

春晚

燕一翦城南路弱絮隨風亂如雨垂鞭常到日斜時送客每逢腸斷處

愔愔門巷春將暮樹底薦紅愁不

語畫梁燕子睡方濃落盡香泥卻飛去

水調歌頭

午日和其年

何處劚蒲去俯首飲醇醪長安十度重午令節又相遭不是今朝弧矢不是今朝魚腹歌哭總無聊雲氣挾霜鼓疑聽廣陵濤

憶當日觀競渡趁江潮天風正怒彷彿角黍飼饞蛟憔悴故園心眼潦倒女兒景物未足寄吾豪和汝驚人句土缶與雲璈

留客住

鷓鴣

瘴雲苦徧五溪沙明水碧聲聲不斷只勸行人休去行

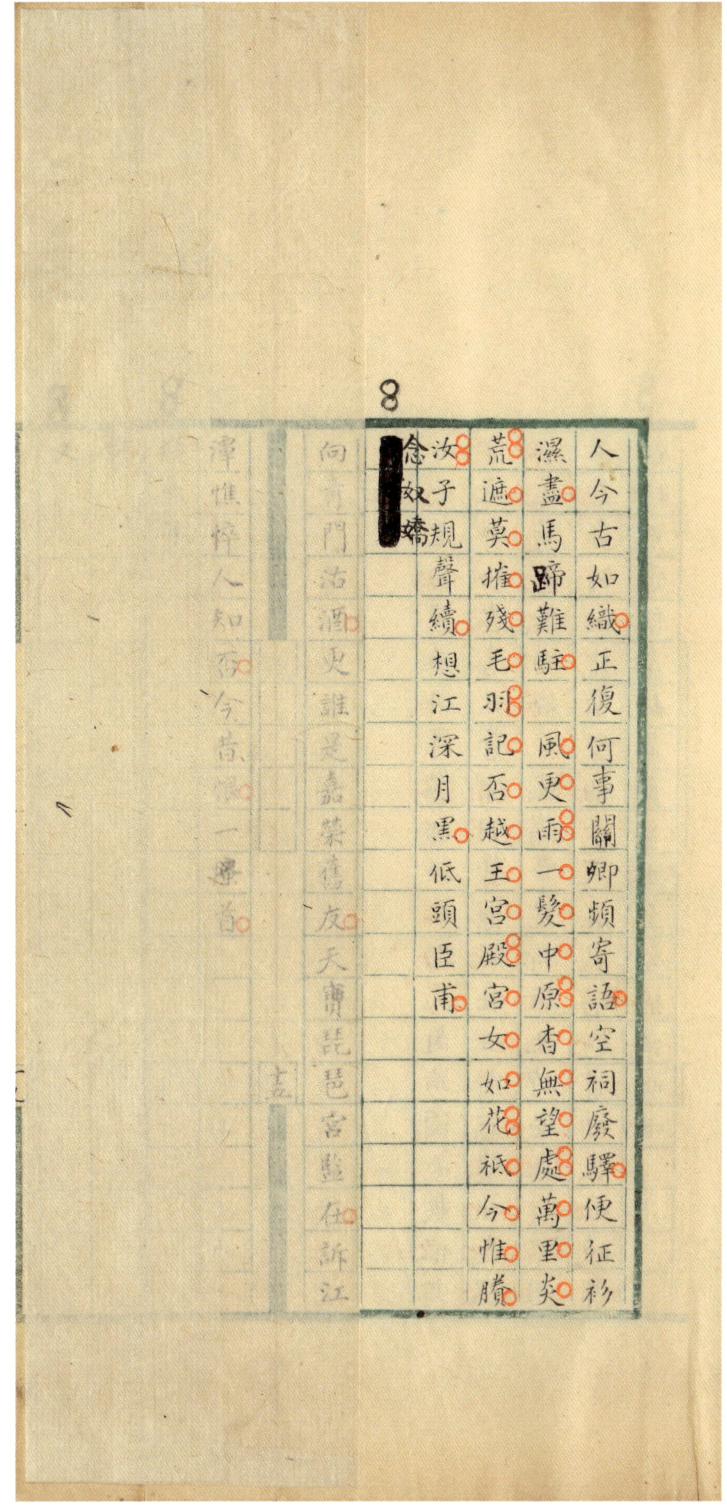

人今古如織正復何事關卿頻寄語空祠廢驛便征衫
濕盡馬蹄難駐　風更雨一髮中原杳無望處萬里炎
荒遮莫摧殘毛羽記否越王宮殿宮女如花祇今惟賸
汝子規聲續想江深月黑低頭臣甫

念奴嬌

向青門沽酒更誰是嘉榮舊友天寶琵琶宮監在訴江
潭憔悴人知否今昔恨一搔首

詠史

田光老矣笑燕丹賓客都無人物馬角烏頭千載恨匕首匣中如雪落日蒼涼羽聲慷慨壯士衝冠髮咄哉孺子武陽色怒而白

試問擊筑漸離此時安在何不同車發負劍祖龍驚掣袖六尺屏風堪越貫日長虹繞身銅柱天意留秦劫蕭蕭易水至今猶為嗚咽

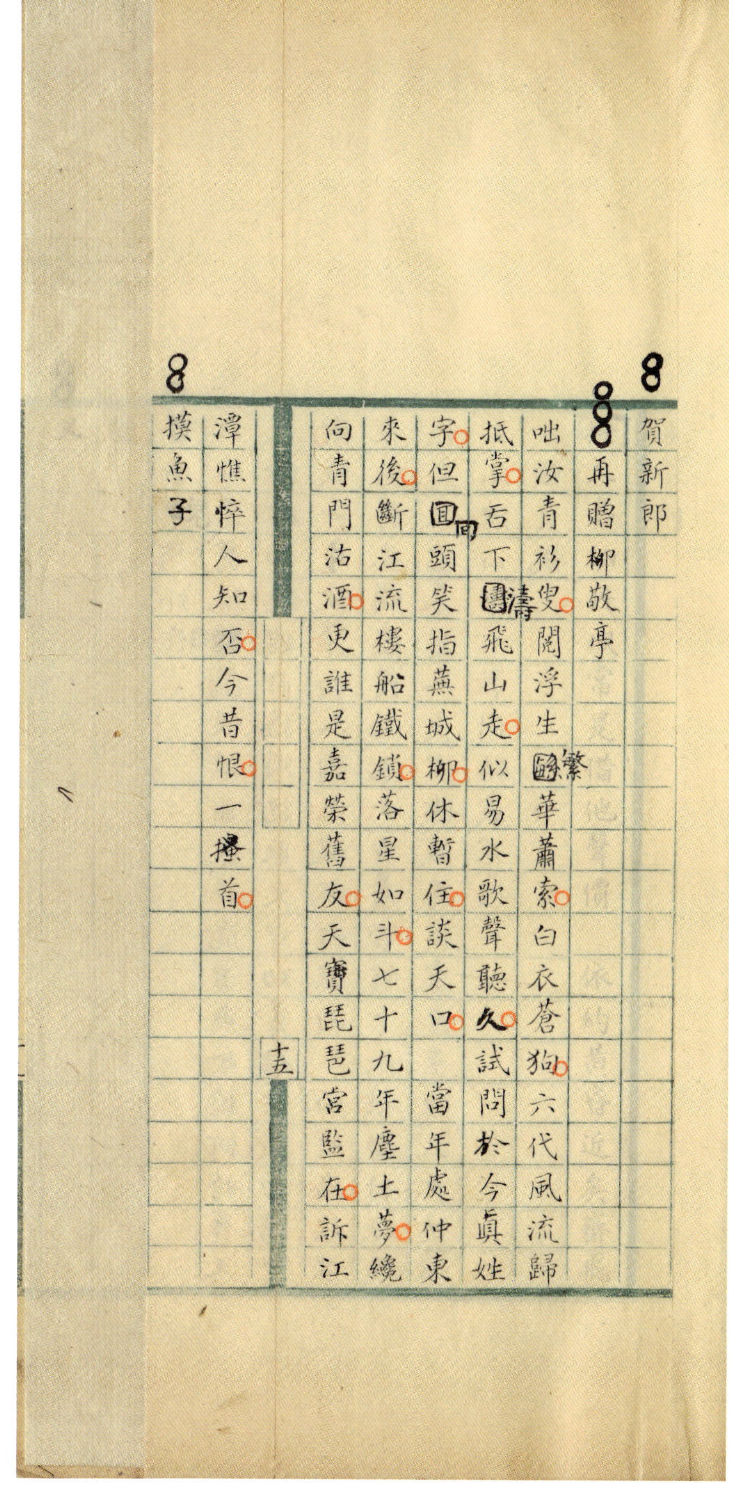

賀新郎

再贈柳敬亭

咄汝青衫叟。閱浮生繁華蕭索。白衣蒼狗。六代風流歸抵掌。舌下濤飛山走。似易水歌聲聽久。試問於今眞姓字。但回頭笑指蕪城柳。休暫住。談天口。

當年處仲東來後。斷江流樓船鐵鎖。落星如斗。七十九年塵土夢。纔向青門沽酒。更誰是嘉榮舊友。天寶琵琶宮監在。訴江潭憔悴人知否。今昔恨。一搔首。

十五

摸魚子

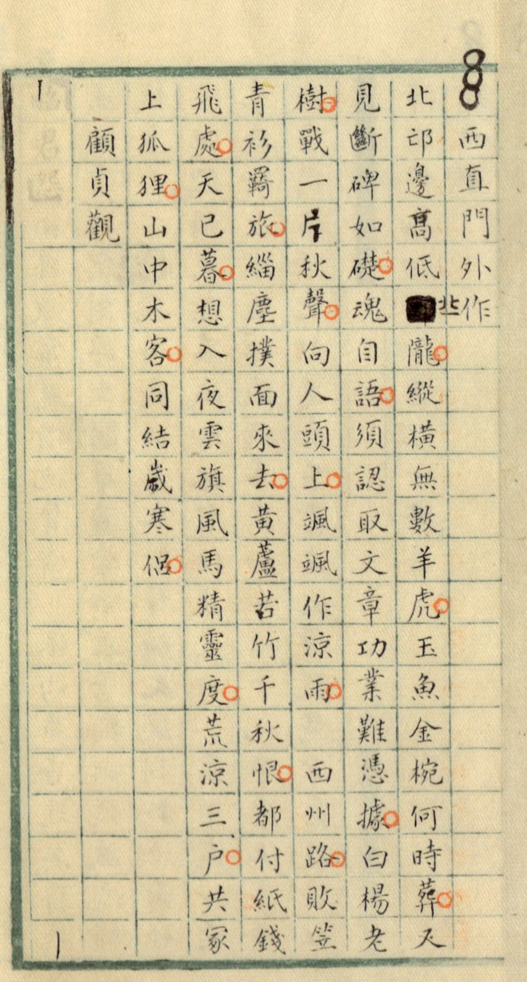

西直門外作

北邙邊高低北隴縱橫無數羊虎玉魚金椀何時葬又見斷碑如礎魂自語須認取文章功業難憑據白楊老樹戰一片秋聲向人頭上颯颯作涼雨

西州路敗笠青衫羈旅緇塵撲面來去黃蘆苦竹千秋恨都付紙錢飛處天已暮想入夜雲旗風馬精靈度荒涼三戶共冢上狐狸山中木客同結歲寒侶

顧貞觀

殘雪板橋歸路的的玉人風度擁袖障輕寒恣他看
聞道昔游如昨添箇洗紅池閣掩冉壓牆花是誰家

青玉案

天然一■[illegible]荊關畫誰打稿斜陽下歷歷水殘山賸也亂
鵶千點落鴻孤咽中有漁樵話
登臨我亦悲秋者向
蔓草平原淚堪把自古有情終不化青娥冢上東風野
火燒出鴛鴦瓦

浣溪沙

不是圖中是夢中非花非霧隔簾櫳窄衫低髻鎮相同

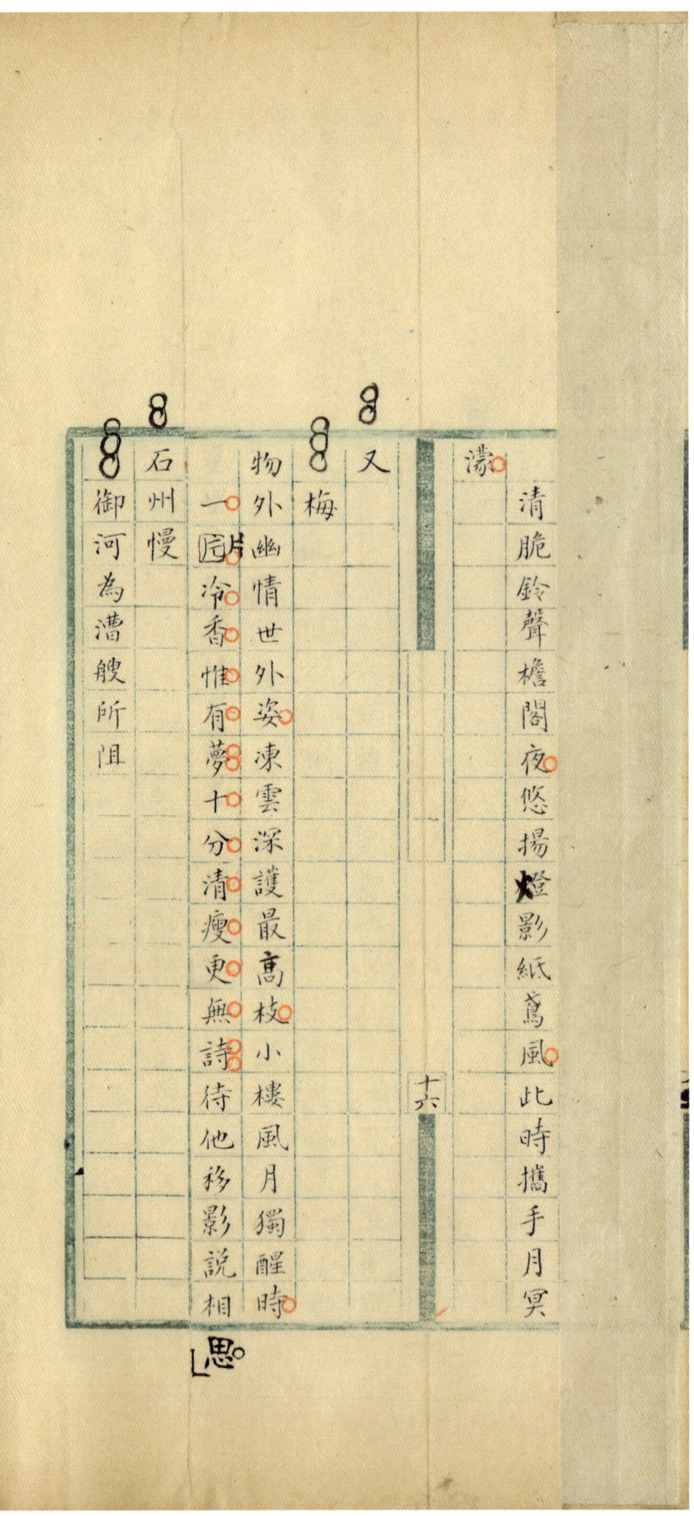
濛
清脆鈴聲檐閣夜悠揚燈影紙鳶風此時攜手月冥
十六
又
梅
物外幽情世外姿凍雲深護最高枝小樓風月獨醒時
一片冷香惟有夢十分清瘦更無詩待他移影說相思
石州慢
御河為漕艘所阻

一月長河奈沮崎嶇玉京猶隔滿身風露夜寒誰問扣舷孤客不如歸去縱教錦纜牙檣釣絲莫負秋江碧何事訪支機悔乘槎蹤迹　淒絕無端閱徧戰壘遺屯郵亭敗壁只得幾行宮柳似曾相識琵琶響斷那須月落回船曲終始下青衫滴曉鏡待重看有霜華堪織

愁倚闌令

昌平道中

雲冪冪水濺濺草如烟行近十三陵下路敢揮鞭　細柳新蒲乍綠玉魚金椀依然一騎捧香寒食日憶當年

心歷亂邊愁

夜行船

鬱孤臺

為問鬱然孤峙者有誰來雪天月夜五嶺南横七閩東距終古江山如畫

百感茫茫交集也憺忘歸夕陽西掛爾許雄心無端客淚一十八灘流下

賀新郎

寄吳漢槎甯古塔以詞代書時丙辰冬寓京師千佛寺冰雪中作

季子平安否。便歸來平生萬事。那堪回首。行路悠悠誰慰藉。母老家貧子幼。記不起從前杯酒。魑魅搏人應見慣。總輸他覆雨翻雲手。冰與雪。周旋久。

淚痕莫滴牛衣透。數天涯依然骨肉。幾家能彀。比似紅顔多命薄。更不如今還有。只絶塞苦寒難受。廿載包胥承一諾。盼烏頭馬角終相救。置此札。兄懷袖。

又

我亦飄零久。十年來深恩負盡。死生師友。宿昔齊名非忝竊。只看杜陵窮瘦。曾不減夜郎僝僽。薄命長辭知己

別問人生到此凄涼否千萬恨為兄剖　兄生辛未吾
丁丑共些時冰霜摧折早衰蒲柳詞賦從今須少作留

十八

取心魂相守但願得河清人壽歸日急繙行戍稿把空
名料理傳身後言不盡觀頓首

成德

遐方怨

敧角枕掩紅窗夢到江南伊家博山沈水香湔裙歸晚
坐思量輕煙籠翠黛月茫茫

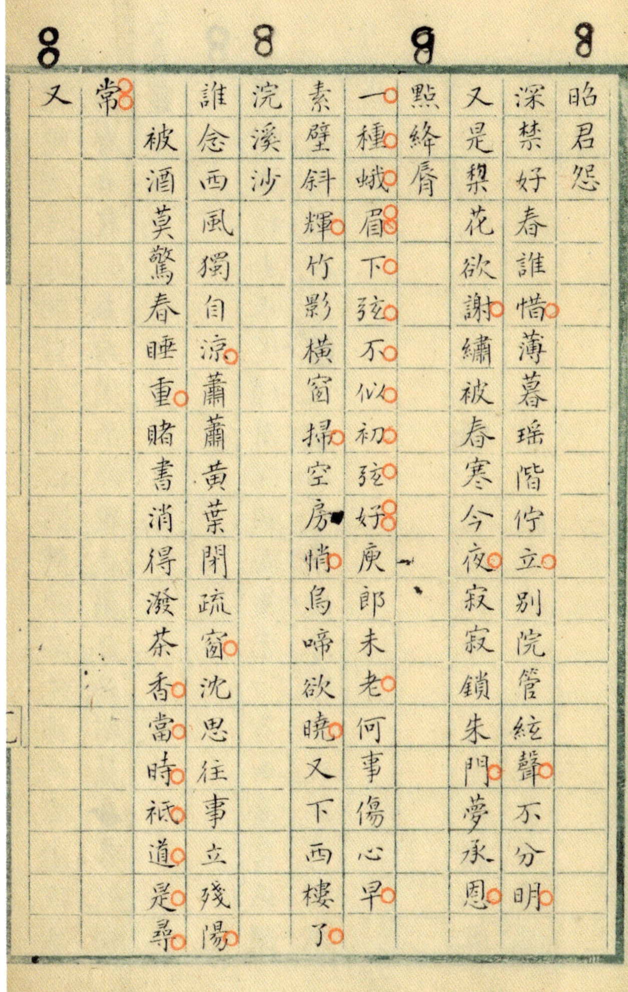

昭君怨

深禁好春誰惜，薄暮瑶階佇立。別院管絃聲，不分明。
又是梨花欲謝，繡被春寒今夜。寂寂鎖朱門，夢承恩。

點絳脣

一種蛾眉，下弦不似初弦好。庾郎未老，何事傷心早。
素壁斜輝，竹影橫窗掃。空房悄，烏啼欲曉，又下西樓了。

浣溪沙

誰念西風獨自涼，蕭蕭黃葉閉疏窗。沈思往事立殘陽。
被酒莫驚春睡重，賭書消得潑茶香。當時祇道是尋常。

又

記綰長條欲別難盈盈自此隔銀灣便無風雪也摧殘
青雀幾時裁錦字玉蟲連夜翦春旛不禁辛苦況相
關

又

腸斷斑騅去未還繡屏深鎖鳳簫寒一春幽夢有無間
逗雨踈花濃淡改關心芳草淺深難不成風月轉摧
殘

菩薩蠻

催花未歇花奴鼓酒醒已見殘紅舞不忍覆餘觴臨風
淚數行粉香看欲別空賸當時月月也異當時淒涼
照鬢絲

又

晶簾一片傷心白雲鬟香霧成遥隔無語問添衣桐陰月已西

西風鳴絡緯不許愁人睡只是去年秋如何淚欲流

又

烏絲畫作回文紙香煤暗蝕藏頭字箏雁十三雙輸他作一行

相看仍似客但道休相憶索性不還家落殘紅杏花

清平樂

風鬟雨鬢偏是來無準倦倚玉闌看月暈容易語低香近

軟風吹過窗紗心期便隔天涯從此傷春傷別黃

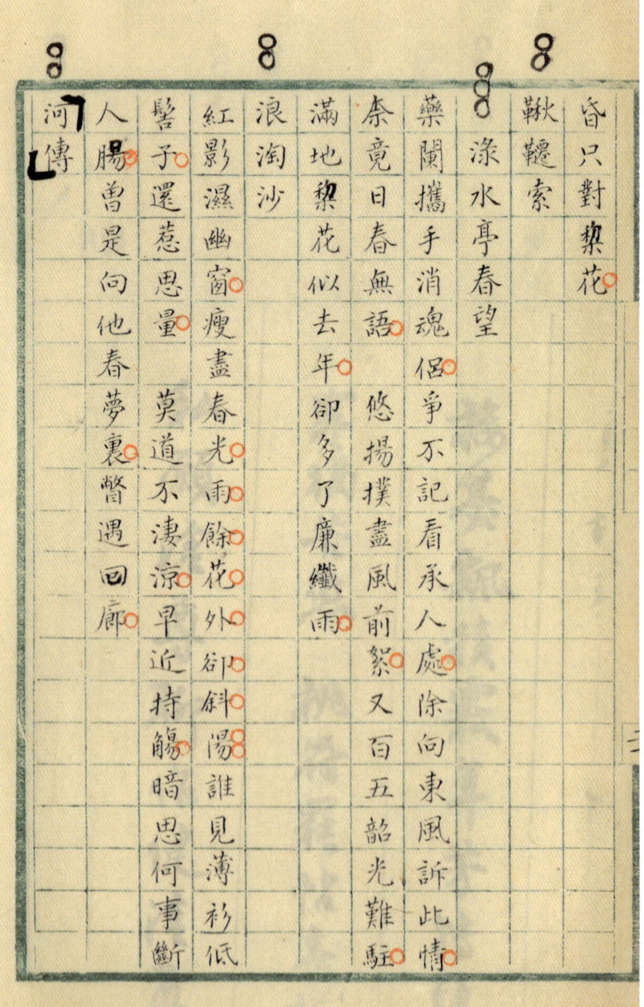
昏只對梨花
鞦韆索
淥水亭春望
藥闌攜手消魂侶爭不記看承人處除向東風訴此情
奈竟日春無語悠揚撲盡風前絮又百五韶光難駐
滿地梨花似去年卻多了廉纖雨
浪淘沙
紅影濕幽窗瘦盡春光雨餘花外卻斜陽誰見薄衫低
髻子還惹思量莫道不淒涼早近持觴暗思何事斷
人腸曾是向他春夢裏瞥遇回廊
河傳

陳亦禧早人如嵇叔夜
春日早人如嵇叔夜
月當閒閒簾幕畫堂深
門掩青蔭滿庭院日長
空凭雙魚錦字
春去去又來早來也難禁
笛裹清音
下圍棋

錦城春

水落媽雲展開早碧枝上雨殘
滴滴恨流光偏迅數景
物睹得驚恐蝶過水紅嘗記
在朝醒歸夢裏句愁可盡

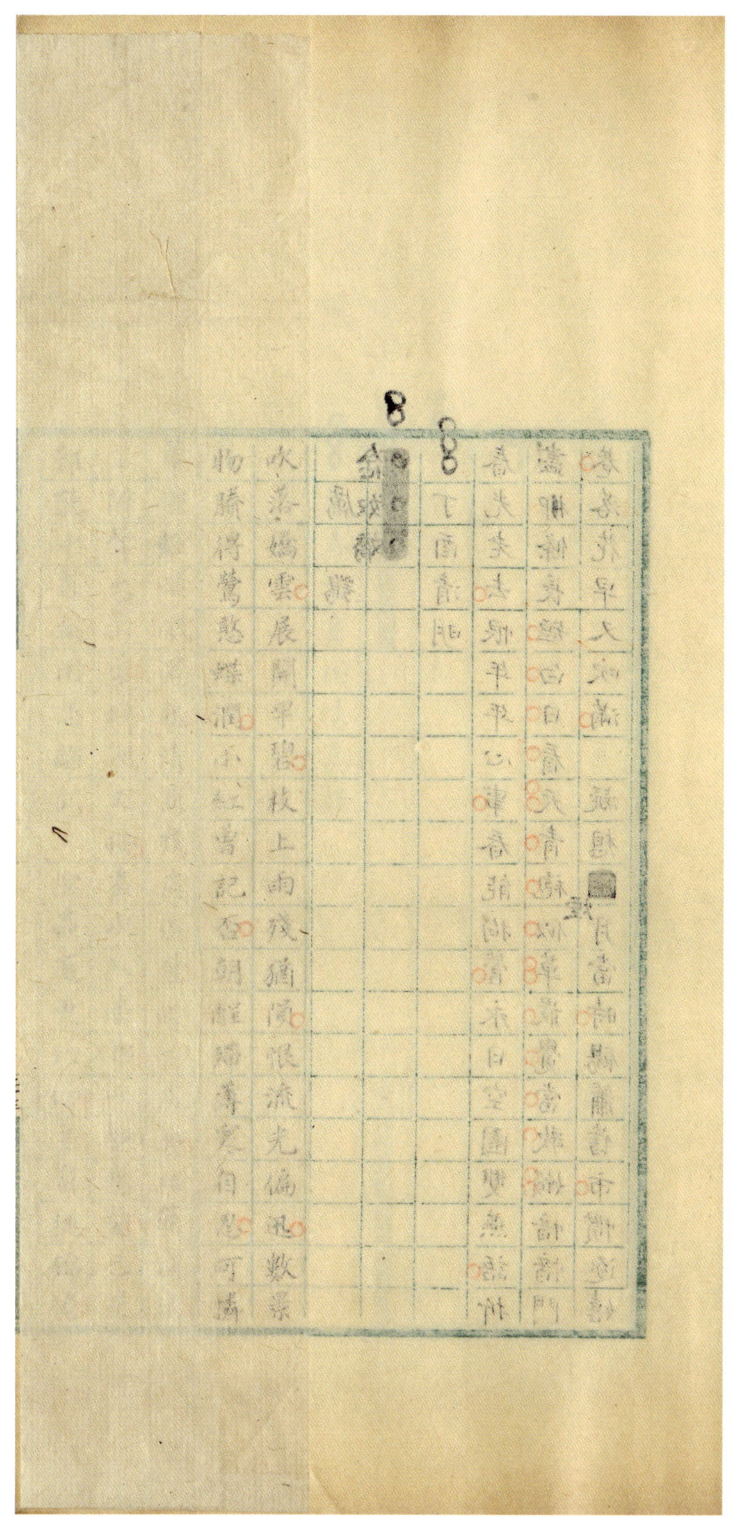

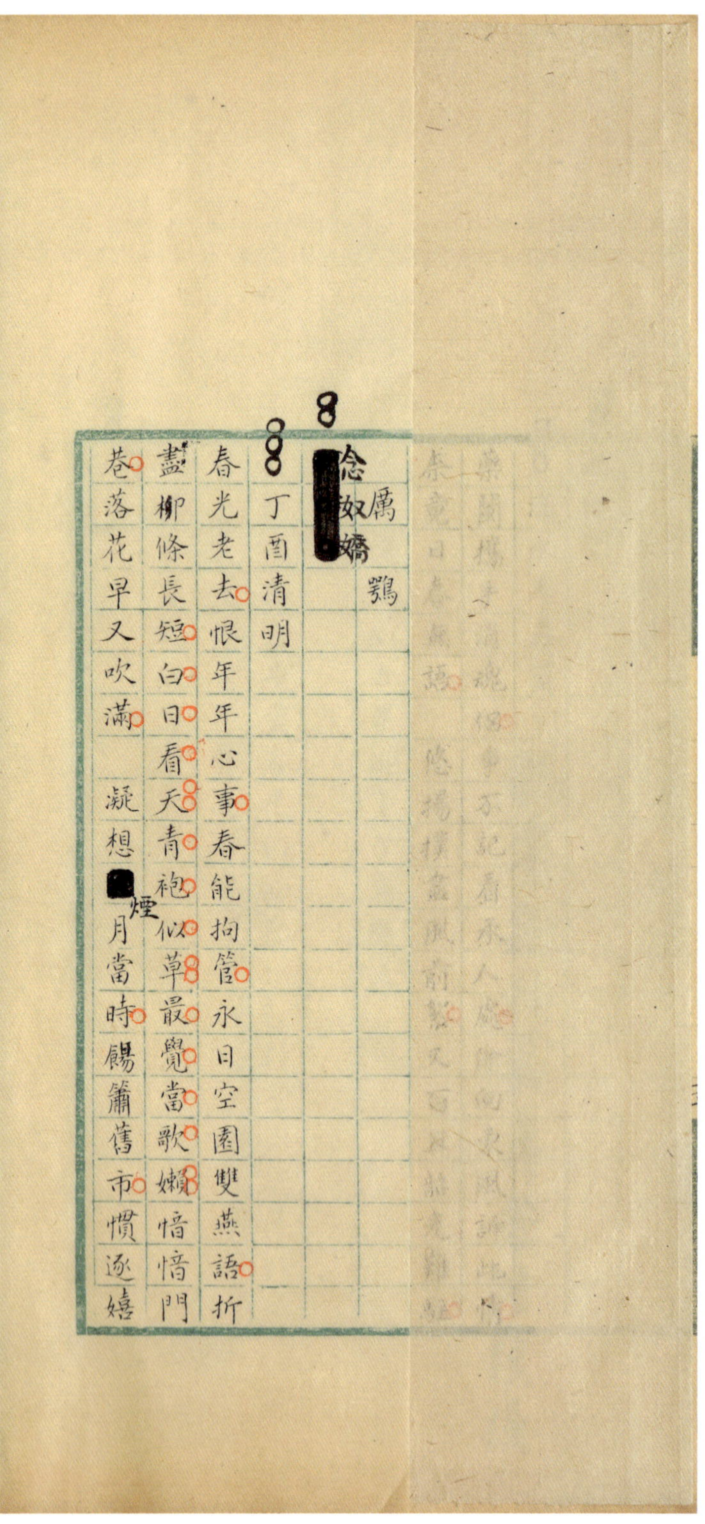

厲鶚

念奴嬌

丁酉清明

春光老去，恨年年心事，春能拘管。永日空園雙燕語，折盡柳條長短。白日看天，青袍似草，最覺當歌嬾。愔愔門巷，落花早又吹滿。

凝想煙月當時，餳簫舊市，慣逐嬉

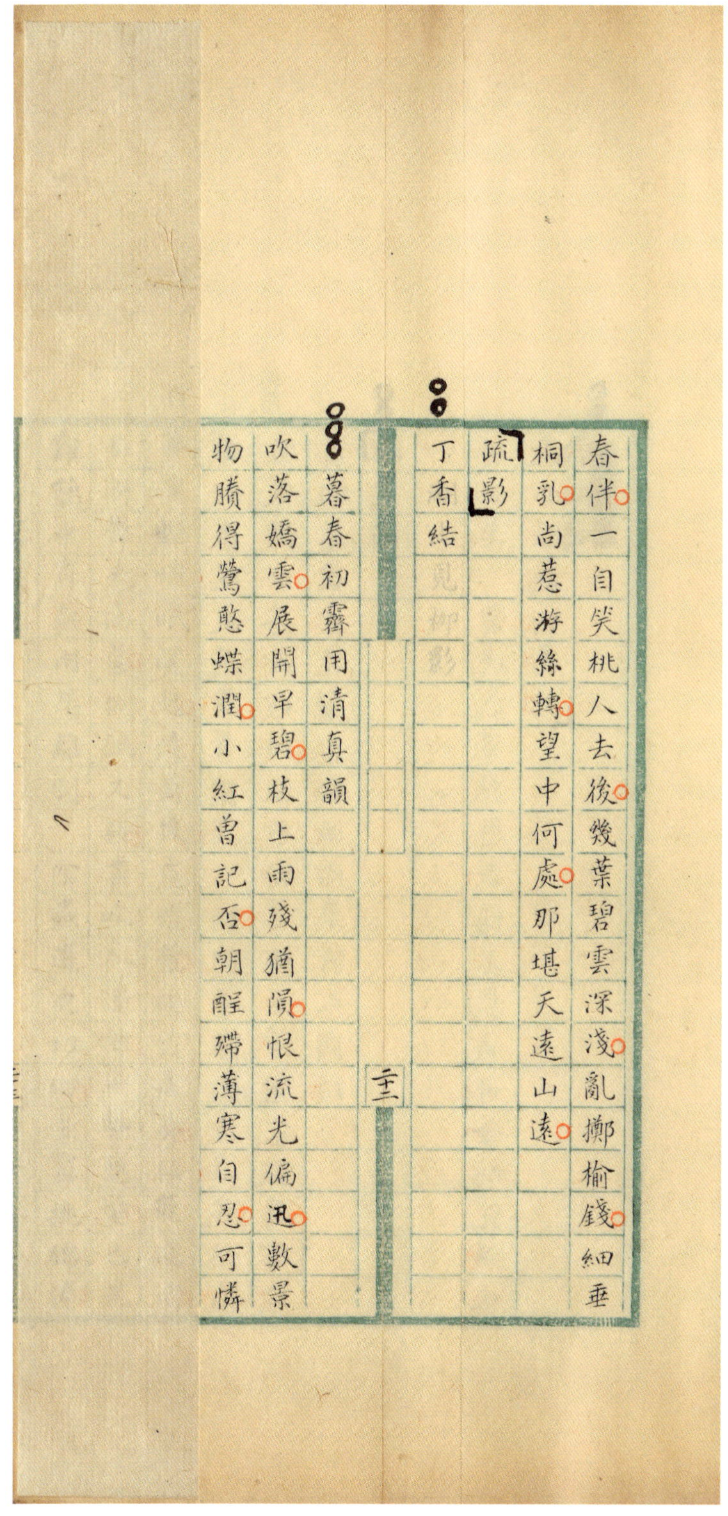
春伴一自笑桃人去後幾葉碧雲深淺亂擲榆錢細垂
桐乳尚惹游絲轉望中何處那堪天遠山遠
疏影
丁香結

暮春初霽用清真韻
吹落嬌雲展開早碧枝上雨殘猶閒恨流光偏迅數景
物賸得鶯憨蝶潤小紅曾記否朝醒殢薄寒自忍可憐

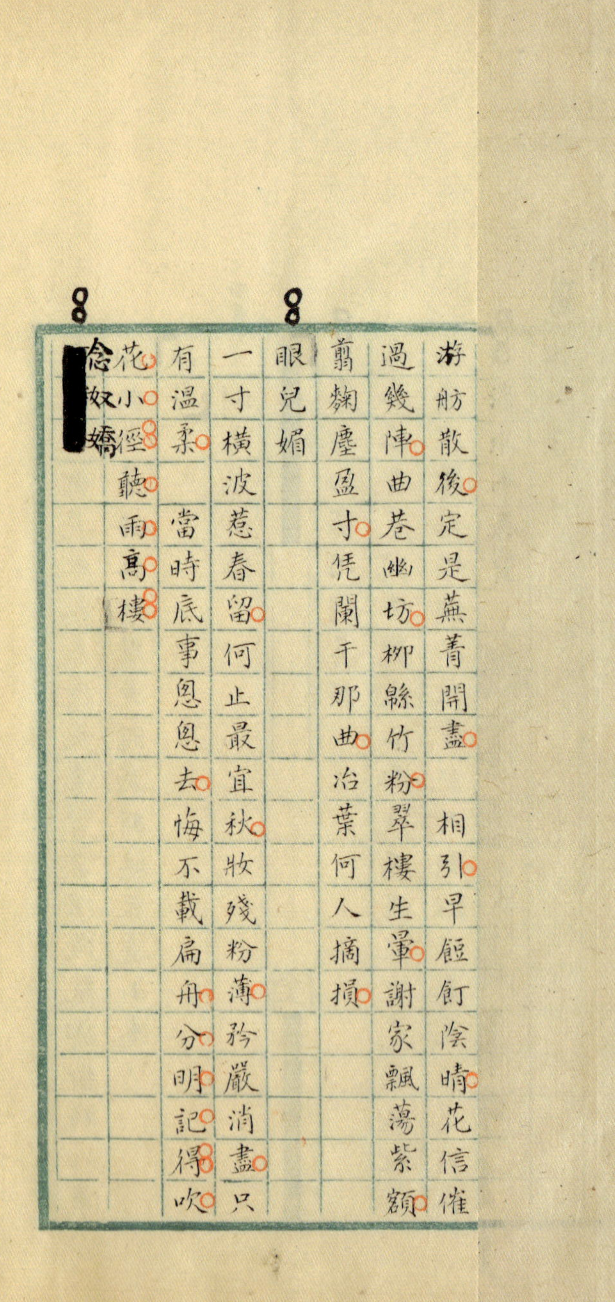

游舫散後，定是蕪菁開盡。相引。早餖飣陰晴，花信催過幾陣。曲巷幽坊，柳絲竹粉，翠樓生暈。謝家飄蕩紫額翦𦈎塵盈寸。凭闌干那曲。冶葉何人摘損。眼兒媚一寸橫波惹春留。何止最宜秋。妝殘粉薄，矜嚴消盡，只有溫柔。當時底事匆匆去。悔不載扁舟。分明記得，吹花小徑，聽雨高樓。

念奴嬌

月夜過七里灘光景奇絶歌此調幾令衆山皆響

秋光今夜向桐江爲寫當年高躅風露皆非人世有自坐船頭吹竹萬籟生山一星在水鶴夢疑重續拏音遥去西巖漁父初宿

心憶汐社沈埋清狂不見使我形容獨寂寂冷螢三四點穿破前灣茅屋林淨藏煙峰危限月帆影摇空綠隨流飄蕩白雲還卧深谷

齊天樂

秋聲館賦秋聲

簟凄燈暗眠還起清商幾處催發碎竹虚廊枯蓮淺渚不辨聲來何葉桐飆又接盡吹入潘郎一簪愁髮已是難聽中宵無用怨離别

陰蟲還更切切玉窗挑錦倦

驚響檐鐵漏斷高城鐘疏野寺遙送涼潮嗚咽微吟漸怯訝籬豆花開雨篩時節獨自開門滿庭都是月

八歸

隱几山樓賦夕陽

初翻雁背旋催鴉翼高樹半挂微暈銷凝最是登樓意常對亂波紅蘸遠山青襯不管長亭歌欲斷漸照去鞭痕將隱想故苑燕麥離離滿地弄金粉 何況春游作歇花愁多少只惱黃昏偏近冷和帆落慘連笳起更帶孤煙斜引誤雕闌倚徧霽色明朝也應準無言處望中容易下卻西牆相思人老盡

高陽臺

落梅

縞月啼香青禽警瘦遺環與恨俱飄雪沒蹊痕何人為掃溪橋東風欲避層臺遠御風歸第一春消惱相思枝北枝南冷夢迢迢

山空記得吟疏影拾參差片腦自裹冰綃湖水無聲流殘舊怨新嬌餘酸已在濃陰裏怕重屏半萼難描更堪他消息經年雨暮煙朝

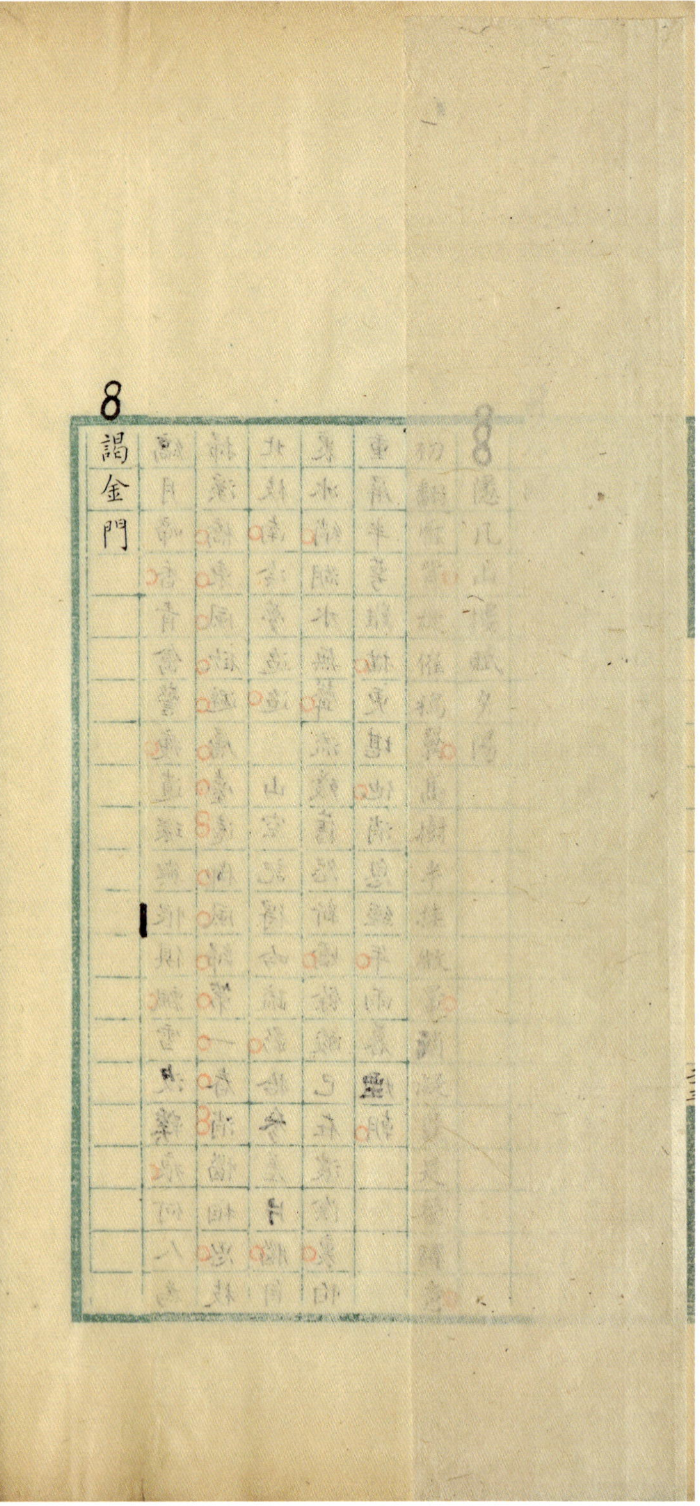

謁金門

七月既望湖上雨後作

憑畫檻雨洗秋濃人澹隔水殘霞明冉冉小山三四點

艇子幾時同汎待折荷花臨鑑日日綠盤疏粉豔西風無處滅

慶宮春

冬夜泊舟鴛湖有憶

倦柳驚鴉澄湖低月瑩霜初度篷罅搖落心情交加魂夢水天離思難寫賦牋詞筆憶相見秋娘澹雅淒涼只在學繡村邊曉鐘敲罷

可能負卻西風兩槳來時暮雲凝乍啼紅唾碧衫痕猶浣尚記那回簾下怨人輕別是纔識香囊分麝孤鴻遥去說與教知酒醒今夜

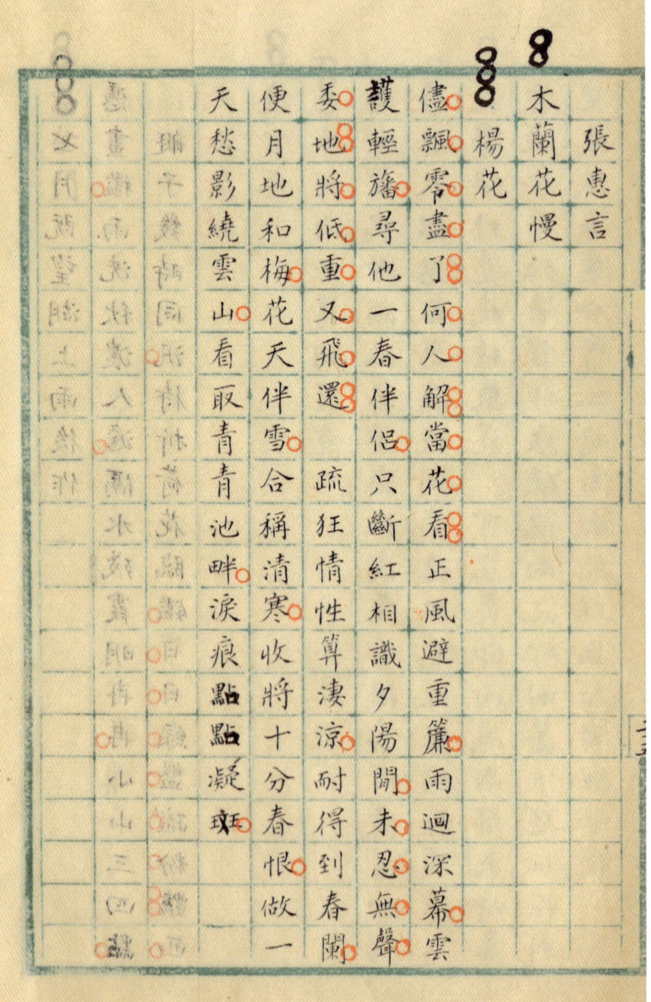

張惠言

木蘭花慢

楊花

儘飄零盡了，何人解當花看。正風避重簾，雨迴深幕，雲護輕旛。尋他一春伴侶，只斷紅相識夕陽閒。未忍無聲委地，將低重又飛還。

疏狂情性算淒涼，耐得到春闌。便月地和梅，花天伴雪，合稱清寒。收將十分春恨，做一天愁影繞雲山。看取青青池畔，淚痕點點凝斑。

水調歌頭

百年復幾許○慷慨一何多○子當為我擊筑○我為子高歌○招手海邊鷗鳥○看我胸中雲夢○蔕芥近如何○楚越等閒耳○肝膽有風波○

生平事○天付與○且婆娑○幾人塵外相視○一笑醉顔酡○看到浮雲過了○又恐堂堂歲月○一擲去如梭○勸子且秉燭○為駐好春過○

又

珠簾卷春曉。胡蝶忽飛來。游絲飛絮無緒。亂點碧雲釵。
腸斷江南春思。黏著天涯殘夢。賸有首重回。銀蒜且深
押。疏影任徘徊。　羅帷卷。明月入。似人開。一罇屬月起
舞。流影入誰懷。迎得一鉤月到。送得三更月去。鶯燕不
相猜。但莫憑闌久。重露濕蒼苔。

相見歡

年年負卻花期。過春時。只合安排愁緒送春歸。　梅花
雪。梨花月。總相思。自是春來不覺去偏知。

周之琦

鷓鴣天

帕上新題間舊題。若無佳句比紅兒。生憐桃萼初開日。

那信楊花有定時　人悄悄　晝遲遲　般勤好夢託蛛絲
繡幃金鴨熏香坐　說與春寒總未知

相見歡

鑪香冷了金猊　鏡臺攜　不信生來長見翠眉低　春夢
斷　畫闌畔　舊情迷　剛是曉鴉啼後子規啼

天香

水仙花

水豔吟香　花情春夢　湘皐記共游冶　錢側塗金　簪橫削
玉　霧帶碧痕低亞　通詞試託　問甚日仙魂初化　翠羽明
珠不見　依然冷雲凝夜

銀釭舊愁自寫　倚冰匳薄寒

吹簫一擲茜窗清淚粉妝慵卸還恐春風喚起又暗憶扁舟古祠下素襪無聲淩波去也

南歌子

唾碧凝痕重流黃照影遲姮娥依舊弄清輝我自不曾真見月圓時　蝶戀前宵粉蛛牽後夜絲酒邊心事問伊誰除下鏡光燈影少人知

三姝媚

海淀集賢院有水石花柳之勝余歲或數十信宿戊寅春暮獨游池畔寓物賦情弁陽翁所謂薄酒孤吟者也

交枝紅在眼蕩簾波香深鏡瀾痕淺費盡春工占勝游

惟許等閒鶯燕步屧廊迴盈■退粉蛛絲偷寫小影竛竮冷到棃雲便成秋苑　容易題襟■[催]散又酒逐花迷夢將天遠繫馬垂楊但翠眉還識舊時人面暗數部華空笑我櫻桃三見賸有盈盈胡蝶西窗弄晚

瑞鶴仙

四月六日出都小憇盧溝橋偶述

柳絲征袂綰試錦羽初程玉驄猶戀銅街佩聲遠向天邊回首故人如面藤陰翠晚但怪得琴尊夢短有游蜂知我心期剛是褪紅曾見　還看珠巢題字墨暈初乾酒痕微泫晴雲乍展春已在驛橋畔問柔波一樣仙源流下為底人閒較淺要重尋京邑塵香素襟漫浣

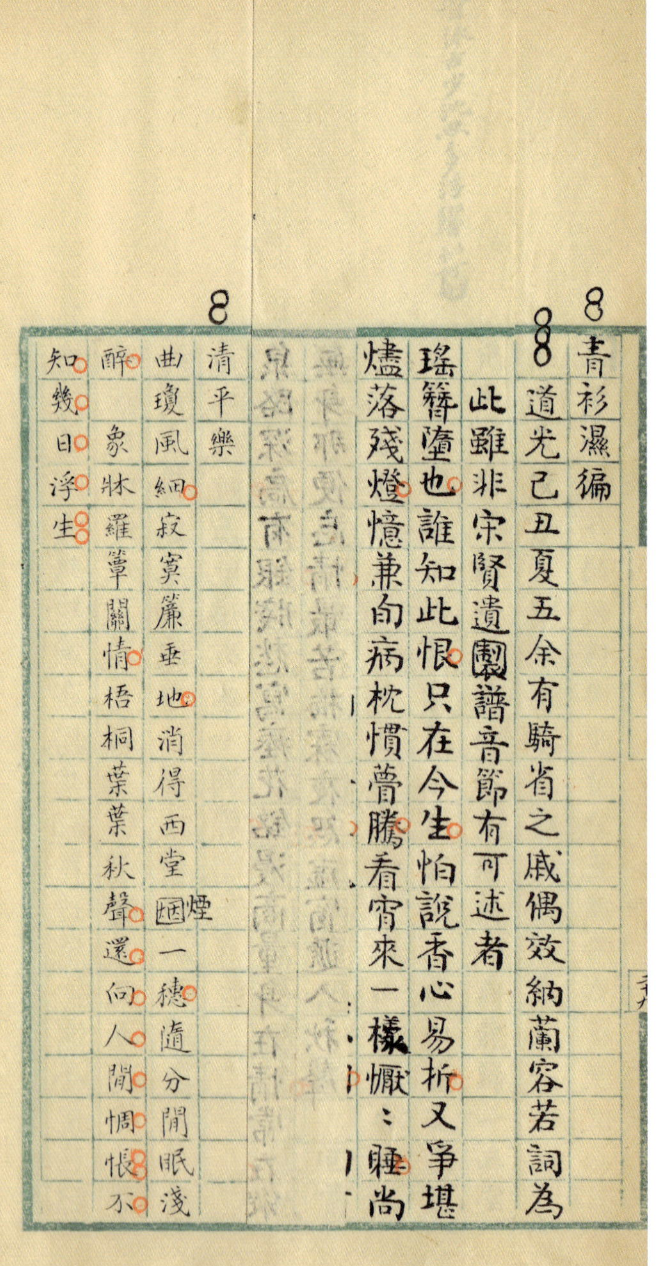

青衫濕徧

道光己丑夏五余有騎省之戚偶效納蘭容若詞為此雖非宋賢遺譜音節有可述者

瑤簪墮也誰知此恨只在今生怕說香心易折又爭堪燼落殘燈憶兼旬病枕慣瞢騰看宵來一樣懨懨睡尚

清平樂

曲瓊風細寂寞簾垂地消得西堂煙一穗遮分開眠淺醉　象牀羅簟關情梧桐葉葉秋聲還向人間惆悵不知幾日浮生

項廷紀

垂楊絲雨小窗前，濕粉墮香緜。東君不是繇華主，怕恩恩信了啼鵑。要趁楝花風起，送他桃葉舟邊。　每逢三月病懨懨，詩負衍波牋。連宵嬾索金蕉飲，有篝鐙知我無眠。忽憶去年今夜，春寒第幾橋邊。

南浦

詠柳

春水漲溪渾，是濛濛昨夜楊花吹徧。走馬問章臺，長隄外和雨和煙一片。纖腰自舞，料應未識相思怨。可惜笑桃人別後，孤負年年青眼。　怪他眠起無端，好光陰都付小鶯雛燕。不向陌頭看，爭知我盡日魂消腸斷。絲絲

青衫濕徧

道光己丑夏五余有騎省之戚偶效納蘭容若詞爲

此雖非宋賢遺闋譜音節有可述者

瑤簪墮也誰知此恨只在今生怕說香心易折又爭堪

燼落殘燈憶兼旬病枕慣瞢騰看宵來一樣懨懨睡尚

猜他夢去還醒淚急翻嫌錯莫魂消直恐分明回首

並禽棲處書帷鏡檻憐我憐卿暫别常憂道遠況凄然

泉路深扃有銀牋愁寫瘞花銘漫商量身在情常在縱

無身那便忘情最苦梅霖夜怨虛窗遞入秋聲

醉　象牀羅簟關情梧桐葉葉秋聲還向人間惆悵不

知幾日浮生

項廷紀

垂楊絲雨小窗前濕粉墮香緜東君不是緐華主怕恩

恩信了啼鵑要趁楝花風起送他桃葉舟邊　每逢三

月病懨懨詩負衍波牋連宵懶索金蕉飲有篝鐙知我

無眠忽憶去年今夜春寒第幾橋邊

南浦

詠柳

春水漲溪渾是濛濛昨夜楊花吹徧走馬問章臺長隄

外和雨和煙一片纖腰自舞料應未識相思怨可惜笑

桃人別後孤負年年青眼　怪他眠起無端好光陰都

付小鶯雛燕不向陌頭看爭知我盡日魂消腸斷絲絲

縷縷幾時繫得東風轉且去西泠橋畔等萬一檥船重見

玉漏遲

聞落葉

西風無著處如今聞了斜陽高樹搖落江潭一片亂鴉飛去客思吟商最苦更消得庾郎愁賦深院宇殘螢斷雁伴人悽楚　誰憐病枕難禁正颯颯吹來蕭蕭不住采綠前游空有砌蛩能訴彈指幾番怨恨怕化作漫天碎雨君聽取涼聲又驚秋暮

菩薩蠻

鯉魚風起芙蓉老金鵝屏展紅花笑稍覺舊衣單玉人

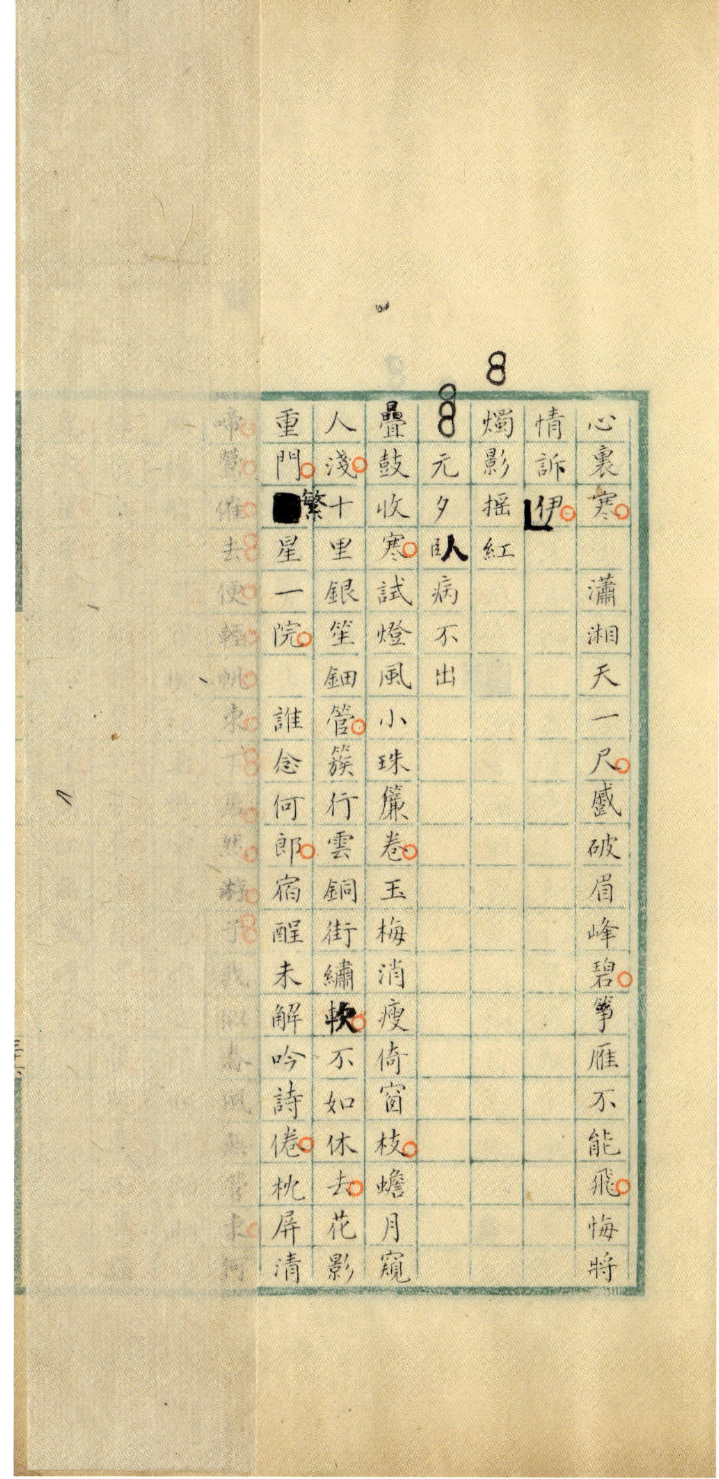

心裏寒　瀟湘天一尺戲破眉峰碧箏雁不能飛悔將

情訴伊

燭影搖紅

元夕臥病不出

疊鼓收寒試燈風小珠簾卷玉梅消瘦倚窗枝蟾月窺

人淺十里銀笙鈿管簇行雲銅街繡轂不如休去花影

重門繁星一院　誰念何郎宿酲未解吟詩倦枕屏清

啼鶯催去便輕帆東下悄然將了我似春風無管束何

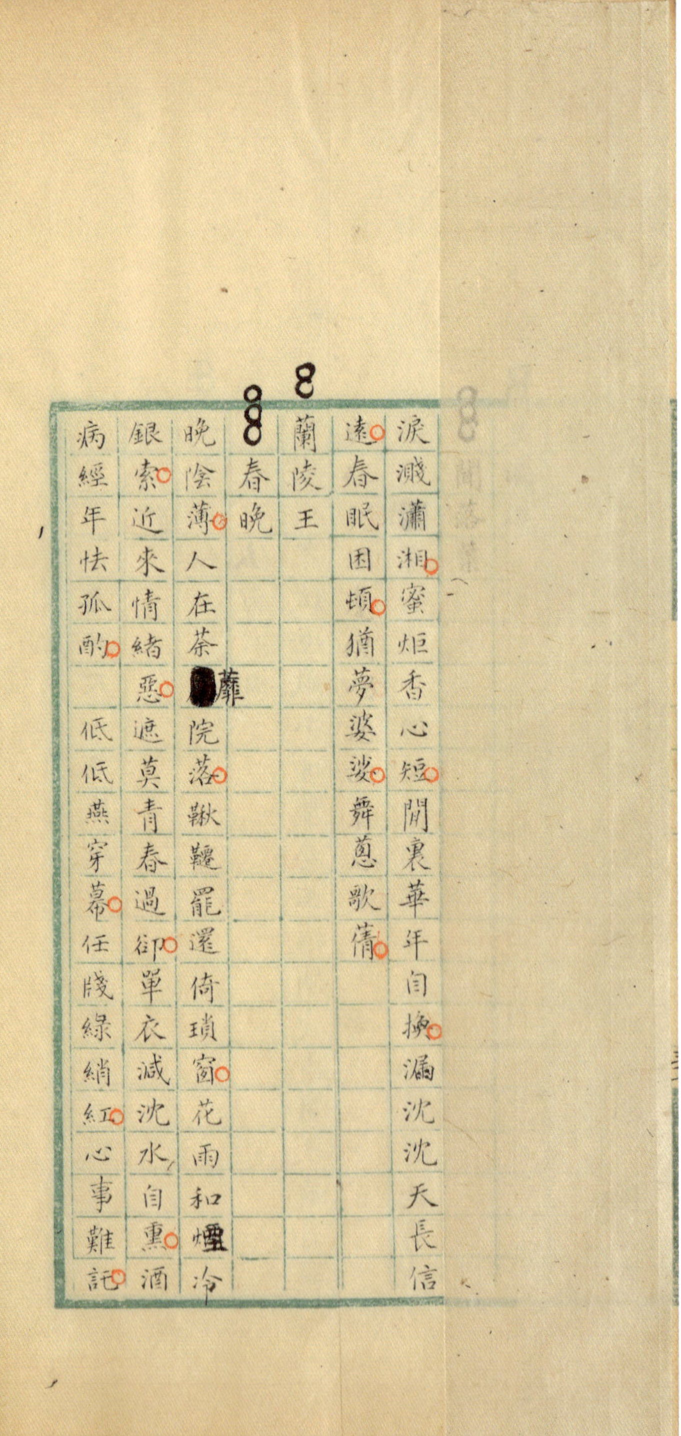
淚濺瀟湘蜜炬香心短閒裏華年自換漏沈沈天長信
遠春眠困頓猶夢婆娑舞蒽歌蒨
蘭陵王
春晚
晚陰薄人在荼蘼院落鞦韆罷還倚瑣窗花雨和煙冷
銀索近來情緒惡遮莫青春過卻單衣減沈水自熏酒
病經年怯孤酌
低低燕穿幕任綫綠綃紅心事難託

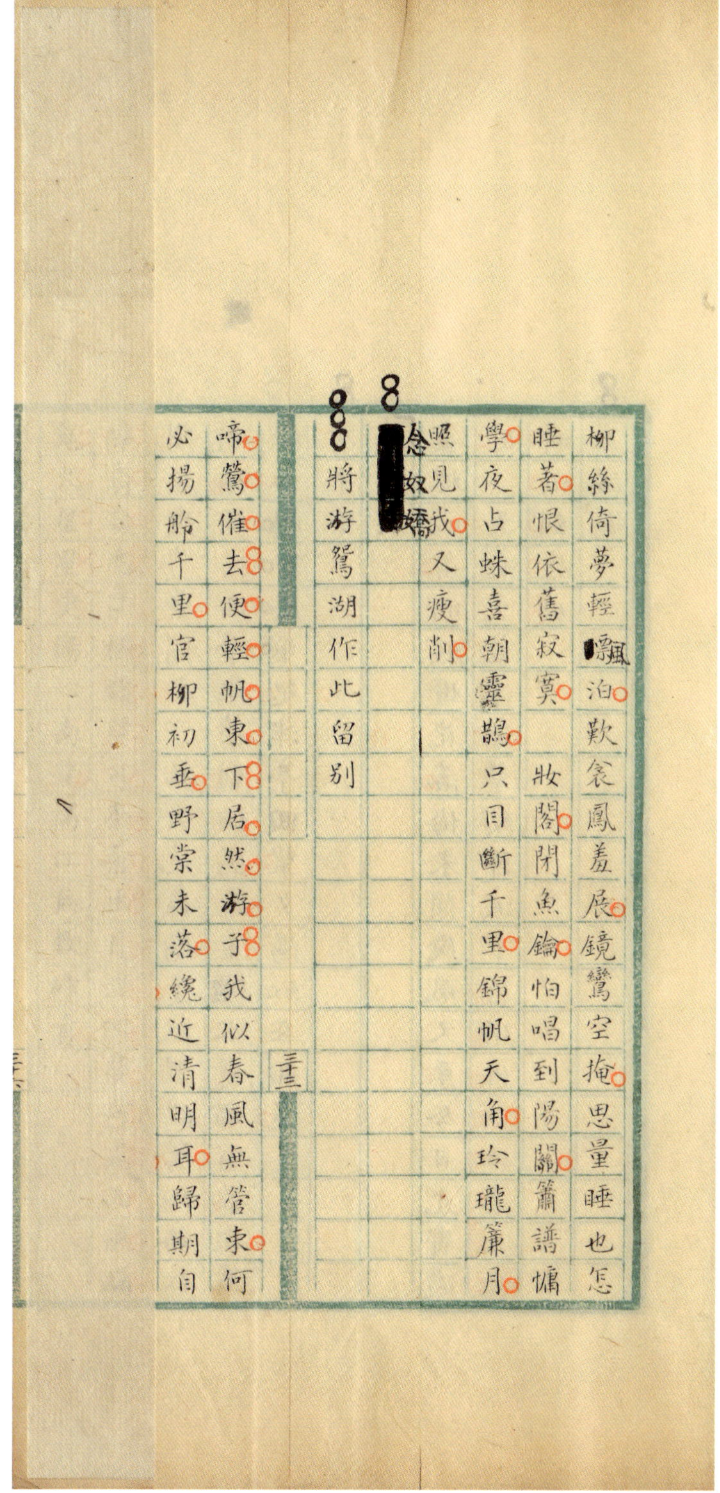
柳絲倚夢輕飄泊歎衾鳳羞展鏡鸞空掩思量睡也怎
睡著恨依舊寂寞
妝閣閉魚鑰怕唱到陽關簫譜慵
學夜占蛛喜朝靈鵲只因斷千里錦帆天角玲瓏簾月
照見我又瘦削

念奴嬌

將游鴛湖作此留別

啼鶯催去便輕帆東下居然游子我似春風無管束何
必揚舲千里官柳初垂野棠未落繞近清明耳歸期自

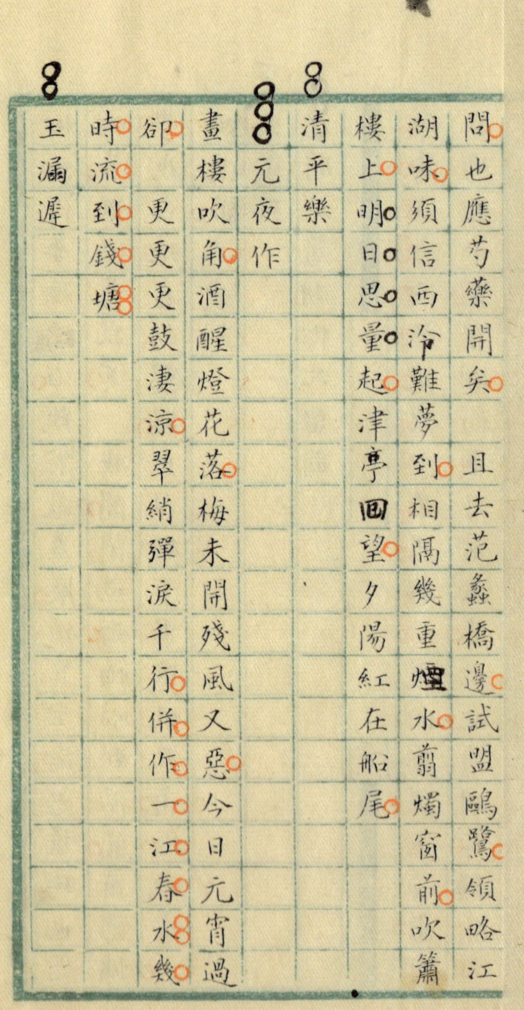

問也應芍藥開矣　且去范蠡橋邊試盟鷗鷺領略江湖味須信西泠雖夢到相隔幾重煙水翦燭窗前吹簫樓上明日思量起津亭回望夕陽紅在船尾

清平樂

元夜作

畫樓吹角酒醒燈花落梅未開殘風又惡今日元宵過卻　更更更鼓淒涼翠綃彈淚千行併作一江春水幾時流到錢塘

玉漏遲

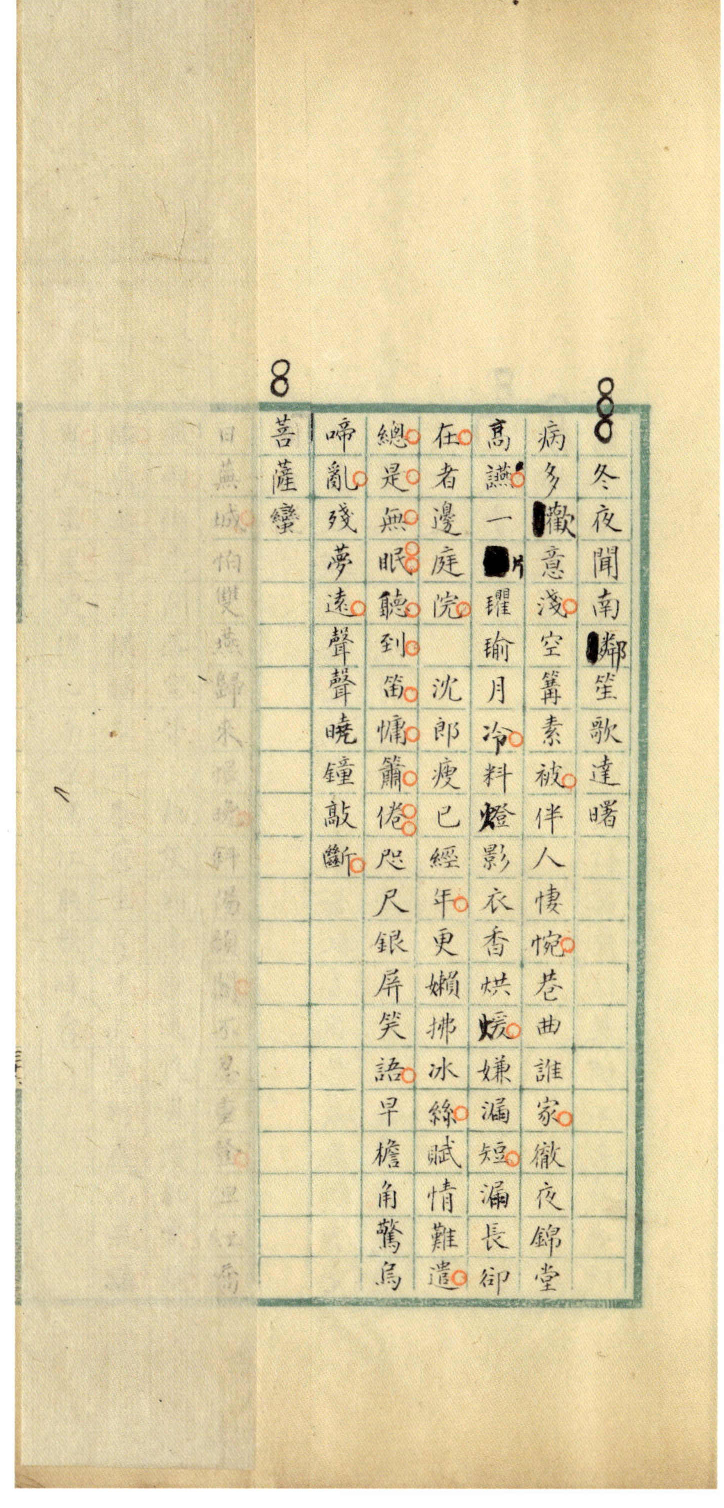

冬夜聞南鄰笙歌達曙

病多歡意淺空篝素被伴人悽惋巷曲誰家徹夜錦堂高讌一片瓏璁月冷料燈影衣香烘煖嫌漏短漏長卻在者邊庭院

沈郎瘦已經年更嬾拂冰絲賦情難遣總是無眠聽到笛慵簫倦咫尺銀屏笑語早檐角驚烏啼亂殘夢遠聲聲曉鐘敲斷

菩薩蠻

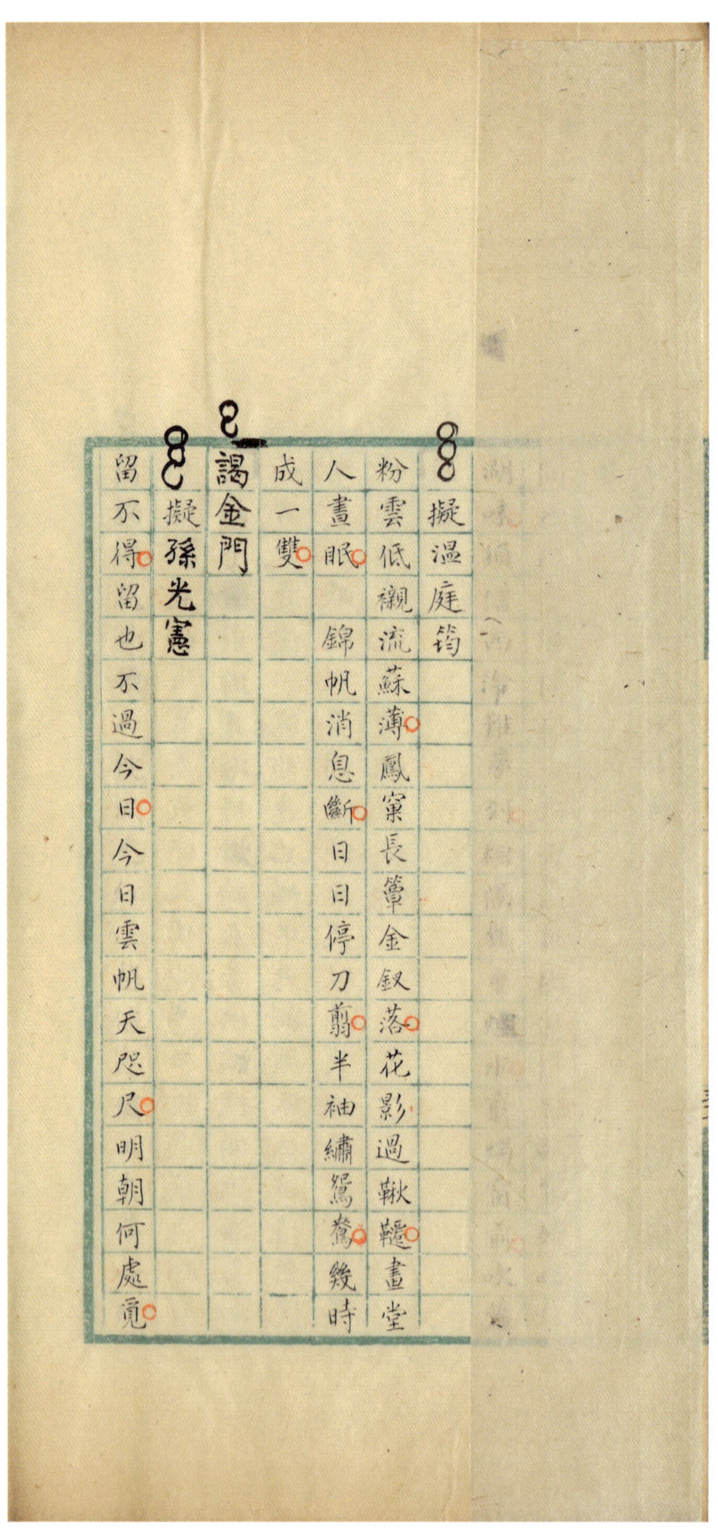

擬溫庭筠

粉雲低襯流蘇薄鳳窠長簟金釵落花影過鞦韆畫堂人晝眠

錦帆消息斷日日停刀翦半袖繡鴛鴦幾時成一雙

謁金門

擬孫光憲

留不得留也不過今日今日雲帆天咫尺明朝何處覓

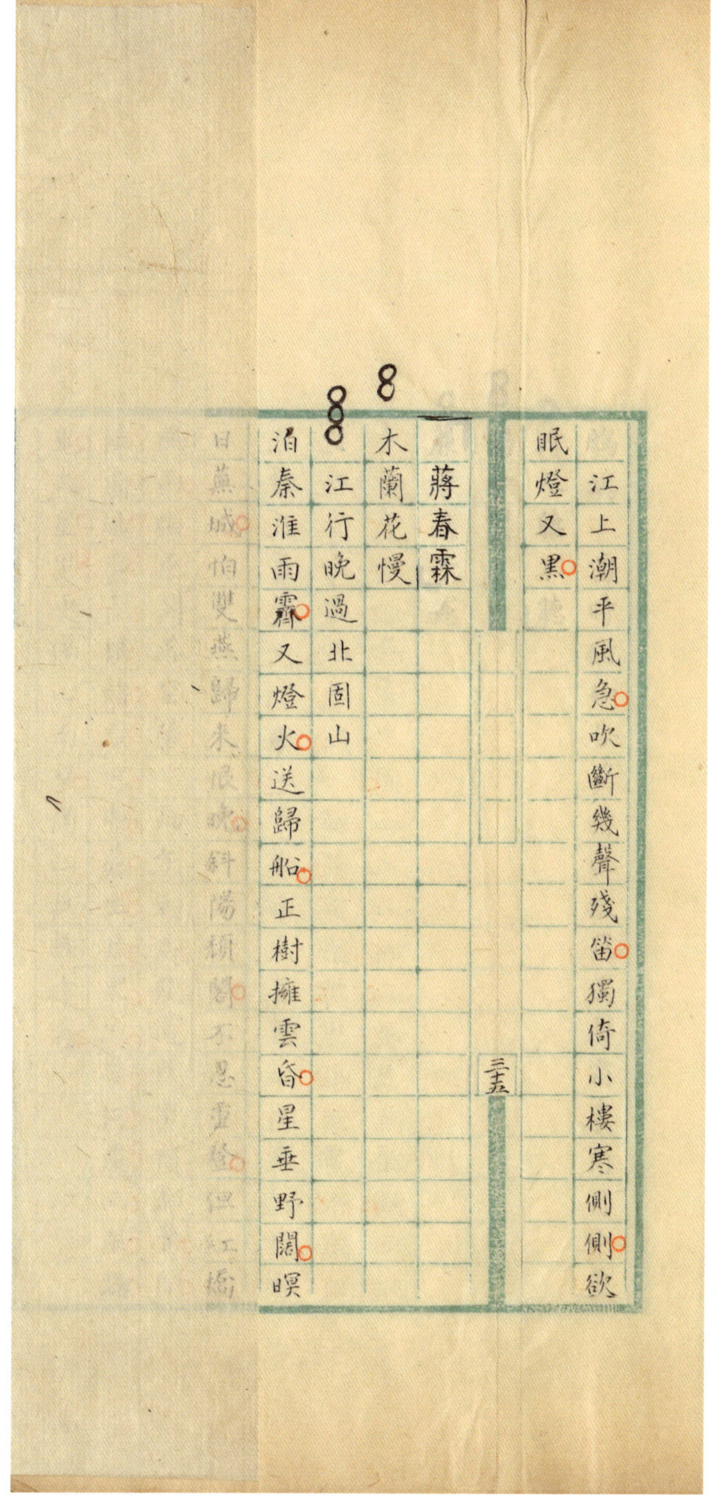
江上潮平風急吹斷幾聲殘笛獨倚小樓寒惻惻欲眠燈又黑

三五

蔣春霖

木蘭花慢

江行晚過北固山

泊秦淮雨霽又燈火送歸船正樹擁雲昏星垂野闊暝

色浮天蘆邊夜潮驟起暈波心月影盪江圓夢醒誰歌
楚些泠泠霜激哀絃　嬋娟不語對愁眠往事恨難捐
看莽莽南徐蒼蒼北固如此山川鈎連更無鐵鎖任排
空檣艣自迴旋寂寞魚龍睡穩傷心付與秋煙

瑶華

敗荷

青房乍結夢醒江南又雨聲敲碎羅衣葉葉寒未翦亂

壓一湖深翠月明歌斷更誰倚畫闌閒醉賸數叢敗葦荒蘆合寫橫塘秋意 飄零漫惜青衫算舞散湘皋都是憔悴鴛鴦自浴竟不管悄換西風人世淒涼太液莫暗滴露盤清淚待幾時重展枯香斜日小橋魚市

揚州慢

癸丑十一月二十七日賊趨京口報官軍收揚州

野幕巢烏旗門噪鵲譙樓吹斷笳聲過滄桑一霎又舊日蕪城怕雙燕歸來恨晚斜陽頹閣不忍重登但紅橋風雨梅花開落空營 劫灰到處便遺民見慣都驚問障扇遮塵圍棋賭墅可奈蒼生月黑流螢何處西風黯鬼火星星更傷心南望隔江無數峰青

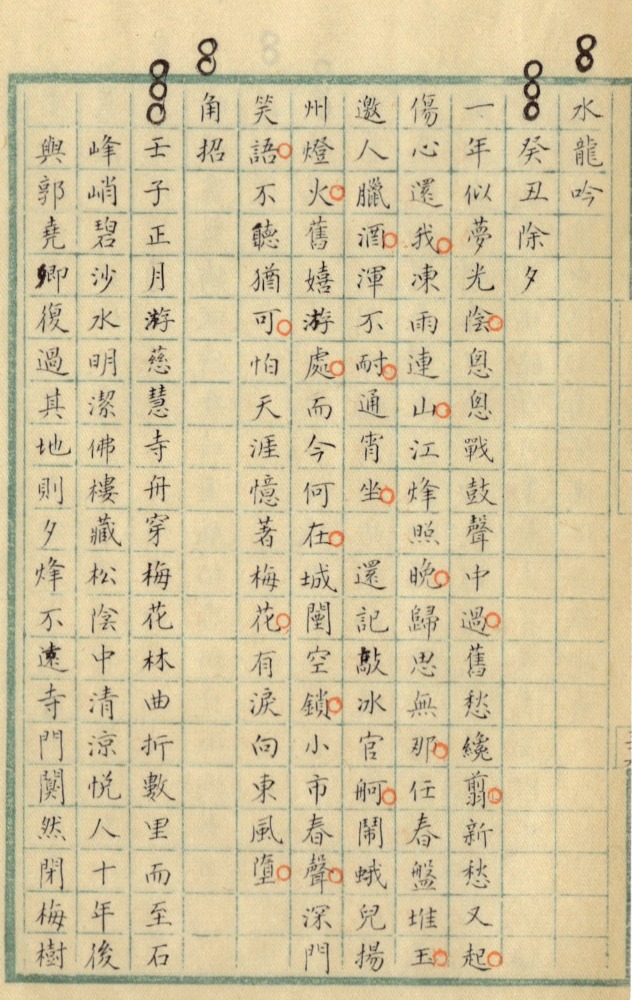

水龍吟

癸丑除夕

一年似夢光陰匆匆戰鼓聲中過舊愁纔翦新愁又起
傷心還我凍雨連山江烽照晚歸思無那任春盤堆玉
邀人臘酒渾不耐通宵坐　還記敲冰官舸鬧蛾兒揚
州燈火舊嬉游處而今何在城闉空鎖小市春聲深門
笑語不聽猶可怕天涯憶著梅花有淚向東風墮

角招

壬子正月游慈慧寺舟穿梅花林曲折數里而至石
峰峭碧沙水明潔佛樓藏松陰中清涼悅人十年後
與郭堯卿復過其地則夕烽不遠寺門闃然閉梅樹

半摧為薪存者亦憔悴如不欲花堯卿謂白石正角招譜後罕有和者昌倚新聲紀今日事余既命筆硯堯卿擊節而歌蓋淒然不可卒聽也

暮寒際誰家尚遣扁舟去看煙水艣枝沙外倚忘卻那回花下游事山靈倦矣漸露出雙峰憔悴十里寒香何在騰千萬樹梅魂伴銅仙垂淚　還喜梵王殿址松梢塔影陳迹殘僧指回闌仍畫裏戍角聲聲當年無此霜楓滿地更嬾問歸人歸未月上西風又起怕潮落石橋灣愁難洗

虞美人

水晶簾卷澄濃霧夜靜涼生樹病來身似瘦梧桐覺道

一枝一葉怕秋風　銀潢何日消兵氣劍指寒星碎遥
憑南斗望京華忘卻滿身風露在天涯

卜算子

燕子不曾來小院陰陰雨一角闌干聚落花此是春歸
處彈淚別東風把酒澆飛絮化了浮萍也是愁莫向
天涯去

霓裳中序第一

春事欲闌故人江外旅窗竟夕索夢不得書寄何梅
屋

蒼苔換舊迹過卻清明春是客花外玉尊又側任庭樹
斂陰風簾催夕天涯倦翼趁墜紅飛去無力凄涼久一

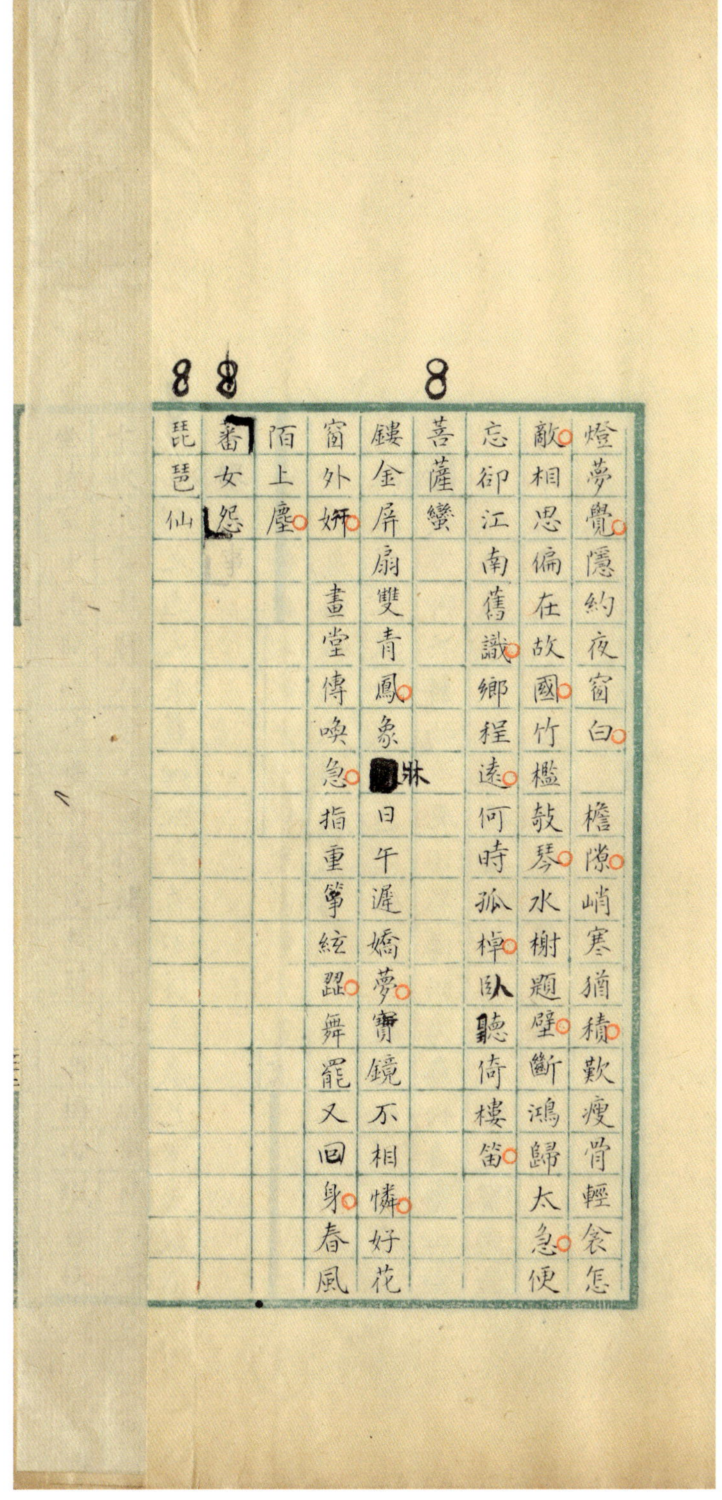

燈夢覺○隱約夜窗白○檐隙○峭寒猶積○歎瘦骨輕衾怎
敵○相思偏在故國○竹檻敲琴○水榭題壁○斷鴻歸太急○便
忘卻江南舊識○鄉程遠○何時孤棹○臥聽倚樓笛○

菩薩蠻

鏤金屏扇雙青鳳○象牀日午遲嬌夢○寶鏡不相憐○好花
窗外妍○畫堂傳喚急○指重箏絃踻○舞罷又回身○春風
陌上塵○

番女怨

琵琶仙

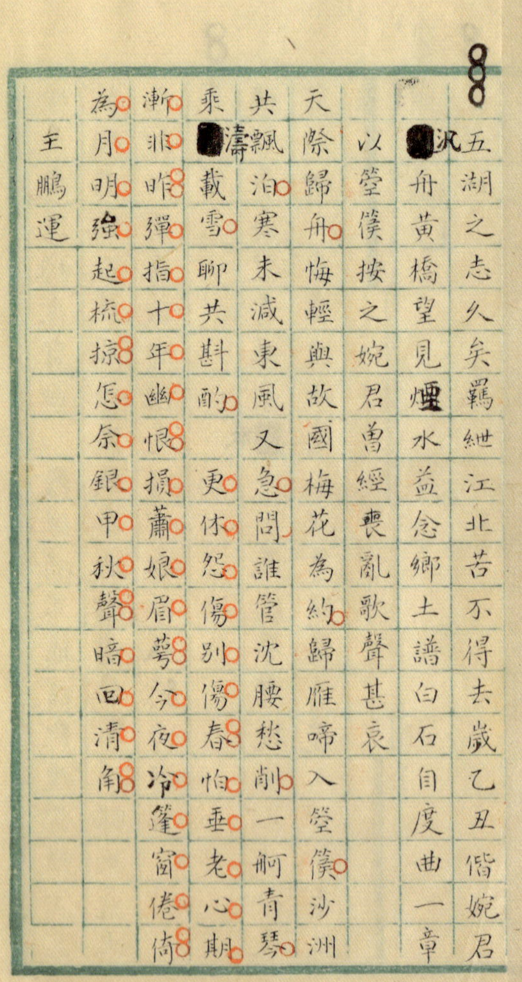
五湖之志久矣羈紲江北苦不得去歲乙丑偕婉君
泛舟黃橋望見煙水益念鄉土譜白石自度曲一章
以瑩儀按之婉君曾經喪亂歌聲甚哀
天際歸舟悔輕與故國梅花為約歸雁啼入瑩儀沙洲
共飄泊寒未減東風又急問誰管沈腰愁削一舸青琴
乘濤載雪聊共斟酌　更休怨傷別傷春怕垂老心期
漸非昨彈指十年幽恨損蕭娘眉萼今夜冷篷窗倦倚
為月明強起梳掠怎奈銀甲秋聲暗回清角
王鵬運

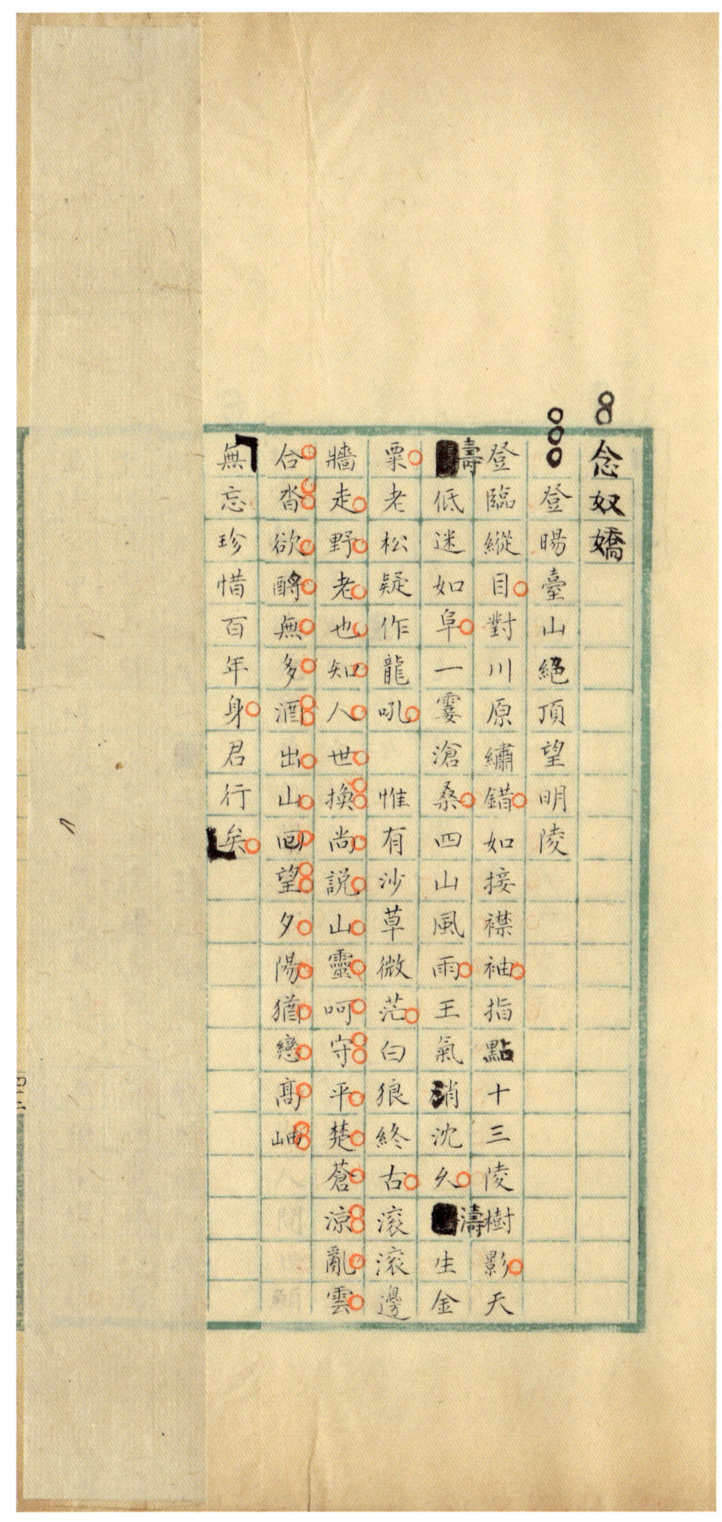

念奴嬌

登暘臺山絕頂望明陵

登臨縱目，對川原繡錯，如接襟袖。指點十三陵樹影，天壽低迷如阜。一霎滄桑，四山風雨，王氣消沈久。濤生金粟，老松疑作龍吼。

惟有沙草微茫，白狼終古，滾滾邊牆走。野老也知人世換，尚說山靈呵守。平楚蒼涼，亂雲合沓，欲醉無多酒。出山回望，夕陽猶戀高岫。

無忘珍惜百年身君行矣

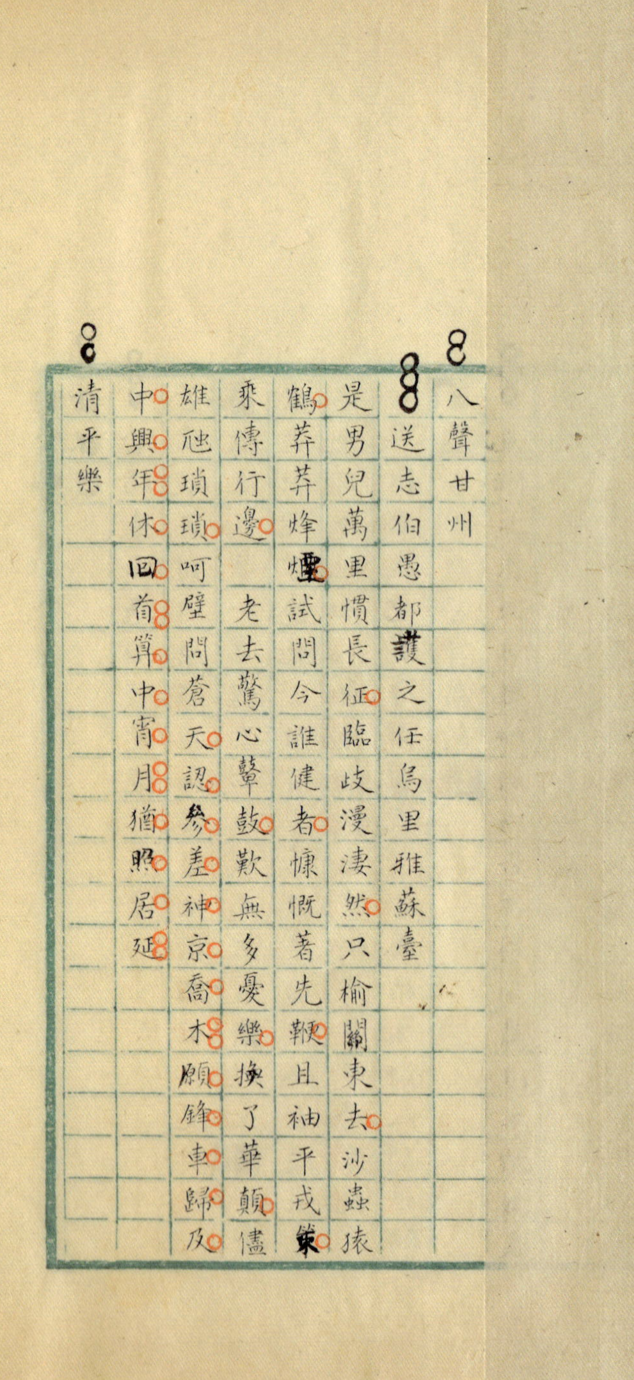

八聲甘州

送志伯愚都護之任烏里雅蘇臺

是男兒萬里慣長征，臨歧漫淒然。只榆關東去，沙蟲猿鶴，莽莽烽煙。試問今誰健者，慷慨著先鞭。且袖平戎策，乘傳行邊。

老去驚心鼙鼓，歎無多憂樂，換了華顛。盡雄虺瑣瑣，呵壁問蒼天。認參差神京喬木，願鋒車歸及中興年。休回首，算中宵月，猶照居延。

清平樂

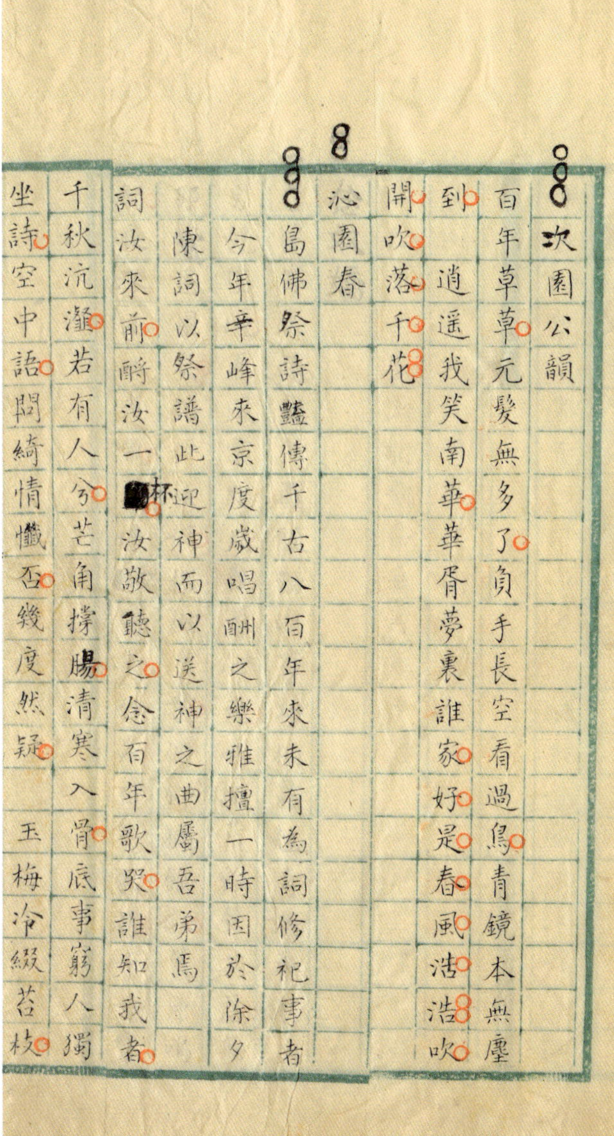

次園公韻

百年草草，元髮無多了，負手長空看過鳥，青鏡本無塵到，逍遥我笑南華，華胥夢裏誰家，好是春風浩浩，吹開吹落千花。

沁園春

島佛祭詩，豔傳千古，八百年來，未有為詞修祀事者。今年辛峰來京度歲，唱酬之樂，雅擅一時，因於除夕陳詞以祭，譜此迎神，而以送神之曲屬吾弟焉。

詞汝來前，酹汝一■杯，汝敬聽之，念百年歌哭，誰知我者，千秋沆瀣，若有人兮，芒角撐腸，清寒入骨，底事窮人獨坐詩，空中語，問綺情懺否，幾度然疑。　玉梅冷綴苔枝

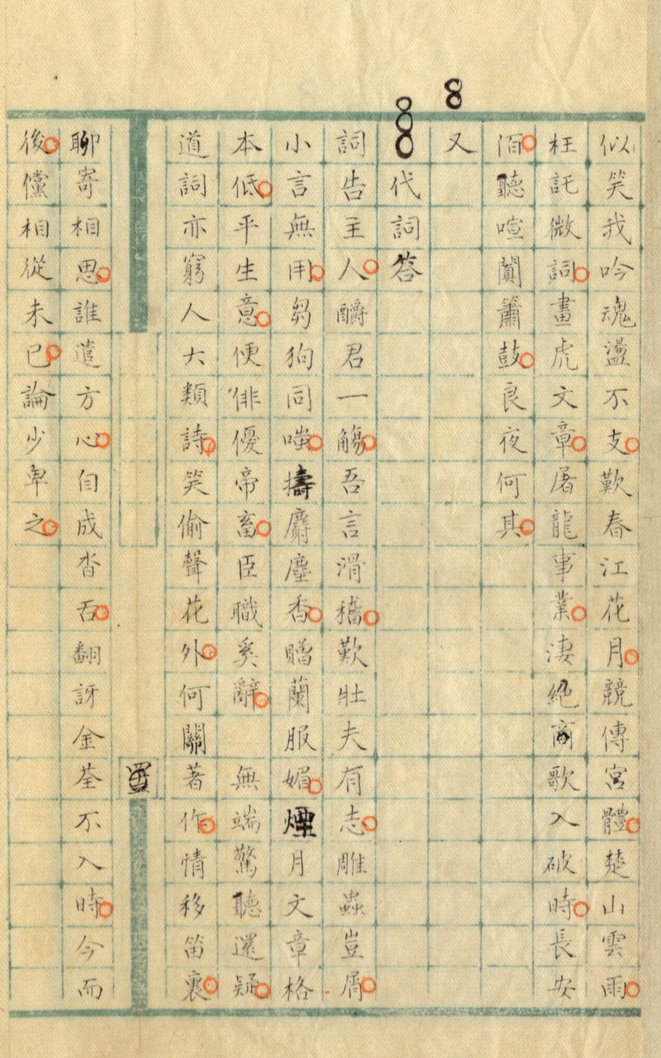

似笑我吟魂澀不支。歎春江花月。競傳宮體。楚山雲雨。枉託微詞。畫虎文章。屠龍事業。淒絕商歌入破時。長安陌。聽喧闐簫鼓。良夜何其。

又

代詞答

詞告主人。疇君一觴。吾言滑稽。歎壯夫有志。雕蟲豈屑。小言無用。芻狗同嗤。擣麝塵香。贈蘭服媚。煙月文章格本低。平生意。便俳優帝畜。臣職奚辭。　無端驚聽還疑。道詞亦窮人大類詩。笑偷聲花外。何關著作。情移笛裏。聊寄相思。誰道方心。自成杳石。翻訝金荃不入時。今而後。儻相從未已。論少卑之。

三姝媚

春分能杯八太能茶否柳字藹簡山雨鍊下酌消年浮

過盡榆錢依然難買春大是誰春興說是[illegible]春[illegible]殘

[圖][圖]

凱綵春

池添好思情此恨臨端能適

闌綠平年詳這春被匹早殘嘆修祀回匹林冷燕舊空

書勝驚觀劉東長望陰如師聲遶買鸞敢心隔憶樣

情了幾點欄寄花露傲春料像晴步步靜常好宵來夢

望中春草暮換紅春遠舊迹難尋數酒園林佳日游情

王沂孫

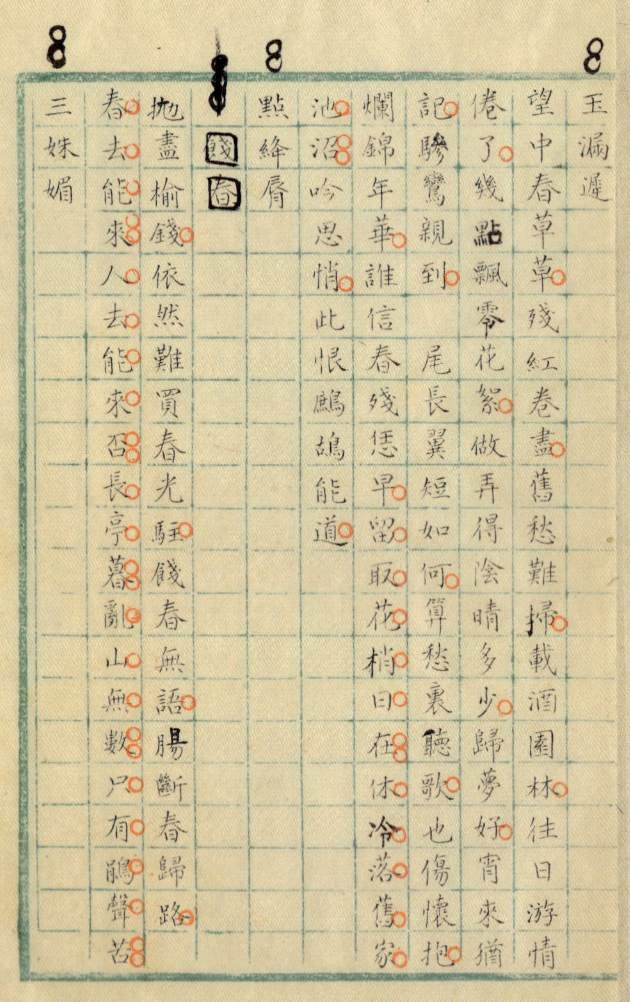

玉漏遲

望中春草草殘紅卷盡舊愁難掃載酒園林往日游情倦了幾點飄零花絮做弄得陰晴多少歸夢好宵來猶記驂鸞親到

尾長翼短如何算愁裏聽歌也傷懷抱爛錦年華誰信春殘恁早留取花梢日在休冷落舊家池沼吟思悄此恨鷓鴣能道

點絳脣

餞春

拋盡榆錢依然難買春光駐餞春無語腸斷春歸路

春去能來人去能來否長亭暮亂山無數只有鵑聲苦

三姝媚

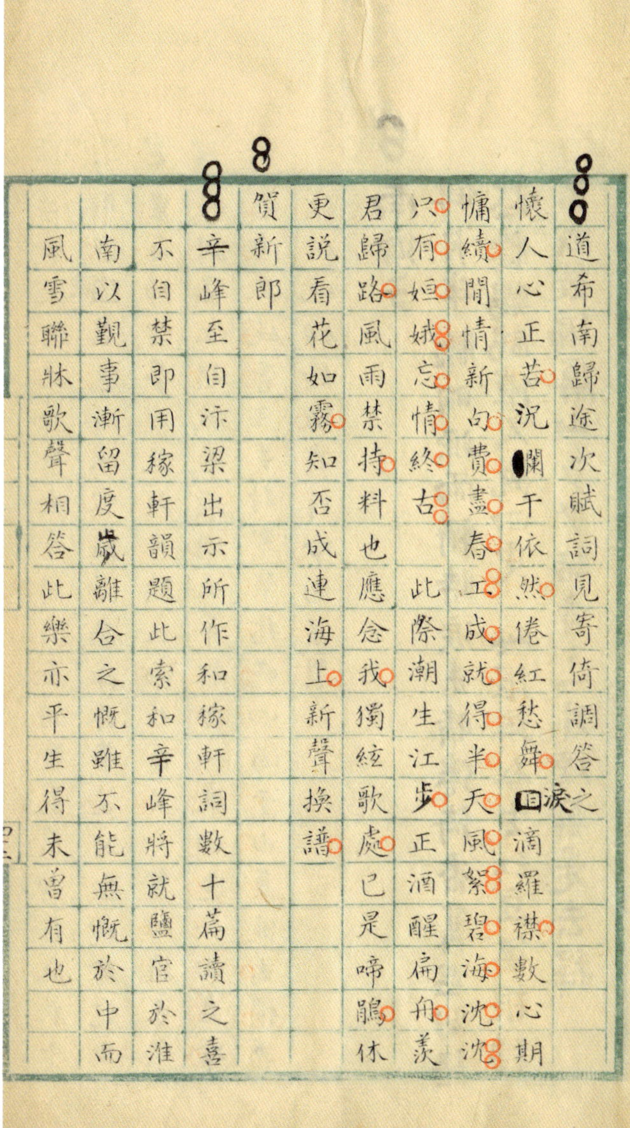

道希南歸途次賦詞見寄倚調答之

懷人心正苦況闌干依然倦紅愁舞淚滴羅襟數心期慵續閒情新句費盡春工成就得半天風絮碧海沈沈只有姮娥忘情終古

此際潮生江步正酒醒偏舟羨君歸路風雨禁持料也應念我獨絃歌處已是啼鵑休更說看花如霧知否成連海上新聲換譜

賀新郎

辛峰至自汴梁出示所作和稼軒詞數十篇讀之喜不自禁即用稼軒韻題此索和辛峰將就鹽官於淮南以觀事漸留度歲離合之慨雖不能無慨於中而風雪聯牀歌聲相答此樂亦平生得未曾有也

8

心事從何說算平生等閒消盡酒漿裘葛回首麻衣十
年恨淚盡龐山冰雪黯循徧絲絲華髮何物向禽兒女
累負歸雲夢渺瀧岡月聽夜雨共蕭瑟　暫時攜手還
輕別望江湖風塵澒洞星萍離合一度相逢一回老冷
語淒然砭骨且莫對寒檠愁絕四海子由真健者慣商
歌斫地錚如鐵霜竹冷為君裂
南鄉子

斜月半朧明凍雨晴時淚未晴倦倚香篝溫別語愁聽鸚鵡催人說四更　此恨拚今生紅豆無根種不成數徧屏山多少路青青一片煙蕪是去程

上金[illegible]

何[illegible]

[illegible]

古試一[illegible]

小滿[illegible]

春風[illegible]十年[illegible]

之

以[illegible]詞宋元入詞[illegible]次[illegible]承[illegible]詞[illegible]

據[illegible]于

摸魚子

以彙刻宋元人詞贈次珊承賦詞報謝即用原調酬之

莽風塵雅音寥落孤懷鬱鬱誰語十年鉛槧殷勤抱絃外獨尋琴趣堪歎處恁拍到紅牙心事紛如許低徊弔古試一酹前修有靈詞客知我斷腸否

文章事覆瓿代薪朝暮新聲那辨鍾缶憐渠抵死耽佳句語便驚人何補君念取底斷譜零縑留得精神住停辛佇苦且醉上金臺酣歌擊筑離還任風雨

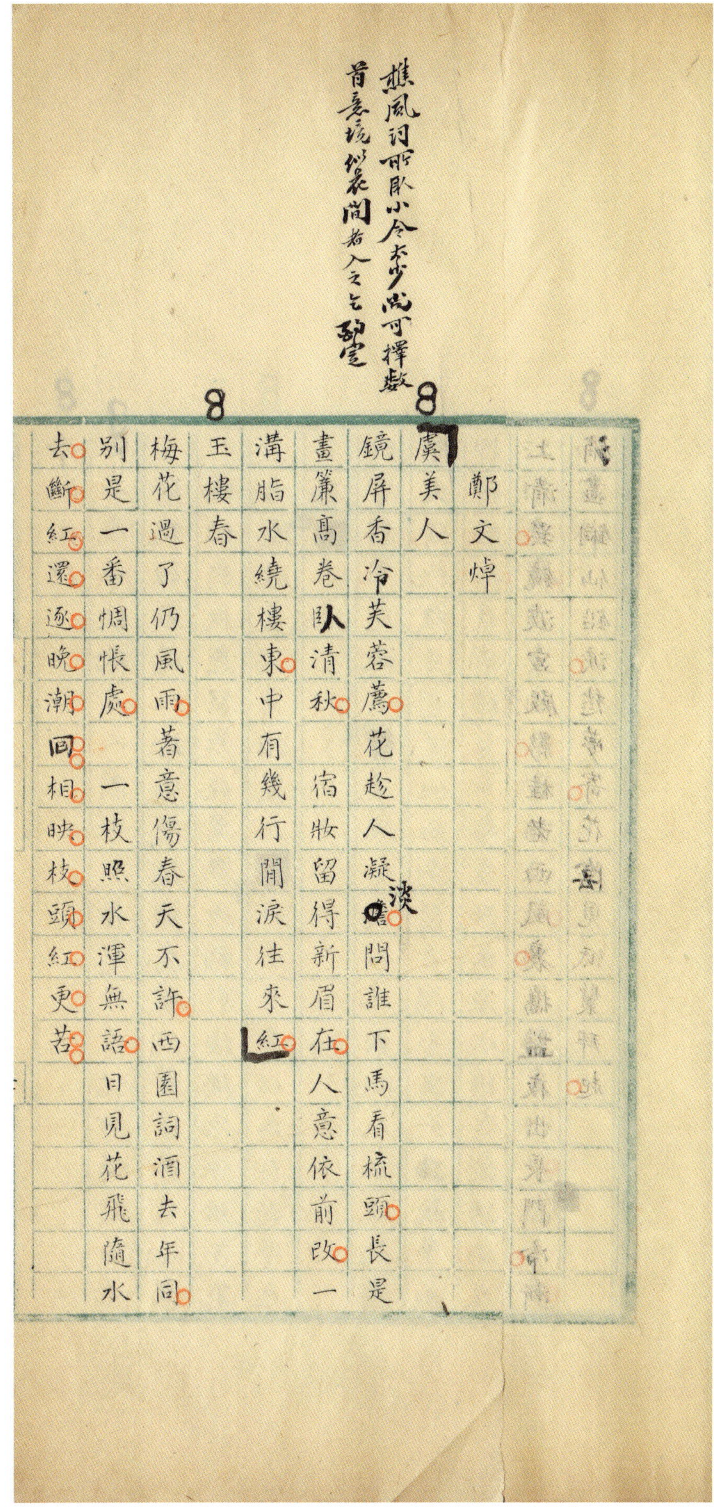

樵風詞所取小令太少尚可擇數首意境似花間者入之也 劬堂

鄭文焯

虞美人

鏡屏香冷芙蓉薦。花趁人凝澹。問誰下馬看梳頭。長是畫簾高卷卧清秋。　宿妝留得新眉在。人意依前改。一溝脂水繞樓東。中有幾行閒淚往來紅。

玉樓春

梅花過了仍風雨。著意傷春天不許。西園詞酒去年同。別是一番惆悵處。　一枝照水渾無語。日見花飛隨水去。斷紅還逐晚潮回。相映枝頭紅更苦。

玲瓏四犯

壬辰中秋玩月西園中夕再起引侍兒阿憐露坐池闌歌白石道人玲瓏雙調曲度鐵洞簫繞廊長吟鳴鶴相應夜色空寒花葉照地顧影淒獨依依殆不能去遂倣姜詞舊譜製此明日示子苾以為有新亭之悲也

竹響露寒花凝雲淡淒涼今夜如此五湖人不見故國空文綺歌殘月明滿地拍危闌寸心千里一點秋蕤雨行新雁知我倚樓意　参差玉生涼吹想霓裳譜徧天上清異鏡波宮殿影桂老西風裏擕盤夜出長門冷漸消盡銅仙鉛淚愁夢寄花陰見低鬟拜起

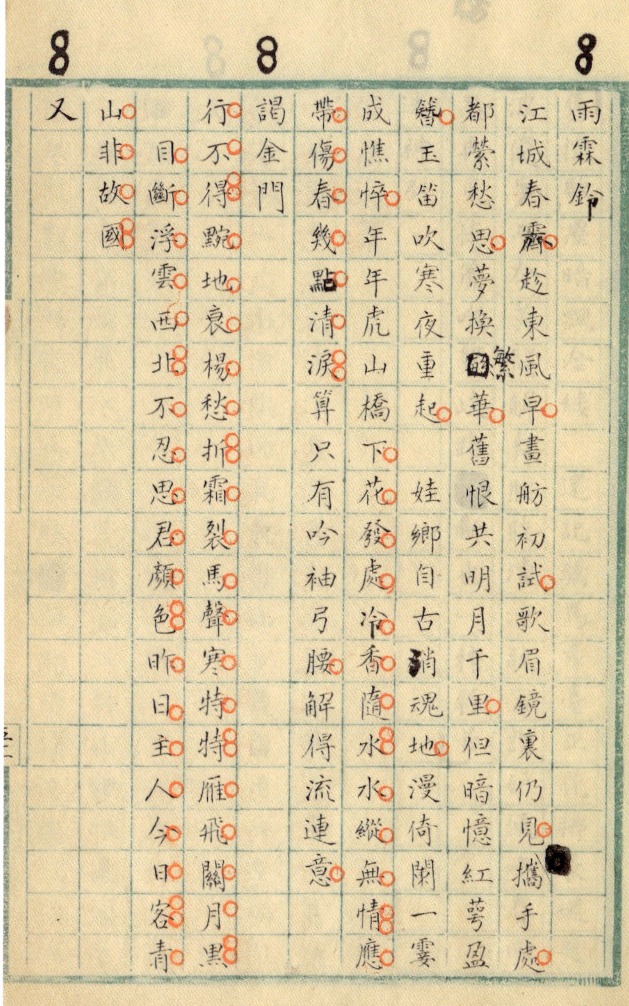

雨霖鈴

江城春霽趁東風早畫舫初試歌眉鏡裏仍見攜手處
都鬱愁思夢換繁華舊恨共明月千里但暗憶紅萼盈
鬢玉笛吹寒夜重起
娃鄉自古銷魂地漫倚閑一霎
成憔悴年年虎山橋下花發處冷香隨水水縱無情應
帶傷春幾點清淚算只有吟袖弓腰解得流連意

謁金門

行不得黦地衰楊愁折霜裂馬聲寒特特雁飛關月黑
目斷浮雲西北不忍思君顏色昨日主人今日客青
山非故國

又

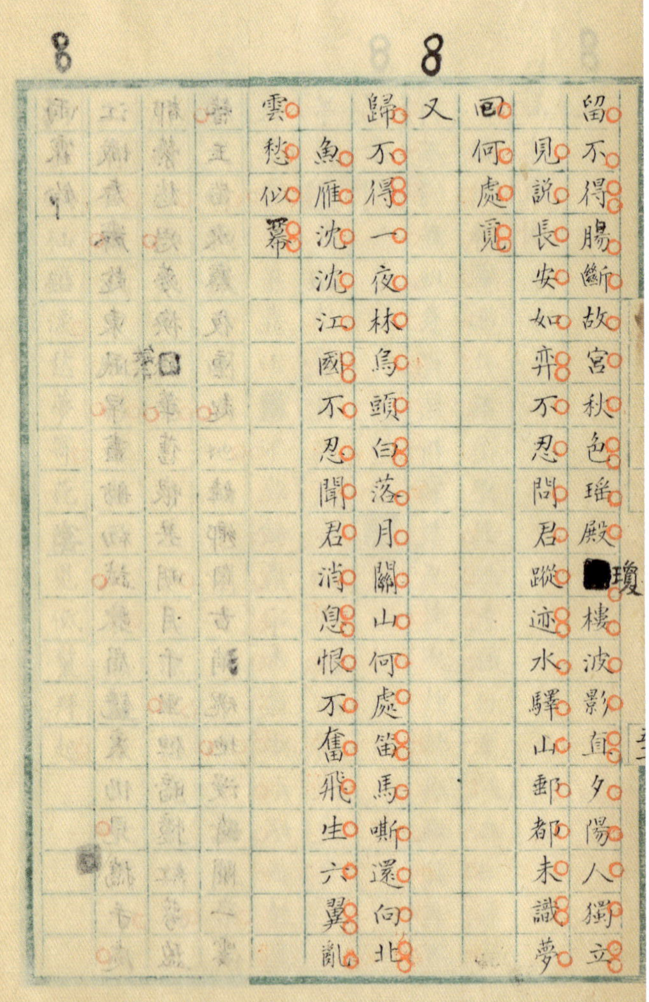

留不得腸斷故宮秋色瑤殿瓊樓波影直夕陽人獨立見說長安如弈不忍問君蹤迹水驛山郵都未識夢回何處覓

又

歸不得一夜林烏頭白落月關山何處笛馬嘶還向北魚雁沈沈江國不忍聞君消息恨不奮飛生六翼亂雲愁似冪

陽

8

舊院歌塵暗飄金縷　還記驕馬章臺正花拂長堤麴
波隨步而今莫問解舞腰肢淒涼故宮誰妒便喚春回
忍再見倚簾吹絮歧路[illegible]斷也一絲絲苦

迷神引

看月開簾驚飛雨萬葉戰秋紅苦霜飆雁落繞滄波路
一聲聲催笳管替人語銀燭金鑪夜夢何處到此無聊
地旅魂阻　睠想神京縹緲非煙霧對舊河山新歌舞
好天良夕怪輕換華年柱塞庭寒江關暗斷鐘鼓寂寞

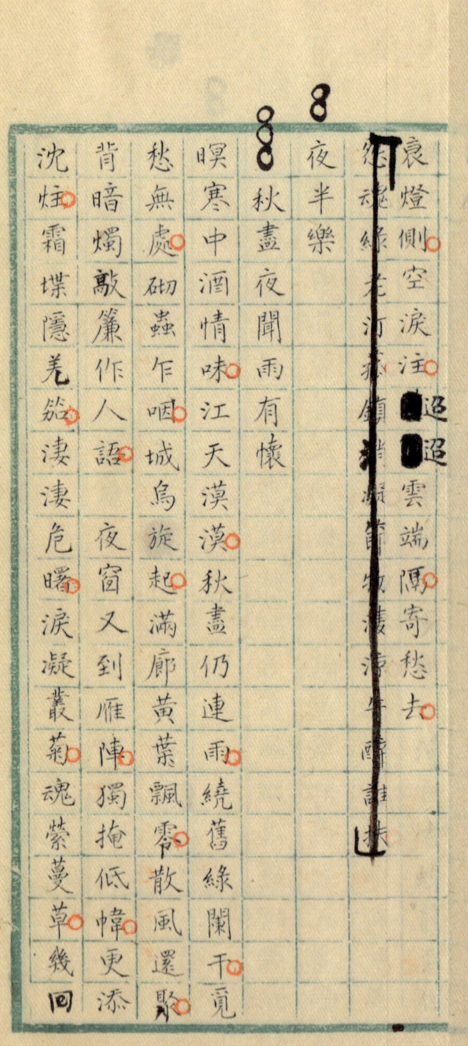
哀燈側空淚注迢迢雲端隔寄愁去

念魂縈老汴燕鎖猶凝舊物淒涼半晌誰共

夜半樂

秋盡夜聞雨有懷

暝寒中酒情味江天漠漠秋盡仍連雨繞舊綠闌干覓

愁無處砌蟲乍咽城烏旋起滿廊黃葉飄零散風還聚

背暗燭敲簾作人語夜窗又到雁陣獨掩低幃更添

沈炷霜堞隱羌笳淒淒危曙淚凝叢菊魂縈蔓草幾回

夢裏登臨，亂山歧路，渺京國蒼茫見煙霧。此際追感，少日狂游，舊家歌舞。念俊約經時動離阻，恁蕭條空歎，雪滿梁園賦。鷩歲事，一臥滄江暮，畫樓天遠孤雲去。

慶春宮

冬緒羇吟

紅葉家林，蒼煙鄰寺，歲殘未了秋聲。門柳鴉寒，庭莎荅老，浸霜月氣冥冥。夜窗燈暈鎮搖落山川舊情。傷心年事，何限繁華，不抵飄零。

追思結客幽并，連騎雲驕，看劍星橫。誰分蕭條哀時詞賦，過江無淚堪傾。暮鴻天遠，奈重拍燕歌自鷩。一生惆悵，拚與江南，空老蘭成。

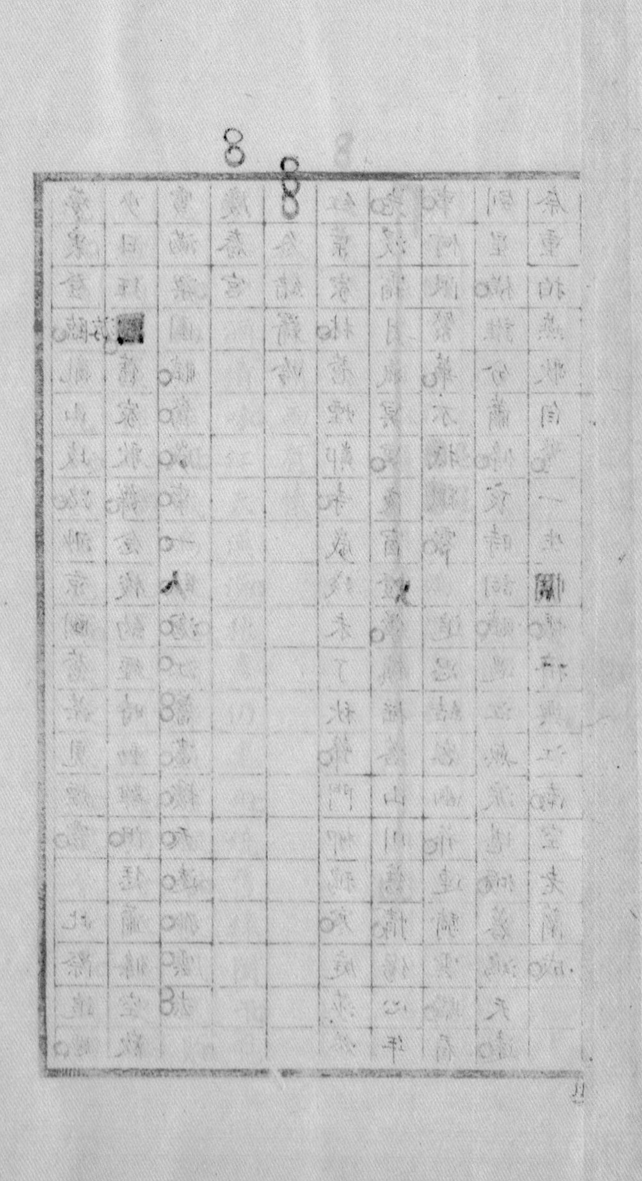

朱祖謀

聲聲慢

十一月十九日■味聃以落葉詞見示感和

鳴螿頹城吹蝶空枝飄蓬人意相憐一片離魂斜陽搖夢成煙香溝舊題紅處拚禁花憔悴年年寒信急又神宫凄奏分付哀蟬　終古巢鸞無分正飛霜金井拋斷纏緜起舞迴風纔知恩怨無端天陰洞庭波闊夜沈沈流恨湘紱搖落事向空山休問杜鵑

○○燭影搖紅

○○○晚春過黃公度人境廬話舊

春暝鉤簾柳條西北輕雲薇博勞千囀不成晴煙約游絲墜狼藉繁櫻刻地傍樓陰東風又起千紅沈損鵯鵊聲中殘陽誰繫　容易消凝楚蘭多少傷心事等閒尋到酒邊來滴滴滄洲淚袖手危闌獨倚翠蓬翻冥冥海氣魚龍風惡半折芳馨愁心難寄

○○賀新郎

○○○書感寄王病山秦晦鳴

斗柄危樓揭望中原盤鵰沒處青山一髮連海西風

掀塵黯卷入闕楡瘁葉尙遮定浮雲明滅烽火十三
屛前路照巫閭知是誰家月遼鶴語正嗚咽　微聞
殿角春雷發總難醒十洲濃夢桑田坐閱銜石冤禽
寒不起滿眼秋鯨鱗甲莫道是昆池初劫負壑藏舟
尋常事怕蒼黃柱觸共工折天外倚劍花裂

○○夜游宮

舟夕孤坐榜人折臨水小梅枝爲供

吹水疏香訊早紺壺熲迴燈一笑零亂蒼鬟枕函小
似羅浮月昏黃夢中到天黯吹笙道細禽傍空尊
啼繞起換傷春舊年稿斷無人理紅簪歲華老

○○夜飛鵲

○○○香港秋眺懷公度

滄波放愁地游棹輕迴風葉亂點行杯驚秋客枕酒醒後登臨塵眼重開巒煙蕩無霽颸天香花木海氣樓臺冰夷漫舞喚癡龍直視蓬萊　多少紅桑如拱籌筆問何年真劃珠厓不信秋江睡穩掣鯨身手終古徘徊大旗落日照千山劫墨成灰又西風鶴唳驚笳夜引百折濤來

○○洞仙歌

○○○丁未九日有寄

補雪梅香一首　後[illegible]

無名秋病已三年止酒但買萸囊作重九亦知非吾土強約登樓閒坐到淡淡斜陽時候　浮雲千萬態迴指長安卻是江湖釣竿手衰鬢側西風故國霜多怕明日黃花開瘦問暢好秋光落誰家有獨客徘徊憑高雙袖

○○浪淘沙慢

○○○辛亥歲不盡五日作

暝寒送繁霜覆水暗雨啼葉檐鐸敲愁乍急帷燈顫影旋滅翦不斷連環春緒疊是當日鸞帶親結問故徑蘼蕪無夢何許前塵竟拋撇　淒切錦書寄遠終輟

念玉几金牀西風夜縹緲胡雁咽嗟攬斷羅裾甯信長別恨腸寸折明鏡前掇取中心如月　卻剗連峰平於埡黃塵擁巨川頓竭怒雷起元冬還夏雪更千歲倚杵天摧厚地坼深盟會與纏緜絶

○○○賀新郎

○○○井上新桐植七年矣周無覺撫之而歎曰此手種前朝樹也斯語極可念拈以發端

手種前朝樹帶虛廊斜陽一角闃人無語乞向西鄰斤斧底曾共籜龍敎取看玉立亭亭如許今日離披銀牀畔問孤根肯傍龍門否一葉葉戰風雨　蟪蛄

三兩啼相訴說年來紅悽翠慘好秋誰主剗地霜蕪連天白棲鳳長迷處所算乾淨猶餘吾土眠坐清陰渾閒事要歲寒根幹牢培護盟此意酹清醑

○○洞仙歌

○○○過玉泉山

殘衫賸幘悄不成游計滿馬西風背城起念滄江一臥白髮重來渾未信禾黍離離如此　玉樓天半影非霧非煙消盡西山舊眉翠何必更繁霜三兩棲鴉衰柳外斜陽餘幾還肯爲愁人住些時只嗚咽昆池石鱗荒水

此六行移浪淘沙慢前

○○雪梅香

酒無力憑舷獨客背西風爲高樓悄悵天涯易發秋慵收艇汀洲雨連夕近橋簾幕水涵空去程急盼斷書期迢遞賓鴻　悤悤引離緒燭外行雲淡畫吳峰舊國年芳換將亂葉衰紅浣地驚波古城曲隔年愁夢臥屏中依前是倦枕沈沈魂斷疏鐘

況周頤

○○齊天樂

○○○秋雨

沈郎已自拌■［憔悴］驚心又聞秋雨做冷欺燈將愁續夢越是宵深難住千絲萬縷更攙入蟲聲攪人情緒一片蕭騷細聽不是故園樹　沈沈更漏漸咽只■［檐］前鐵馬幽怨如訴儻是殘春明朝怕有無數飛花飛絮天涯倦旅記滴向篷窗更加淒苦欲譜瀟湘黯愁生玉柱

○○蘇武慢

○○○寒夜聞角

愁入雲遙寒禁霜重紅燭淚深人倦情高轉抑思往難回凄咽不成清變風際斷時迢遞天街但聞更點枉教人回首少年絲竹玉容歌管　憑[illegible]作[illegible]出百緒凄涼凄涼惟有花冷月閑庭院珠簾繡幕可有人聽聽也可曾腸斷除卻塞鴻遮莫城烏替人驚慣料南枝明日應減紅香一半

○○握金釵

鐵[illegible]笛倚層樓天涯怨芳草定巢新燕能道畢竟無塵

是壺嶠花作伴海流愁人未老　竟夕聽笙歌棖棖
甚時曉翠尊莫惜頻倒沈醉東風夢長好春黯黯事
茫茫難自料

○○定風波
未問蘭因已惘然垂楊西北有情天水月鏡花終幻
迹嬴得半生魂夢與纏緜　戸網游絲渾是羂被池
方錦豈無緣爲有相思能駐景消領逢春惆悵似當
年

○○蝶戀花
柳外輕寒花外雨斷送春歸直恁無憑據幾片飛花

猶繞樹萍根不見春前絮　往事畫梁雙燕語紫紫
紅紅辛苦和春住夢裏屏山芳草路夢回惆悵無尋
處

○○最高樓

○○○雨夕餞秋

風和雨嗚咽似驪歌芳節惜蹉跎高樓何況聞鴻雁
重衾生怕夢山河說傷心應更比送春多　鐘未到
尚餘梧幾葉更欲斷最憐花寸蠟霜晚晼鬢消磨西
風樹到無聲苦東籬菊亦奈愁何賸凄清今夕也等
閑過

○○曲玉管

○○○憶虎山舊游

兩槳春柔重闉夕遠尊前幾日驚鴻影不道瓊簫吹徹淒感平生忍伶俜杳杳蘅臯茫茫桑海碧城往事愁重省問訊寒山可有無限傷情■■作■鐘聲　換盡垂楊只縈損天涯絲鬢那知倦後相如春來苦恨青青楚腰擎抵而今消黯點檢青衫紅淚夕陽衰草滿目江山不見傾城

○○紫萸香慢

○○○丙辰重九

又悤悤一回重九菊萸總逐愁新恁悲哉秋氣慣蕭瑟隔年人最是無風無雨費遥山眉翠鎮日含顰念東籬俊約迹往越成塵渺過雁幾重冷雲　黄昏忍對清尊持薄酒與誰温甚青娥皓齒檀痕掐損畢竟聲吞總然夕陽如醉算多事怨濃雰■强登臨自憐衰鬢故人不見寥落客裏佳辰霜重閉門

○○六州歌頭

○○○鏡中見鬢絲有白者

飛蓬兩鬢容易雪霜欺能似舊青青否一絲絲不須悲草木無情物催換葉清秋節芳未歇寒先徹底禁

持似我工愁儻不教憔悴造物何私況天涯飄泊後
昨夢都非老態垂垂鏡先知　念歡事少憂心悄吾
衰早復奚辭長似此星星矣欲胡爲莫頻窺一樣傷
心色行滋蔓到吟髭金粉改江山在越淒其商婦琵
琶咽到無聲處縈損蛾眉便青春又也忍憶少年時
醉插花枝

彊邨樂府

自古選家多具手眼周止庵所謂匠識之言豈不誠然其誠不然吾別識矣是非公諸後世此跋不必存

孟劬大弟別十七年近以史事來京師攜示寫定詞莂與綬所見有合有不合然宗旨甚正去取甚嚴固知原本家學濟以博識非百年來選家所可企及四當齋主嘗謂吾能容異己之長吾敢舉此復孟劬曰清詞不盡乎此而盡乎此足以覘流別矣

吳昌綬記

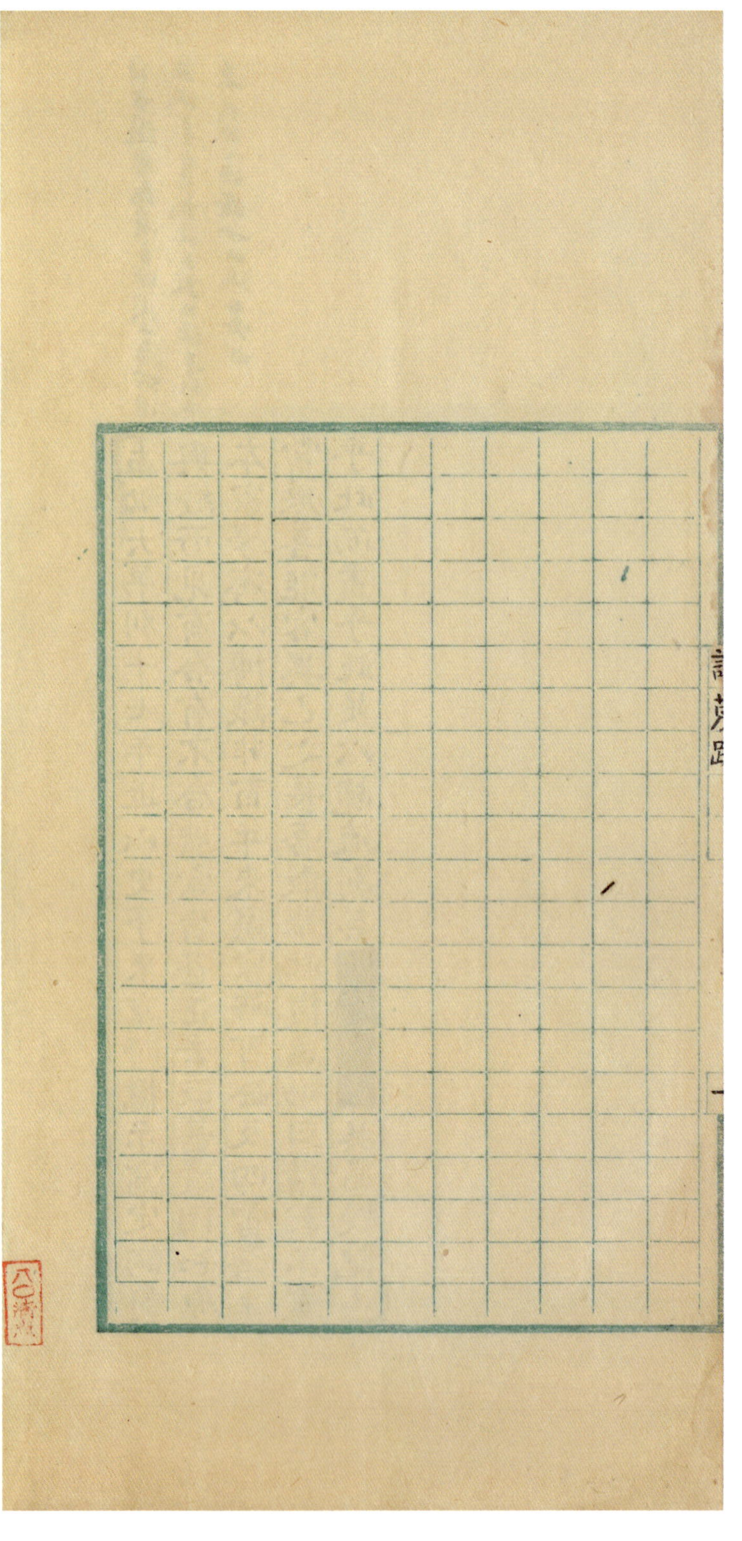

梡鞠録

據浙江圖書館藏稿本影印原書框高十八點一厘米寬十二點四厘米

本澹邨先生手寫本

梡鞠錄卷上

無著盦戲編

健者今生必韓杜○○○○○○○　潘德輿○○

向來吾黨各風霜　龔鼎孳

南宮書畫添新譜　湯斌

東國文章有盛名　柯聳

清谿掬水皆禪味　吳穎芳

大户分曹鬬酒兵　朱昆田

删除晉語唐風後　蔣士銓

盤礴河聲嶽色旁　朱雲駿

蕉陰覆砌雲根瘦　馬曰璐
藥氣浮山露草香　查慎行
藏史著書歸苦縣　姚鼐
畫師翻刼出僧繇　高心夔
碧芹翠韭還鄉味　吴蔚光
瘦策寬鞵浴佛人　厲鶚
明遠賦情何綺麗　吴嘉紀
昌黎詩格最輪囷　黄爵滋
十日畫山五日水　高詠

二分梁父一分騷　龔自珍

通籍侍臣多衮職　方東樹

詒謀奕葉有楹書　趙景賢

狂函（如）晉宋之閒客　宋匡業

歷詆嬴劉以後書　高心夔

鄉夢不曾離筍蕨　陳廷桂

江皋慎勿怨蘭蓀　儲方慶

檯将秋水堆珠網　葉紹本

汲得清泉注玉匳　翁心存

諸生著錄推樓望　陳壽祺
幕府酬詩得杜陵　杭世駿
惟應綠酒親元亮　潘耒
誰羨黃金鑄范蠡　鄧漢儀
忝爲北海孫賓石　袁枚
絕似南朝汪水雲　吳偉業
豈有聲名折官職　趙執信
斷無書札到公卿　黃任
客來唐肆難求馬　何紹基

室類尸鄉愛祝雞　王士祿

横陳圖史常千架　袁枚

盡掃星河占一天　惲格

經授平津兼筮易　葉映榴

家臨笠澤好成書　梅曾亮

下視諸峰若培塿　陳恭尹

古有朗月如玻瓈　祈遇蘭

更捲碧簾嫌户窄　姜宸英

貪看紅葉到門遲　吴錫麒

一　三

奇石半隨蠔鏡去　張玉堂

落花都上燕窠來　徐昂發

平江煙雨單衫皺　陳壽祺

全蜀山川縮本摹　王曇

偶礙百甓笵大篆　何紹基

敢向千圓露一觚　曾紀澤

乞取孤山作屏障　劉嗣綰

圖成五嶽付巾箱　邊浴禮

困學前惟王伯厚　錢載

故人如見李元賓　周　質

賴有江山壽文字　何紹基

獨標名理發萌芽　鄧廷楨

平收章貢當尊灣　曹　溶

抄過蓬萊隔岸行　龔自珍

坐看家僮洗薜塊　翁方綱

偶邀逸客止匏尊　施閏章

七子敢聯吟社侶　趙　翼

六時不廢讀書聲　錢大昕

題詩定編思勞竹　朱彝尊

旅食多烹巨勝花　陳恭尹

鄭虔漫自矜三絶　吴兆騫

阿買都知寫八分　黄任

青山載酒呼棋局　宋琬

紫褥傳杯近笛牀　李良年

巧算誰能推雪片　查慎行

洪鐘難閉亦雷聲　漆毅遠

秋末晚菘春蚤韭　尤侗

南垞修竹北池蓮　李宗仁

寒雲落日不稱意　魯一同

苦筍鹹齏亦有情　黄爵滋

我論文章恕中晚　龔自珍

詩成書札滿江湖　吴偉業

石扇迎風醒鶴夢　程之章

竹鑪候火選龍團　邊浴禮

四海風流歸研席　譚琮

一生情性屬蘭荃　潘耒

傳業祗今仍軾轍　莫友芝
寓公到處有蓬萊　韓荾
青山縣裏傳詩卷　儲方慶
黄葉聲中到酒船　陳沆
坡老文章供折菜　翁心存
衛孃書格是簪花　王彥泓
孤舟寒雨生菰葉　施補華
老屋殘陽上蘚花　厲鶚
古者左圖而右史　金德瑛

從人序朮與刪蒲　周亮工
一卷新詩紀遊歷　江藩
卌篇默語在巾箱　王曇
青峰鼓瑟詩無匹　沈樹本
黄石留書約可尋　潘耒
韓家弟子常連屋　余鵬翀
越國英賢半在門　陳壽祺
松窗對校龍威字　邊浴禮
元圃曾刪鯤議書　吳偉業

求文字資禪籙　金農

畫取湖山近臥林　厲鶚

蕎麥共辭君子守　蔣士銓

桃花仍見釣人歸　秦松齡

問字子雲長得醉　孫星衍

辭官伏勝但傳经　潘耒

銀箏九疊翻宮本　陳維崧

石室三年讀祕書　汪中

曉岸波搖紅躑躅　郭廷翕

春陰閣傍碧琅玕　程晉芳

紈扇好開芳草社　龔鼎孳

玉鉤新詠浣花箋　陳維崧

細譜碧簫賡介雅　李兆洛

漫燒紅蠟祭詩神　劉嗣綰

老子韓非同列傳　張問陶

申培轅固各專門　錢大昕

佳士姓名長桂口　徐昂發

平生溫飽不關心　潘世恩

三代英華供采拾　戴永椿
六经明晦望蓟芽　姚鼐
戎幕趨陪大都尉　吴錫麒
書城坐擁小侯封　吴清皋
誰與清談霏玉屑　許宗衡
全通小史辨金根　畢沅
西鄙好貯葡萄酒　曹爾堪
東絹頻臨蛺蝶圖　吴兆騫
唤取青猿擔竹杖　杭世駿

自馴白鹿飯松花　朱彝尊
琴孤欲遍嵇中散　鮑桂星
詩妙先傳韋左司　朱筠
太學十碑刊石鼓　任蘭升
深宫雙笏夾金甌　袁枚
七發文詞才子筆　陳壽祺
三時清課辟支禪　杭世駿
古香噴薄凝焦墨　黄任
秃穎摩挲展素紈　惲格

傳家科第絣三喜　何栻

快意文章鏤百堅　劉蓉

臨閒畫譜移苔格　劉嗣綰

但恐山人變竹枝　張遠

守夜坐銷紅蠟短　高士奇

殘天也擬綠章修　董蠡舟

詩壁堅於營細柳　汪輝祖

經心皎若出扶桑　李廷椿

殊師肯啖公羊餅　洪亮吉

好事新鈎瘞鶴銘　劉蓉
浮水春雲通翠幌　吴穎芳
放衙晴日寫烏絲　潘曾瑩
宓子絃歌宜小邑　袁枚
魏公籌笏付諸郎　陳維崧
米老畫禪參潑墨　屠倬
永和書法盛流觴　高心夔
更倒金尊學酣舞　沈傳桂
親持玉管賜佳名　趙信

松罇尚聞春藥白　崔　鄉
柳陰深護讀書堂　劉　蓉
江湖地僻餘耕釣　邵長蘅
詞賦年來愛老蒼　丁耀亢
大塊文章任芒角　魏　源
高齋花月選團失　黃　任
金管御詒分韻客　錢謙益
玉叉新卷采衣圖　彭兆蓀
詩篇逼近鼂无咎　任蘭升

儒行誰如許散愁　焦循
黄耳隔籬能認客　祝維誥
烏皮隱几對繙書　陳維崧
戲擔賴土泥茶竈　汪琬
只欠青山種木奴　嚴繩孫
佳醞乍來中户喜　潘耒
險糜常倩遠山磨　尤侗
團扇欲抛留篋衍　沈廷芳
荒齋難得共鐙檠　杭世駿

文能壽世須三寫　王曇
力可迴瀾此一燈　孫士毅
每向空蒼追大雅　陳維崧
狂臚文獻耗中年　龔自珍
文字纔傳漁隱話　王曇
湖山約與酒人看　徐倬
禁中紅藥留新句　高詠
橋下青蓮捧道書　龔鼎孳
蘸燭憶曾同鶴禁　洪朴

繡絲誰竟度鴛鍼　陳壽祺
酒仙詩佛同千古　沈寶錕
樸學奇材張一軍　龔自珍
星廬特奏相如賦　阮元
月几時披笠澤書　曹仁虎
白蘋別舍看懸綱　史宣綸
黄葉閑門想著書　沈德潛
處士加餐惟晚菊　黄任
美人持襭問都梁　高心夔

酒遇有名聞印證　張問陶

題因存友紀詩篇　施閏章

舊印新鈔書萬卷　何紹基

煙蔬雷筍酒三更　朱筠

鑪灰已盡庚申晝　王衍梅

觴詠重逢癸丑春　錢大昕

玉堂接武應蒙戠　邊浴禮

高座談經蚕解圍　吳偉業

勝友狂研烏玉玦　沈樹本

新恩剛賜紫泥書　　袁枚
一架小樓無市稅　　黄宗羲
九秋真畫出田家　　劉綸
少時讀史疑黄石　　許喬林
晩歲談詩重義山　　錢大昕
夜月丹砂向漏火　　駱復旦
秋風黄葉秣陵船　　嚴可均
紗衣羅扇還脩禊　　徐昂發
宿火殘鐘索鬬茶　　王士禎

一生好山結潛夢　方東樹
十年讀書多古懽　全祖望
平格已推黄閣老　查慎行
修明爭檢絲文圖　高士奇
文章聲價登壇重　胡裘錞
耆舊辛勤伏案成　龔自珍
頓悟詩心兼畫理　張穆
居然北秀對南能　劉墉
獨抱詩情向黔北　高心夔

豈知詞派有江西　厲鶚
花木幾時邀拄笏　史善長
青黄久已謝爲尊　姚鼐
鸞飄鳳泊酸齋字　嚴元照
水曲雲四陋室銘　陳壽祺
百斛清泉定茶品　吴偉業
兩溪飛雪點糟牀　陳維崧
桉部雨餘香稻晚　湯斌
試燈風向早花妍　趙景賢

鰈津山人善護法　尤侗
盤陀居士偷學闍　朱珪
豈有牽牛聽夜語　吳省欽
見人騎馬説春帆　陳維崧
破硯久應辭手腕　周貿
哦詩不要苦髭鬚　莫友芝
丹梯安穩淩高步　吴士玉
黄字分明見壽人　杭世駿
别墅王維絰一卷　趙翼

著書宏景閣三層　潘耒

老學每留芸館望　葉紹本

伊人重勒草堂銘　沈德潛

坐中弟子多三館　高詠

悟後文章似六经　洪亮吉

僊井细斟雲母液　翁心存

六銖親襲月宮裳　金甡

每到醉鄉稱小户　程景伊

须知倦圃是名山　李符

小閣憑闌閒飼鶴　劉蓉
殊方著録有驂鸞　趙翼
要與秋蟲鬭方略　曾國藩
不好名馬非英雄　潘德輿
山雲欲出仍依岫　屈復
潭月孤圓坐諷書　景江錦
東觀文章空後輩　韓菼
西湖煙水是清流　錢謙益
殘麻搨本多叢葛　陸錫熊

葱蒜山房不貯茶　傅山

每依傑閣臨珠斗　黄爵滋

尚有文章樞轉玉繩　鮑之鍾

残碣姓名元祐籍　任蘭升

荒江甲子義熙年　胡會恩

久居臺省劉祥道　阮元

聊爾耕耘管幼安　惲格

明月也知千里共　胡天游

夕陽親送六朝來　袁枚

道從文字窺三極　何紹基

家近湖山擁百城　吴偉業

異代蒐羅歸祕府　邵齊燾

丈夫肝膽濯清泉　潘德輿

仰看白月如槃大　郭麐

但見紅雲夾輦飛　李調元

青苔繡石蟠蒼玉　曹溶

黄菊飛香入絳紗　張穆

交誼似虹雙劍合　褚廷璋

吟儔排日一詩來　李延椿

才子性靈盟楚畹　吴俊

中男詩句效斜川　宋犖

飽嘗讓水廉泉味　邊浴禮

重述嘉禾瑞繭年　高文照

薄海文章歐永叔　趙玉懷

中原儒雅斛斯徵　王曰曇

荷蓋寫珠留雨意　沈作霖

柳花如絮記春痕　孫志祖

十年篝火捜中秘　方象瑛
三泖披圖認舊莊　盛百二
馬鄭抱殘存軌轍　劉蓉
班揚分宅住樓臺　沈德潛
盡加孫冕餘三歲　盧見曾
佛長徐陵只五年　吴偉業
劇喜隔牆過濁酒　陳維崧
不妨按部有新詩　潘世恩
素馨蕊停銀屏笑　戴芬

紅藕花深畫舫添　袁枚
能發性靈方近道　何紹基
與談忠孝即開顔　徐乾學
藤根揉就充書架　施閏章
蕉葉斜分作硯田　李御
水調尚翻長慶體　左仁
門風私記義熙年　嚴遂成
能栽楊柳三千樹　王曇
穩泛鴛鴦一百年　吴嘉紀

一　十七

古寺扶筇行竹色　宋犖

曉窗染硯注茗（花）名　龔鼎孳

不肯低頭事鸞鶴　吳慈鶴

偶然伸腳動星辰　陳恭尹

霜清茂苑渲朝樹　鮑桂星

石法虞山寫斷麻　奚岡

芹谷暫開方緯來　莫友芝

菜傭求益易盈筐　杭世駿

懶志夷堅排甲子（乙）　錢大昕

上追皇覽數庚寅　王衍梅

但有梅花藏畫篋　童鈺

豫培桐樹作琴材　汪琬

世情如月有明晦　潘德輿

詩卷無人論是非　朱彝尊

棋局穩尋磐石放　杭世駿

詩名翻覺布衣尊　沈道映

青箱故老留金薤　韓菼

絳帳生徒捧玉函　徐倬

一　十六

清祕閣

葦布一時親黼席　高士奇
烝彝十器比球刀　龔自珍
荷葉似雲維曉艇　譚瑩
柳花如雪點春袍　韓戴錦
似與幽人有瓜葛　汪琬
從來吾道屬菰蘆　張鳳孫
卻尋向社桐逢地　周篔
去賭黃河遠上辭　蔣士銓
但抱精神寄涵泳　黃任

總由忠愛發菁華　翁照
異様雲山嫌入畫　何紹基
避炎庭館早垂簾　彭藴章
隸傳程邈三千字　裘行簡
道長甚宏十五篇　吴雯
獨上蓮華攬明月　甘曰懋
還將槲葉補秋雲　惲格
紬書欲化三仙蠹　陳壽祺
裁詔還傾五斗螺　高士奇

千年桃實瑤池果　趙翼
一路梅花貝葉書　陳撰
閒展畫叉臨北苑　楊芳燦
力追藍體闢西崑　陳維崧
誰歟圖者元真子　劉嗣綰
歌以侑之菩薩蠻　吳錫麒
黑夜誰能知錦繡　吳嘉紀
白帝不敢藏鋒棱　趙懷玉
旋收榆莢成清供　汪琬

恰對梅花說喜神　葉紹本

學海有人窮步亥　彭兆蓀

生機無限問園丁　沈德潛

玉管曉寒凝絳闕　龔鼎孳

竹牀昨夜夢青山　惠周惕

待翻樂府歌天馬　鄂爾泰

自剔殘燈畫女牛　惲格

涼月香燈三度酒　王衍梅

晨鈔瞑勘一牀書　張鳳孫

小别最宜浮白飲　蔣士銓

研思雅稱草元居　錢大昕

叨隨紫閣分藜火　陳廷敬

閒傍紅窗枕木瓜　成德

夢回秦嶺雲千疊　李鑾宣

論定揚州月二分　袁枚

解識卮言盡駢拇　杭世駿

誰從古史問偏旁　吳鼒

友朋雜遝諏文字　何紹基

几研清嚴見性情　吴偉業

千峰圖畫收詩卷　姜宸英

一日文章拜布衣　邵長蘅

棋局居然更甲子　王文治

花神亦解錬庚申　高詠

纔絜清尊浮綠螘　翁心存

頻封密字託青鸞　楊芳燦

郗如杜老東西瀼　趙翼

山入淮南大小篇　彭兆蓀

旋添活火烹魚目　高士奇

坐對寒濤捋虎鬚　魏源

執籥惟箋許祭酒　伊秉綬

登梯始見鄭司農　阮元

鶴書遠貢東夷島　袁枚

龍餅初勻北苑妝　戴文燈

天依北斗星辰近　黃爵滋

地接東瀛閬嶠浮　彭蘊章

人言耽酒宜千日　梅曾亮

天放看山又十年　黄景仁
故壘尚聞變燕語　徐延壽
傳箋纔隔一牛鳴　王曇
高士累朝多合傳　查慎行
家風稺子總能文　王士禎
綺葱琅菜仙家膳　尤侗
清簟疏簾輭水舟　趙翼
特與茶仙開淨土　李有祺
自鉏菖本煮清泉　厲鶚

一　廿二　青岡

芋火圍鑪支輭局　王衍梅

苔枝綴玉寫疏香　朱方靄

延陵遺法應從朔　陳壽祺

道韞詞鋒不落詮　龔自珍

楚臣終是餐英客　顧炎武

鄴叟來傳補竹方　杭世駿

南國衡裁歐永叔　潘世恩

東都經訓鄭司農　阮元

強為寒花催羯鼓　鄭祖球

獨飛墨草照屏渠　尤侗
陽明洞石談经啟　謝啟昆
思訓雲山設色工　王文治
山屏過雨閑詩境　杭世駿
瑶圃耕煙問導師　彭兆蓀

椋鞠錄卷二

中散暮年須餌朮　周篔

徵君寒具好烹茶　吳偉業

閒花浥露熏微醉　魏之琇

老樹經霜作半人　焦循

柁聲輭學吳兒語　胡天游

酒味很如京口兵　袁枚

好句多堪圖主客　周亮工

舊文先去講形聲　何紹基

香篆裊雲驅脈望　杭世駿

越瓷承露浸鬘華　葉映榴

草堂主人抱龍德　嚴我斯

石經真蹟在鴻都　葉佩蓀

五都黍尺無人校　龔自珍

十地嫏嬛信步開　劉嗣綰

高價每償花市券　沈德潛

游裝拚損草賞（堂）貲　潘耒

土銼煎茶收槲葉　屠倬

文舸擁酒看桃花　余懷
談興可能通乙夜　胡紹鼎
人生行樂及丁年　繆慧遠
居士多花盡禪味　黎簡
舊交寒竹有真姿　奚岡
五加酒泛三酸味　邊浴禮
七首吟成萬斛珠　陳維崧
文章各領江山氣　袁枚
向律應傳主客圖　何紹基

二

二

閒砌斂襟題竹粉　吴穎芳

方塘展席對蘋花　宋犖

五經同異諸儒別　陳廷敬

百氏菁華副墨傳　金農

夜窗燈翦聯牀雨　黃景仁

斗室香添小篆煙　張實居

雙束冰絲園客繭　袁枚

七星鑪火定瓷甌　王曇

急揲靈蓍得噬嗑　鄧廷楨

勉收凡卉續離騷　曾紀澤

峭石立分新竹界　朱珔

錦燈斜擁落花圖　龔鼎孳

落花暮雨君對酒　黎簡

彤堂清室予之居　高心夔

洞天縮本蟠犄篆　趙懷玉

海島疇人奉大師　龔自珍

每將野服裁蘿薜　王鶚

薄有清談上蛤蜊　王衍梅

畫戟珠簾公讌日　尤侗
醴泉甘露中興年　曾紀澤
分燈憶隔東西屋　王曇
布算同拈黑白棋　錢大昕
誰聽吟聲徹梁父　管世銘
能將筆力鬬專諸　葉映榴
雪帳護燈紅蠟紙　顧景星
霧綃捧硯阜羅厨　陳壽祺
紅牙按曲添新譜　任蘭升

黄口傳经捧賜書　高士奇
多以違時嫌老樹　屈復
生成解語即名花　龔鼎孳
南塘路識将軍第　錢謙益
北斗杓臨太史河　李鴻裔
每因朗月思元度　周亮工
會奏卿雲屬稚圭　陳壽祺
落葉無端悲壯士　汪中
真茶遠寄自潛夫　周亮工

常把漢書掛牛角　顧炎武

早陪宣室侍螭頭　蔣士銓

樂府巧陪團扇笑　龔鼎孳

郵筒時有異書來　錢大昕

不依大柳徒工鍛　葉映榴

要學餐芝靜檢方　高士奇

玉局一編時在手　吴士玉

桓譚萬卷鎮隨身　高士奇

延齡酒薦荷卮倒　何紹基

綉佛樓高竹影深　潘耒
詩國酒兵閒將領　湯貽汾
異書奇石小崚嶒　龔自珍
梵夾何妨披黒石　丁敬
瓣香聊爾誦黃庭　尤侗
衣裁薜荔淩霜晚　周亮工
酒暖苔花點雪初　吳穎芳
磨盾會須濡健筆　翁心存
緯蕭自可得明珠　金農

行歌郢雪卑今調　嚴允肇
須信朝雲是本師　丁敬
快寫詩篇當委雉　梁夢善
近來書法換籠鵞　葉映榴
蔣梁格律笙鏞振　張大受
汲鄭心期海嶽開　徐昂發
寓言急草王符論　查岐昌
浩氣蟠歸渡長書　何紹基
有時橫江逐孤鶴　朱彝尊

請君放筆作雙鸞　陳恭尹

遺書賴有邠卿校　阮元

通史曾嗤夾漈疏　曹溶

欄邊團鳳烹清茗　張鵬翀

庭角幽禽守凍花　朱方琦

玉枕琳函名士韻　黃任

紅泉綠澗苦吟聲　繆沅

雨裝石畫思苔徑　高士奇

夕爇熏鑪禱蕙座　龔自珍

北海作箋傳古學　錢大昕

西窗翦燭讀陰符　顏崇槼

重器昔聞陪業虡　陳沆

和聲終貴合絃匏　沈德潛

藥裹詩瓢驢負載　蔣士銓

吟囊畫篋蠹橫陳　高文照

襄陽耆舊方成傳　吳雯

表聖功勳只賞詩　袁枚

安得甘泉陪翠輦　鮑桂星

偶傳流水上朱絲　胡紹鼎
萬卷藏書多異本　嚴遂成
五湖歸隱託長鑱　江立
春山憐汝迴薄怒　陳維崧
涼月伴人成苦吟　符曾
行搴薜荔尋題壁　潘耒
且與桃花約住山　李良年
月暈圓隨漢東蜯　陳子升
天河唱落汝南雞　吴錫麒

八年議禮留經術　韋謙恒

三殿摛毫有報章　查慎行

峰巒變滅無停狀　顏光敏

天海蒼茫一問津　惲格

稱意交遊皆老宿　莫友芝

談經門祚鬱岧嶤　龔自珍

闡道傳柑承曲宴　張羲年

誰知啖荔得長生　崔弼

豈有文章堪下拜　邵長蘅

但開風氣不爲師　龔自珍
珠幢按部添新句　何道生
玉磬同時問故寮　鄭珍
貧託長鑱以爲命　陳維崧
詩扛健筆未能休　程同文
聊逢海若談秋水　劉蓉
笑翦湘天吸彩雲　厲鶚
能摹詛楚文三石　黄任
自課靈飛字幾行　遑浴禮

二　八　青谿閣

白傅官僚原散吏　潘耒

馬融经學是門生　王曇

竹花细影浮湘簟　程際威

藤笈残编上楚舸　邵長蘅

釣渚垂綸仍故客　劉蓉

康衢賣餅亦潛夫　金農

十年作計難求木　梅曾亮

一醉無名特借花　查慎行

但哦松樹當公事　李兆洛

請與荷花證此言　施補華

竹罏石銚晴雲椀　汪琬

雨笠煙蓑釣月竿　奚岡

弄水與鷗分野席　杭世駿

收綸留鶴守空槎　沈德潛

文章舊價鸞坡重　魏之琇

樂府新題鳳管催　王廣心

傾城翠艇觀花出　李延椿

別港青泥載藕來　方觀承

二　九

張箑孫詩陸经義　朱彝尊

商敦夏卣周尊彝　鄭珍

伯起講堂連北境　屈復

士龍老屋在東頭　陳廷敬

別爲松花出方略　汪琬

細分蓮炬照書聲　張問陶

武公耄學賓筵戒　嚴元照

揚子方言绝代通　朱筠

士銓瀹泉烹蜀井　吴元凱

玉鞭迴日晃吴鈎　許宗衡

談深半夜甑長伯　袁枚

詩瘦三分賈閬仙　黄宗羲

餐霞新〔早〕得休糧術　沈绍姬

連石新裁倒薤文　錢謙益

居士開閩掃黄葉　蔣士銓

侍兒添墨寫青山　李良年

詩家香火然鐙古　王曇

粉本溪山似障懸　趙翼

玉漏滴殘婪尾酒　陳廷敬

笛牀閒上橛頭船　沈大成

洛下文章徐騎省　何道生

閩中人物蔡端明　錢大昕

旋瀹石泉供茗飲　汪琬

願從雲海訪芝精　金農

巖壑每因循吏靜　周亮工

吏民如愛嗇夫賢　錢載

並世文章無此地　趙翼

一生風味愛南朝　袁枚

祕書舊説劉中壘　劉嗣綰

經學今推鄭小同　斌良

已收長佩趨高座　劉開

獨閑空齋畫大圜　阮元

圍鑪杴火兒烹藥　查慎行

卷石分泥客買蘭　吳偉業

三笑圖應添法護　李符

八行書肯換潛夫　朱彝尊

宅迷玉局雙橋路　胡天游

家住香山八節灘　袁枚

惟有榮名壽金石　顧炎武

敢將法物詁球刀　龔自珍

旗亭貰酒缸花綠　汪學金

齋閣添經蠟炬紅　錢謙益

江左文章分史局　吴翊

幕中書記擅詩名　戴衢亨

戴笠有詩吟杜甫　姚汝金

撫琴無語憶陶潛　顧炎武

韜胸緯略排中壘　張穆

隨分琴書占小齋　朱彝尊

天與溪山優碩果　龔鼎孳

人推碑版冠羣材　曹爾堪

藏書樓敞雲充棟　陳梓

戴笠人歸月滿襟　許聿

三年畏壘為生業　朱琦

六載承明饜祕書　曾國藩

論詩笑殺方虛谷　顧嗣立
和句超於貫舍人　伊秉綬
好似浣花兼吏隱　胡渭
誰將香茗比官評　戴文燈
得句快如搔鳥爪　鮑桂星
多賢爭欲啖牛心　張澍
容是寒郊攜瘦島　蔣士銓
敵無開府又參軍　朱筠
醉捲酒波傾白社　劉嗣綰

苦留詩卷伴青山　余懷

讀書新有珠船獲　金慰祖

選勝何辭玉杖支　劉汝謩

書翻鄭圃嗤爭鹿　王士禄

字寫曇禳柱換鵞　何紹基

白傅蚕編長慶集　沈靖

墨皇新搨紹興年　沈嘉轍

横塘秋水明蘋葉　厲鶚

暖谷春耕隱杏花　吳穎芳

兩卷檀弓甯有例　孫士毅

一牀湘管定工書　金農

鶴寄素書通弱水　馮班

人傳紫氣滿函關　彭兆蓀

學疏倉雅繙書権　錢楷

冊補周官借箸前　翁心存

異冊燈前題海錄　查為仁

胡槽柱底咽湘絃　惠周惕

暫同石鼎分聯句　韓菼

半捲湘簾好讀書　高士奇
四海文章高白社　邵堂
六朝裙屐訪青山　孫星衍
明燈照壁何愁蠍　查慎行
醉墨書牆忽散蠅　黃景仁
留將古意吟匏葉　葉紹本
但了殘書鋟菜根　汪琬
誠齋舊帖龍文寫　王廣心
小宋新書蠟淚多　王曇

行廚酒屢斟重碧　趙　翼

官閣牋同搨硬黃　陳維崧

快接談源助修綆　黃景仁

聊施低案課奇觚　黃爵滋

蝸牛入席問奇字　朱　階

鳧雁親人識夜燈　王士祿

伏而讀之歸谷子　鮑桂星

誰其繼者虞山生　宋　犖

肯上危檣爭蝜蝂　沈德潛

新更小篆譯蟲魚　吳偉業

四海論交留短褐　江立

九華宣敕降長離　高心夔

夕葵秋樹高人宅　商盤

酒熟茶香短簿祠　嚴遂成

同巷舊聯吟月社　吳穎芳

工書每署看雲樓　潘耒

别開茶熟香溫地　阮元

元是餐花嚼蕊人　邵齊燾

縱思趙勝誰工繡　宮鴻厤

為託飛瓊問掌書　劉汝器

漫誇成佛謝靈運　潘世恩

可是前身江總持　韓菼

冠裳纓佩旌斧鉞　周篔

敦卣鬲甗彝舟尊　諸廷槐

倦翁著述棲林富　潘耒

蘇軾文章並世宗　方東樹

乍可慢詞填幼婦　楊鳳苞

自揩團扇寫官奴　袁枚
官閣聯吟陪水部　任蘭升
短屏書夢寄湘君　劉嗣綰
能與檀弓言物始　嚴遂成
偶繙藥譜測天經　孫基
詩聯陳起江湖集　趙翼
人上米家書畫船　屠廷楫
秃毫作字師行儉　曾紀澤
冷署挑燈羨少微　葉映榴

昨夜歌詩欺白雪　徐倬
少年詞賦共青霞　姚鼐
應有龍威啟靈鑰　吴泰來
閒操鳳管試新書　高士奇
蒼苔一尺行蝸篆　蔣士銓
古樹孤邨認鶴窠　丁凝
掃壁捲簾移晚菊　吴清鵬
濾泉封甕待新茶　顧景星
園果粗能飣盤格　陳維崧

山花猶插在軍持　黄　任

椒陰障戶遲鑪篆　潘德輿

花氣如潮撲酒旗　王衍梅

訓詁一家傳博士　李　繩

公傒小巷候君卿　姚　鼐

休辭向墮頻傾琖　陳廷敬

只對青山不著書　宋實穎

置酒可能邀北郭　查慎行

擣烟須為寄西陂　宋　犖

壺觴笑伴留雞黍　任蘭升
綸合癡童算鴿糧　汪如洋
六時還汝蔔蔔朶　杭世駿
九月猶開窅窱花　龔自珍
寫韻應須推柳永　施炘
買絲還擬繡飛瓊　董說
嘗喜著書宗苦縣　梅曾亮
誰能一字到隨州　朱筠
六籍笙簧供鼓吹　陳壽祺

半牀碑版疊巾箱　黄任
聖代自能調化瑟　錢謙益
故人來似獲奇書　彭兆蓀
稚子採荷包雀㲉　錢秉鐙
小屩燒葉撥螭頭　李延椿
閒來置酒常招隱　袁枚
獨幸鈔書不是慾　周亮工
蒓絲滿地無人採　潘耒
松蓋團陰待鶴家　丁敬

畫閣濃煙銷寶鼎　謝昌鑒
香匳淡墨寫文紗　尤侗
漫搆異書談岳瀆　彭兆蓀
徧搜小集刻江湖　屠倬
三年筆授中郎祕　劉正誼
一榻燈横陸羽經　汪之珩
杜甫詩篇本經濟　桂馥
王維畫隱得禪真　劉嗣綰
紺珠入掌操銀孏　龔鼎孳

玉尺量身賜錦袍　吳偉業

蓬蒿之門無典謁　龔鼎孳

湖山餘地與行吟　王太岳

史編損仲藏新稿　潘耒

文泝昌黎屬大家　翁照

小隊纓鈴徐穉榻　嚴遂成

焚香書畫米家船　趙翼

置之漢玉秦金側　龔自珍

著我天台雁宕邊　阮元

好求隧例申盲左　鄒漢勛

閒草狂文續孝標　彭兆蓀

暖色時將花打揲　趙執信

涼天略待樹毗劉　朱　筠

暫因夜雨開吟社　仲鶴慶

莫詠天風謗法華　魏　源

灑來仙牓禜三摟　髙文照

坐擁良書傚百城　周　篔

轉注諧聲皆勿律　江　權

落花脩竹兩無言　陳壽祺

江山英俊生文藻　陳維崧

義例頻煩託寓卮　韓菼

桂棹莫辭三百曲　黃任

梅花小壽一千年　王曇

但令指法傳中散　李希曾

要著頭銜領醉侯　劉嗣綰

推枰尚戀全輸局　蔣士銓

開篋重看未見書　王甯焯

曾從北海交賓石　龔鼎孳

貪慕東坡住顧塘　趙翼

青山似欲償詩債　厲鶚

黃石何從訪異人　朱雲駿

孝徵好竊華林略　吴偉業

到溉新題海嶠章　陳壽祺

無乃商山與林屋　張鳳孫

或者琴聰兼蜜殊　邊浴禮

近刪竹葉通朝旭　洪亮吉

飽食桃花便大年　周亮工

古來深意存制作　張九鉞

吾儕文筆須清蒼　陳維崧

雲封蘿石懸三徑　龔鼎孳

日就花陰記八甎　高文照

太僕文章宗伯字　姚鼐

阮何風調謝莊年　胡天游

採藥忙猶尋白醥　周亮工

種蔬蚤已賦黃門　商盤

獨親騷雅留微緒　符葆森

御與文章數中興　胡天游

經傳馬鄭專門古　錢大昕

人與辛蘇辣味同　王曇

青山有例歸高士　陳壽祺

素月對人如古禪　蔡鑾揚

頗涉百家知的埻　畢沅

賴通六義求偏旁　孫星衍

翠珉字校先秦善　邊浴禮

絳帳經傳後鄭無　李延椿
願為飛絮衣天下　陳恭尹
長與胡麻作主人　王曇
慚悔詩篇存少作　許宗衡
略工感慨是名家　龔自珍
仰闚象緯擡頭易　杭世駿
自有雲雷繞膝生　袁枚
最憐跛鼈飛揚氣　查慎行
難寫嶔崟歷落人　顧廣圻

愛聽歸鴻催滅燭　黄景仁
豈應飼鶴要贏糧　何紹基
尚有匡牀分上下　徐倬
擬将湘管寫娉婷　郭廾恒
舊麗有書分藥品　毛桓
晚池留筆畫荷衣　吴穎芳
别分小圃培籬橘　何紹基
應號迴溪作浣花　宋犖
金甌仙露調官釀　徐咸清

瑤圃銀雲起墨池　惲格

七寶玉書鐫上輔　錢大昕

一時酒琖徧騷人　袁枚

鎮可三年琱楮葉　任蘭升

好將重壁篆茗華　葉紹本

二卷共字七千七百八十六

清祕閣

椗鞠録卷三

名山大河倘寫胸臆○○○○○○　金賞

明庭淨几陶詠性靈　吳烜

玉館風流八鐫雲會　柏常亮

百篇朝讀七藝夕陳　方成燕

言蔚道華行端吏表　華映柏

埏鎔物始翔鐘音初　傳□炯

廣圭約言兩燭螭行　周壽昌

棪藻瞑音擒華辯今　汪士鋐

梡鞠録卷三

也放下庵戲編

名山大河傾寫胸臆〇〇〇〇〇〇金農〇〇

明庭淨几陶詠性靈　吳焯

五館風流八儒雲會　梅曾亮

百篇朝讀七藝夕陳　方履籛

言蔚道華行端吏表　葉映榴

埏鎔物始淵鏡音初　傅桐

磨圭約言明燭炳行　周壽昌

掞藻驅古摛華鑠今　汪士進

斧藻羣言獨秀前哲　傅桐

通達政體庶隆大猷　張惠言

毓性儒風勵精樸學　龔自珍

含懷國論銳志朝英　梅曾亮

題壁籠紗引杯說劍　陸燿遹

閉閣掃軌耕陌懷書　孔廣森

厭次待詔徒陳文史　董祐誠

信都覃慮不聞雷霆　方履籛

挺松互哦摘葉狂寫　蔣曰豫

看雲半起眺月初升　洪亮吉

丹雘樸斲義仍古式　紀昀

門庭藩溷盡是賦才　王曇

天鏡澄文地槃翕載　陸燿遹

慶霄涵物瑞露膏年　胡天游

珊架臨晨瑤琴援夕　湯成彥

蕊珠絢景茗玉鏘聲　何栻

問道康莊伐材衡岱　劉開

凝貞璜瑀絢美丹鉛　劉履芬

宦轍所過圖經在手　龔自珍

令時高會山川見容　萬壽祺

酌理為經擒詞為緯　夏煒如

景堂有笏鑿楹有書　洪齮孫

祕殿珠林石渠寶笈　劉統勳

桐華綺岫蘭葉銀臺　吳兆騫

角藝瑤壇鐫經寶笥　莊受祺

儷璸赤埜合珏藍眭　陸耀遹

風教上升勰於辰極　方東樹

善人得位常作歲星　湯成彥

碧蕙滋蒔紅蘭重箭　胡天游

素琴上壁青簡盈牀　樂鈞

植蘭九陵移蘭五澤　董祐誠

壓架萬帙挂壁一琴　彭兆蓀

賞契所欽蘭桂自郁　方履籛

咳唾之響鸞鷟同聲　查初揆

名記師春書羅史籀　張鑑

文參選體詩鬱騷情　錢振倫

亙 非亙字

述學紹聞茂矩斯遠　趙銘
耑規緝範丕基亙垂　陸燿遹
餐霞悅魂捉月盪魄　劉嗣綰
對天揮筆晝日成章　袁枚
濬源璇清蘊真玉粹　周壽昌
彈毫珠落滴墨金鏘　沈埁
遊覽賅聞洪纖畢集　沈祖惠
標奇領遠情文亙深　龔鼎孳
野花無風自成馨遠　劉開

枯篁號夜但聞冷聲　楊夢符

子由聯牀君謨接席　趙銘

元方執杖慈明奉尊　袁枚

小米結庵仍題海嶽　錢振倫

太元覆瓿終遇桓譚　孔廣森

懸崖削玉複嶺連璐　陳文述

危峰標韻寒淙效深　方履籛

文章一塗惟性所詣　周壽昌

錦組百士砥行者珍　金應麟

榑桑九枝桂林八榦　劉開

鳳苞五采龍券十華　吳錫麒

切綫劃圜開山拓地　張鑑

頌憲飭典陶軒育羲　張惠言

散襍茗餘舒襟酒既　樂鈞

刻燭星晚張筵雪初　董基誠

子野博文丞天多藝　楊芳燦

李斯上聖史游大賢　潘德輿

作爲詩歌氣概天下　吳穎芳

稽其忠孝宛在賢門　陳維崧

中壘兼官遂領祕閣　吴錫麒

長慶之集副在名山　王芑孫

瑶鑒懸司金衡秉律　胡天游

丹函壓地綵帙熙天　彭兆蓀

緩急之故韋弦互督　查揆

奥窔獨闢琳瑜自持　洪符孫

露木風榮臨年共悦　方履籛

滓渭罇洛異源同輸　董祐誠

讀畫崇朝鳴琴終夜　洪亮吉

選花低幹採果陽叢　樂鈞

疊艑延風單舟泝月　吳錫麒

清詞霏雪秀句琱冰　杭世駿

涓選師德正我道揆　方東樹

慎簡耆彥資夫大匡　胡天游

鏖角騰文鳳苞翔采　錢振倫

鴻都攷古虎觀譚經　陸燿遹

元朗釋文憙臚同異　龔自珍

長沙論事言有準繩　洪符孫

修鯤揚鰭靈鵬戢翼　趙懷玉

單鶴偶叫潛虯一吟　張惠言

慶晷仰澄喬雲繪霽　孫爾準

瑤緘考懿珠典昭清　劉星煒

世德囷倉儒林山斗　鄭祖球

詞場襟帶學圃盤杅　潘德輿

候月歸琛占風納賮　袁枚

披泥抽玉湛川掇珠　彭兆蓀

分輪別轍馳騁霄漢　周壽昌

博識遠覽淹貫古今　施補華

王尼牛車焦先蝸殼　郭麐

辛毗寒木劉遯春華　蔣士銓

名章俊語一時稱盛　韓崶

滂仁瀇義八疵不嬰　彭兆蓀

述緒南華浣花東海　董基誠

發聲此苑加等西臺　梅曾亮

儉年稼穡寒年纖纊　王曇

出者中甫處者顧廚　趙銘
德里鄭公賢亭徐孺　胡天游
人倫元禮當代彥昇　方履錢
梯月分暉簾雲展步　何栻
導涓宗海撮壤崇山　焦廷琥
青春素秋惠我言笑　劉開
吉金樂石競就編摩　王衍梅
流雲歸山止水繞屋　劉嗣綰
古綠撲研大青上杯　沈豫

七　青必閣

樂旨潘詞廣談虞筆　王曇

羲文頡畫籀篆王分　董祐誠

沸耳煮茶傾心剝芋　金應麟

嘗午讀史淩晨注經　洪亮吉

履中蹈和根性而出　李兆洛

廣思闊益同德以須　施補華

七閣所藏九流斯萃　龔自珍

一言之立百世可學　劉大櫆

小序百篇舊名此斗　孔廣森

玉臺一集上配西河　尤侗

合英咀華宫商協奏　杭世駿

鎔裁就理識鑒居宗　李兆洛

濟伏河横淮申泗曲　章學誠

春妍冬秀夏蔭秋芬　樂鈞

高揖董南參横還固　蔡之定

飲源洙泗分席闕閩　葉映榴

仲舒明書上承孟氏　戴望

輔嗣執卷不笑康成　梅曾亮

八

扶風孝廉無慚爾雅　董祐誠

子雲湛默惟好元言　楊芳燦

疏苔列茵畹蘭障袂　方履籛

琦葉雕字玗花絫文　胡天游

志尚高遠洵於榮利　陳撰

文章皋藪被之山川　陳維崧

外文綺交內義脈注　王芑孫

中學心聽上智目成　孔廣森

東菊西薇俯仰齋置　龔鼎孳

叢蘭脩竹文弱不勝　汪中

疊石懷煙折徑環月　陳文述

遵巖覓電瀨凝尋雷　洪亮吉

座圍形籤几拂瑤筦　方履籛

胸咽丹篆掌盈墨書　顧敏恒

重巖杭屏曲瀾交綺　董祐誠

怪石錯徑雜花迴欄　厲鶚

玉海金淵莫測涯涘　楊芳燦

晨葩夕膳邁於宮商　金應麟

魏體漢宗銘歸一冶　王芑孫

經神學海貫弗九流　彭兆蓀

玉券瑤編貞符畢湊　鄭祖球

碧幢紅籀寵命洊申　朱彝尊

華星燭筵缺月升座　吳慈鶴

珍球輝谷明珠映川　方履籛

炙竹擣藤圖書蔚止　萬壽祺

揚葩振秀辭理相宣　姚燮

東觀中文遂尒淹禮　孔廣森

西漢經師各爲專門　戴望

會昌纂成尚多後錄　方履籛

抑戒既奏同游太和　朱珪

台曜經天文波浴日　葉映榴

涓流匯海撮壤成山　彭蘊章

退之起衰卓越八代　趙懷玉

王筠編集但易一官　錢振倫

漸海訖聲登山刻字　阮元

詄天閟景晻露抽祥　董祐誠

十

江總修心憑棲水月　方履籛

劉勰銓賦大卷風流　沈清瑞

月挂壞彄雲堆敗絮　王芑孫

室生虛白几落奇青　吳錫麒

元龍自非餘子可及　郭麐

孝章要有九牧大名　楊芳燦

據石科頭臨洿濯足　趙銘

說劍動魄吟詩悅魂　劉嗣綰

聞效馬遷困工雜賦　胡天游

久欽蕭奮願受專經　楊芳燦
心鏡意珠靡遺一事　紀昀
宋裁唐製呀啟千門　王芑孫
琴號食墨珠名記事　張鑑
鄭能考異契乃參同　吴錫麒
修竹彈文頡頏任昉　尤侗
大槐精舍獨別林宗　方履籛
趙璧晚箋越紈張璧　劉承寵
辛夷名樹慧吉呼禽　董祐誠

十二　青照閣

花月新聞水天閒話　郭麐

鷗鳧往狎桂筍來尋　吴錫麒

鐘球在懸自異凡響　董基誠

鉛槧未輟時聞妙香　汪士進

翰落碎金詞翻明縠　方履籛

懷如霽月行埒秋霜　沈豫

洪厓左拍浮邱右接　邊連寶

甲觀晨啟乙帳夜陳　洪亮吉

抱德如馨遷善如饜　陳沆

箴今而友揚古而師　惲敬

天風四方淵雷八表　章學誠

韜鈐六要山川九圖　周壽昌

九域十道多盛注錄　胡天游

雙珠兩劍並耀隍池　沈清瑞

彝鼎鋪庭（筵）圖書滿架　陳鱣

纓弁市并（序）巾卷充庭　方東樹

翔鳳鏗鑾震盪耳目　吳錫麒

摛雅衍頌黼黻治平　陸錫熊

十二

原道敷畢章研神播采　鄭虎文

撝謙致果韜精養潛　李兆洛

和政堂琴勵精路鐸　劉履芬

鐫芳玉鉉襲慶珠囊　劉星煒

文藻所濡經語典會　趙銘

遭逢既盛典冊遂多　朱珪

語妙君房神清叔寶　陸燿遹

鄉傳畏壘國近華胥　夏煒如

扁舟造門莫適賓主　杭世駿

小屋疑艇浮來江湖　劉嗣綰

高朗天情沈潛地德　董祐誠

去來虹陛升降雲臺　劉開

八陣精圖六弢朗鑒　金應麟

一鄉善士百里賢人　邵齊燾

扶風人表列序九等　姚燮

謝伋譚麈略有萬言　阮元

春湍比豪朝花喻麗　曾紀澤

隃麋為祿椽筆作朋　潘耒

朱墨別異微旨迺出　杭世駿

淮漢就列嘉賓勿踰　胡天游

盛治右文翊經惇學　邵晉涵

英賢佐運筌祜騰譽　劉鳳誥

謝朓齒牙叔休毛羽　方東樹

元中書翰禹玉文章　鄭祖球

泥玉名山含香祕閣　尤侗

授几重席鳴珂禁垣　于敏中

萃三才九疇扵逢掖　彭兆蓀

別說經作史爲殊科　龔自珍

縱斧儒闚鑿石義路　劉開

方舟初學擁篲遺經　李兆洛

國家右文崇尚小學　段玉裁

經生習業遂纂典林　章學誠

晝日濡毫淩雲授簡　楊芳燦

粲花著論積葉肄書　何栻

申韓刑名旨歸賞罰　章學誠

張馬史注頗述圖經　孫星衍

杼柚之妙星辰在緯　查爲揆

樵蘇不爨風雨閉門　李兆洛

對鵲營巢徙魚築宅　洪亮吉

閒花張幙映樹開庭　潘耒

吏治民隱邦本所切　施補華

崇情遐迹靈昵自臻　楊芳燦

贊醲迪薰黼蔀黻紀　龔自珍

周諏曲聽野策廷詢　周壽昌

邊氏經笥僅居樸學　秦蕙田

賈生奏議編入新書　章學誠
春秋既尊第禄方盛　潘耒
風聲所被文學蔚興　宋犖
列宿羅胸摶風奮翮　莊受祺
靈瓜緜瓞神芝結根　趙懷玉
鏡物忘疲飫理斯饜　劉綸
遊心於澹味道之腴　張玉書
頽檐墮瓦輒警幽緒　周壽昌
築室而垩置書鏡機　金應麟

優游鄉里頤性養壽　施補華

湛深典素追古著書　趙銘

對案訓恭題門崇厚　錢振倫

移山壽績壓岫探奇　孫星衍

密謀邃慮宵旰劃決　毛奇齡

石室金匱方策留遺　章學誠

璧版烏絲無非芸蕙　龔鼎孳

白華元足勝於圭璋　金應麟

百僚獻珍寶鑑在列　潘耒

五采既備德輝迺翔　杭世駿

無有幽遐若握符券　李兆洛

不立門戶同歸康莊　宋翔鳳

箴廣虞人銘稽戴禮　董基誠

家談漢學戶蓄鄭書　嚴可均

秦斯改文小篆是紀　張惠言

醴陵創調雜體名詩　陸圻

味剖今腴藻擷古豔　吳錫麒

道航聖瀆材棟儒林　許汝霖

十六

豐鯨應霜所託異質　吳慈鶴

潛虯在壑亦媚幽姿　趙銘

信質桑經疑箋酈注　張成孫

碣摹號鼓碑寫韓銘　劉鳳誥

博濟翔仁均權本義　紀昀

淑行鐸里名德斧鄉　金應麟

壺觴既列遠憶狂客　洪亮吉

丹鉛之及半是琅書　吳錫麒

每謂名教自有樂地　王衍梅

如遊廣漢而聞鈞天　施閏章

上肇匡鎦下逮燕許　姚燮

左袒秦漢右居韓歐　吳鼒

秉潤璵璠凝神璣鏡　方履籛

崇情車笠幽贄韋弦　錢振倫

金支翠羽左擁右護　王衍梅

屏風團扇斜行細書　汪中

外納僚屬生徒所詠　阮元

諶哉曼壽悠久之徵　邵晉涵

開閣麴材躡屣下士　李兆洛
飲冰奉職執玉修身　葉映榴
讀畫煙雲訪碑寰宇　顧廣圻
鐫詞刻漏勒篆鼎鐘　朱為弼
下舞上歌昭景飲醴　董基誠
左緋右緗囊畫理琴　劉鳳誥
豐文茂記投閒而作　方履籛
玉振金聲其道大光　杭世駿
篇
經說在圖文編在筒　全祖望

仁心爲榦古義爲根　龔自珍

風節邁倫金石斯壽　楊芳燦

岑茗結盟分蘭翠相鮮　王太岳

文章原始取資根柢　郭嵩燾

簿領稍暇即事縹緗　樂鈞

胸藏鳳毛談折鹿角　劉嗣綰

音宣鐸舌響叩鐘脣　吳錫麒

砌花盤蘭婀娜相接　蔣士銓

西清東觀望實攸崇　李兆洛

蒯通之書本名雋永　章學誠

魯公作楷獨見端凝　錢振倫

雝鷺仁翔濂魚德泳　陳沆

卿雲矗采甘露宵零　董基誠

就樹哦松逃林玩竹　梅曾亮

守梅有墅觴芰於堂　趙銘

甄綜唐宋諸家之作　朱彝尊

周檢鄉嫘三古無文　紀昀

福者備順壽者傳德　李兆洛

儉以處身惠以行仁　湯斌

雍容揄揚炳同三代　吳省欽

寒暑節氣均調八紘　胡天游

聰明猶彊著述不倦　姚鼐

文采照世椒蘭愈芳　楊芳燦

七韻攸繇八能遞作　邵晉涵

三靈薦祉五緯綖符　王又曾

隃麋側釐屬有古色　金農

清泉白石實聞斯言　潘耒

仁智效深豈獨山水　方履籛

文字肇啟即有音聲　錢大昕

探賾鉤深承務開物　潘耒

襲華蔭澤毓道富文　周壽昌

台輔元老曰襄曰贊　高士奇

仁敷義施孰柄孰端　張惠言

子孫淵雅名氏有述　龔自珍

雲水怡曠智愚同心　俞正燮

鐘鼎在家竹帛在史　王曇

湖山之美文字之禪　錢振倫

垸剛坏柔樽遐牖邇　吴錫麒

團膏漱醴溢陌盈塗　王又曾

朝夕獻納切磨治本　熊賜履

聲教暨訖篤生偉人　王衍梅

榮光滿河秘文出洛　陳兆崙

非煙翳景甘露流腴　李兆洛

修竹梅花徵君攸宅　王士禛

雙鵁獨鶴列仙之乘　張惠言

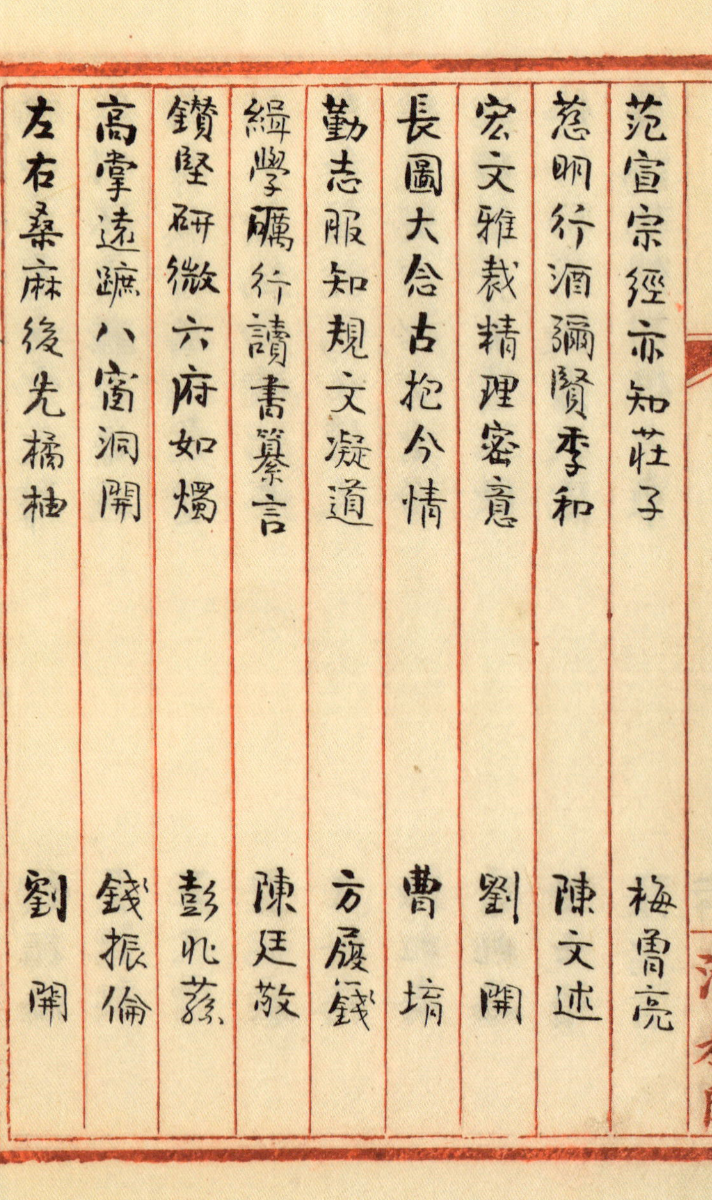

范宣宗經亦知莊子　　梅曾亮

慈明行酒彌賢季和　　陳文述

宏文雅裁精理密意　　劉開

長圖大念古抱今情　　曹墉

勤志服知規文凝道　　方履籛

緝學礪行讀書纂言　　陳廷敬

鑽堅研微六府如燭　　彭兆蓀

高掌遠蹠八窗洞開　　錢振倫

左右桑麻後先橘柚　　劉開

招邀蘅杜點勘櫨桼　李兆洛

笠綠撈鰕燈紅烹鮒　金應麟

茘奴襲椀菊婢餈餅　魏禧

昌黎為詩原本經傳　秦鐄

仲長樂志呼吸精和　方履錢

郡國利病山川阨塞　郭麐

許鄭詁訓杜馬典章　曾國藩

瞻洛觀河經覽九塞　劉綂勳

萃經擷史下逮百家　韓崶

霄漢翔暉陰陽斡運　劉鳳誥

晷緯昭應山嶽效靈　鄭祖球

博物洽聞千秋自命　閻爾梅

制禮作樂百度聿新　秦蕙田

揚開於歷上初下晚　龔鼎孳

知白守黑披莊草元　彭兆蓀

高卿聘君叔則處士　李兆洛

張蒼臉仕卓茂永年　方履籛

文酒之會時出一語　施補華

研閲所及不下萬籤　彭兆蓀

飫德在心道善盈耳　董基誠

究委倚杵探源結繩　洪符孫

謹言既淡衡今矩古　吴穎芳

蓬累而行左圖右書　梅曾亮

醇粹宅心嗇重養福　錢振倫

琴尊輔志緹櫝頤真　傅桐

宗主禮義不薄攷據　曾國藩

度物寬猛孴懷惠威　李兆洛

廿三　清祕閣

臚引羣術愛古聚遒　龔自珍

搜討舊籍累遺連車　施閏章

浮玉一峰麗若翠采　陳文述

壼書八會用佐繙帑　曹堉

金鏡澄文玉衡考曜　董基誠

書極績學經笥貽謀　何栻

管商法制義存政典　章學誠

秦漢權盂類著文詞　李兆洛

俊辨雕龍蔚文靈鷟　錢振倫

羣芳叢桂攬秀榮桐　樂鈞
短竹疏松山膚俱瘦　王芑孫
生雲垂露畫理能深　李兆洛
六朝以還代有曠逸　郭麐
一義之發遍於睫眸　張惠言

梡鞠録卷四

風雅起苗終開纂組○○　李紘○章學誠○○

枝條稍簡皆中棟梁　錢振倫　潘耒

旁寄高吟有松可蔭　龔自珍　顧炎武

虛中直節以竹爲師　錢泰吉　金農

學徒知歸別爲風尚　阮元　杭世駿

緦氣成象上燭星芒　吳錫麒　王士禎

四輔道隆軌倫緦會　劉統勳　邵晉涵

六符階泰風雨大和　劉綸　莊士敏

酌酒進琴時圓軟局　施閏章　王衍梅

分花鬭句或拗諧聲　彭兆蓀　錢振倫

鉤抉文心如墮明月　吳鼒　李兆洛

表章經學若揭朝陽　阮元　潘耒

孤花表春不階聲燿　胡敬　高心夔

深篁撲地脱去町畦　吳錫麒　曾國藩

文逸華馨必李商隱　龔自珍　吳綺

寒鈔暑講似洪景盧　杭世駿　錢大昕

因樹為巢植花成幄　金應麟　孫嘉淦

承瀑滁硯臨流作圖　樂鈞　洪亮吉

岱華比岳大峰特聳　張惠言　俞正燮

籀斯屢變小篆乃尊　曾燠　方履籛

縱心而談視道若咫　吳清鵬　袁枚

捫胸可照記事有珠　全祖望　吳錫麒

朗鑑涵冰莫章於闇　紀昀　陳沆

殘璧滿地其圓應規　李兆洛　錢振倫

玉署排籤萬秀呈吐　陸燿遹　高心夔

石渠會議五經紛綸　阮元　潘耒

老樹遺臺不工顛仰　楊揆　洪亮吉

穠花錦石皆關性靈　王衍梅　李兆洛

鑪香方酣雲行煙止　彭兆蓀　樂鈞

筆力所到規轉矩趨　吳錫麒　董祐誠

皇李從風人戴北斗　阮元　龔自珍

濂洛之學道闡西銘　潘耒　葉映榴

狂狷之間受性方直　劉嗣綰　程恩澤

絃誦無輟其聲淵邕　顧炎武　吳穎芳

騰躍百家獨存雅體　法式善　汪中

合納羣品能執聖權　施補華　杭世駿

孔壁既彰一經相授　龔自珍　朱珪

鄦書之要六文挺生　江沅　彭兆蓀

子駿移書議論相發　孔廣森　王太岳

昭明勅選文章所宗　阮元　董基誠

幽琴再終協音合韻　胡天游　段玉裁

奇文十冊琢質績章　方履籛　錢振倫

五經鉤沈藏之篋衍　李紘　劉恭冕

七政環運協乎璿璣　紀昀　李兆洛

荀勗中經沈酣四部　章學誠　嚴可均

穎達正義萌柢百家　孫星衍　吳錫麒

羲璘回旋春祺攸集　董祐誠　邵晉涵

風雨驟至秋士獨聞　張惠言　樂鈞

歐胡察鋌能觀千劍　洪齮孫　陳兆崙

淵雲載筆博涉羣書　潘耒　閻爾梅

擘摩經籍讀從剛日　阮元　吳錫麒

裁量人物罕如景星　黃宗羲　方履籛

雲呂十句大瑞將致　孔廣森　龔自珍

霞漿百斛流澌必閣　潘耒　周壽昌

百函飛馳才度自勝　袁枚　董基誠

雙管齊下枯潤相生　金農　方履籛

攡賦擬經推本鄒魯　金德嘉　劉嗣綰

聯句共韻流連孟韓　紀昀　吴鼒

九曲紅雲蕙風斯扇　陳兆崙　黄安濤

一甌緑雪穀雨新晴　金農　朱彝尊

白雲在天無非詩境　王太岳　潘耒

素湍激石忽上琴絲　劉開　孔廣森

古月徘徊時復窺户　方履籛　董基誠

羣山合沓歸而開闢　王衍梅　李兆洛

當代典章以備文獻　錢大昕　巫宜福

後學埻的如受衡量　羅惇衍　劉大櫆

大儒挺生可占星象　湯斌　錢振倫

中秘受讀並乘天衢　周壽昌　顧炎武

好讀祕書務騁新棨　尤侗　高心夔

遊聞廣樂中雜希微　許汝霖　朱仕琇

史筆謹嚴權衡萬變　石蘊玉　曾國藩

文章閣雋皋牢衆能　康紹鏞　李聯琇

墨腴筆趣使手忘罷　金農　潘耒

匏揖松偃把臂在林　吴穎芳　錢振倫

江東詞人視同鷗鳥　董祐誠　王曇

濟南名士多於鯽魚　梅曾亮　劉開

鏡縈燭和旁御日月　邵晉涵　張惠言

夔龢養齋來蘇垓埏　彭兆蓀　方履籛

翠竹已陰掃籜平檻　樂鈞　董基誠

白華孔絜循蘭在陔　曾國藩　楊芳燦

玉版丹書求忠於孝　董基誠　錢振倫
石渠坐論載道之文　陸燿遹　吳錫麒
並驅文壇賈生枚叔　錢泰吉　阮元
深入理窟豫章延平　黃宗羲　錢大昕
舉筆陳規咸就繩墨　周壽昌　龔自珍
懸鏡程物不溢黍銖　吳錫麒　劉大櫆
欽愷臚愉願聖人壽　邵晉涵　紀昀
仁風颸氣為君子都　高士奇　方履籛
陸氏釋文實宗漢學　丁晏　盧文弨

仲翔注易猶契羲心　盧見曾　方履籛

九種慈雲仰有嘉蔭　吳錫麒　劉開

二分明月定其前身　王衍梅　顧貞觀

讀書三餘竹帛填委　錢振倫　王宗炎

拓地十笏巾帶翔迴　劉嗣綰　劉鳳誥

山陰楷書均於玉枕　毛先舒　陳維崧

李賀詩篇行則錦囊　潘耒　吳慈鶴

植樹四垣礧砢有節　阮元　李兆洛

畫竹一堵寥廓無先　金農　胡天游

清飆在林明月在鏡　施閏章　方履籛

流水不腐甘泉不醨　曾國藩　錢振倫

金管一株珥彤之職　吳農祥　邵齊燾

棐几三展潑墨為圖　丁敬　吳穎芳

宣播聲章椽筆特署　王文誥　顧廣圻

侍從密勿經幄較親　熊伯龍　朱珪

善本庋藏旁及百氏　錢振倫　劉恭冕

經訓昌大列在三雍　李兆洛　全祖望

鑿坏為門寒流清泚　杭世駿　汪中

積玉之圃明珠大珧　趙懷玉　方履籛
纓佩以趨標格雋上　劉大櫆　邵長蘅
聲詁之雅左右證明　程恩澤　姚鼐
聱叟怪魁造次布素　郭麐　黃宗羲
玉杯珠柱付屬琴書　焦廷琥　王太岳
古衣冠裳度越時彥　潘耒　金農
兼典謨誥斟酌舊傳　李兆洛　董祐誠
朮精夕採乃禮黃嶽　方履籛　龔自珍
芝蓋霞飛孤升丹梯　董基誠　洪亮吉

七

乞練裙書濡染大筆　黃安濤　袁枚

銓祥器字沈繹殘觚　朱爲弼　全祖望

廣廈之歡虛響亦快　顧炎武　嚴可均

層巒相屬孤遊忘歸　俞正燮　施補華

古榕交陰虛堂四敞　李兆洛　蔣士銓

落葉漸掃真珠一船　趙懷玉　丁敬

黃庭一經吸飲和氣　方履錢　龔自珍

青溪偶字佩服芳馨　朱文翰　吳慈鶴

委巷棄甓可與觀古　洪亮吉　李兆洛

空山鼓琴陶然自娛 錢振倫 曾國藩

夏屋萬間大庇寒士 吳錫麒 顧炎武

天書五色寔總師言 紀昀 劉星煒

淋漓酒卮疏花獨笑 劉大櫆 嚴可均

研究琴旨猗桐半焦 彭兆蓀 洪齮孫

希聲不傳彰於筳篿 龔自珍 方履籛

吟翰所被刻編琅玕 孔廣森 吳綺

以儒起家源出聖學 劉蓉 劉恭冕

焚草在室卓為諫臣 周壽昌 錢振倫

兼納細流灌輪者大　袁枚　李兆洛
扶樹雅道崖岸而階　金農　朱文翰
琴酒互賡先開月館　彭兆蓀　胡天游
釣遊所在輒感星文　洪亮吉　方履籛
丁廙小文别有寄託　朱文翰　陳鴻壽
士衡道藻不主故常　陳維崧　錢振倫
宵清籟滅黄鶴時警　潘德輿　董祐誠
山空迹孤白鴈忽來　彭兆蓀　王衍梅
吟廊四周林疏水澈　洪亮吉　樂鈞

奇石一品題屈尺羣　陳文述　吳穎芳

屏闌折旋削柿以寫　李兆洛　彭兆蓀

岡阜起伏聚米可圖　俞正燮　顧棟高

春氣爲仁青雲千呂　吳錫麒　袁枚

朝采有耀藍畦效珍　李兆洛　董基誠

筆陣横飛機杼大變　杭世駿　阮元

史腴詳摘資糧有餘　紀昀　龔自珍

江湖散人噓吸暉景　潘耒　吳穎芳

山川勝事占屬詩文　陳宏謀　葉映榴

英賢鬱興式贊帷幄　許乃普　劉恭冕

聲教宣達遠致狄鞮　李兆洛　毛奇齡

奇礓不扶作詩人立　錢振倫　董祐誠

良書獨擁言尋古懽　杭世駿　楊芳燦

大鈞所根如鼓橐籥　彭兆蓀　潘耒

小雅無廢並採芳蘅　胡天游　葉映榴

溪山迴互許盟鷗鷺　施閏章　胡敬

絹素縱橫頡輝鸞凰　蔣士銓　鄭虎文

思讀誤書萬結立解　曾燠　李兆洛

别裁僞體一家不名　邵長蘅　龔自珍
江山偉觀登高能賦　郭麐　劉星煒
車馬拜賜耆古之榮　朱珪　李兆洛
校勘圖經補成畫域　洪亮吉　孫星衍
擩染筆札升造陛廊　梅曾亮　劉鳳誥
東海得書以爲惇史　袁枚　法式善
南郭隱几國有逸人　姜宸英　陸繼輅
吉金貞珉有功經傳　趙一清　許汝霖
糾笠緩帶養德邱園　黃之雋　王士禎

捫蝨之談豈伊景略　劉嗣綰　王衍梅

聞雞而舞不減祖生　陳黄中　吴慈鶴

西鄂文人動符經術　邱先德　彭兆蓀

東都典引純用史裁　胡天游　李祖陶

布衣揖讓儼若朝典　黄宗羲　王士禎

玉楮雕鐫斯爲寶書　錢振倫　全祖望

一意澄清得之攬轡　葉映榴　杭世駿

四方上下顧爲執鞭　謝振定　方履籛

卿月當霄明星爛野　錢振倫　董祐誠

神魚泳淵吟鷺陪軒　潘耒　袁枚
朱墨鐫銘窮極理趣　周壽昌　曾國藩
丹鉛勘異微示別裁　穆彰阿　汪中
豐碣大書名符其實　宋世犖　朱珪
太珪不琢質而有文　胡天游　錢振倫
馳輪九垓請留太學　洪亮吉　陳沆
擁書萬卷排比列城　嚴可均　顧廣圻
六詔爻闓瞻雲奉律　王曇　袁枚
十碣周禡倬漢為章　李兆洛　吳錫麒

十二

元輔奏牋書軌畢協　劉履芬　周[illegible]濟
撢人誦志鞮鞻如歸　鄭祖球　朱珪
但行十步必有香草　胡敬　沈堎
不通一客自握芬蘭　金應麟　方履籛
稀齡介觴壽人永紀　周壽昌　李兆洛
中經校簿專門亦興　董祐誠　方東樹
咸英既遥乃覯牙曠　曾燠　彭兆蓀
筆牘斯善亦涉蘇黃　姚燮　曾紀澤
投贈名篇已過百驛　錢振倫　洪亮吉

磐礴大氣塞滿九閽　方履籛　龔自珍

麟采鳳威旌條有踐　龔鼎孳　邵長蘅

梁冠山佩章綬之華　尤侗　朱彝尊

交道矜慎連牆彿謁　全農　樂鈞

詩筒往來在巷之吟　鄭澐　錢振倫

古木怒號寂寥莫詔　吴錫麒　李兆洛

密葉自下餐誦其中　洪亮吉　王衍梅

花龕四垂冬書飽讀　劉星煒　陳其泰

桑田一駕春澗課耕　梅曾亮　方履籛

十二　青必閣

夏罟春斤鼓舞毗庶　胡敬　曾國藩

筆鍼墨灸矩範膠庠　吳錫麒　方履籛

丹篆精華播在麻素　萬壽祺　王杰

朱絃疏越協以官商　姜宸英　閻爾梅

赴機若神凝賓一石　紀昀　劉嗣綰

食古而化脈望千秋　吳錫麒　彭兆蓀

正冠危裾入陳禁陛　劉大櫆　姚鼐

文羅寶扇屢賁叢阿　汪由敦　湯斌

一曲雲華非復凡響　嚴遂成　黃安濤

三分月色而悟前身　胡敬　劉鳳誥

南閣祭酒惟傳解字　董祐誠　孔廣森

東觀紬書號稱右文　錢振倫　彭孫遹

奉以瑤觴稱千萬壽　方履籛　李兆洛

書之銀管常數百人　顧敏恒　梅曾亮

風雅之歸運以獨斷　邵長蘅　畢沅

丹鉛所勘旁及六書　王拯　朱駿聲

魯國四延名理凝醳　洪亮吉　潘德輿

顏回一坐雅彥彬綸　王曇　胡天游

讀書宵中捭闔千古　鄔齊壽　王衍梅

擲筆天外回皇萬端　董祐誠　洪亮吉

窮究萬原文行腓實　嚴可均　李兆洛

弁冕一世名德浩滂　阮元　龔自珍

羣山所都雲集霧合　曾國藩　施閏章

五緯既耀神勰氣昌　洪亮吉　杭世駿

一氣所摶仰視鑪篆　潘耒　陳宏緒

便義徵中如獲珠船　董基誠　馬瑞辰

巾帢之懽一觴一詠　杭世駿　梅曾亮

丹墨紛下爰綜爰甄　方東樹　李兆洛
落葉積而絕鮮客履　洪亮吉　金農
秋花一佩多拾奚囊　尤侗　錢振倫
微學匡扶壽於旗翼　彭兆蓀　董基誠
鉅儒魁壘馨我膠庠　湯成彥　曾國藩
奇石突户不滅雪痕　洪亮吉　葉映榴
皎月在林惟闡霜端　劉蓉　方履籛
斗室傳經一籬鄒魯　焦廷琥　黄之雋
明堂執玉五等琮璜　錢振倫　孔廣森

八會靈書縑素風起　胡天游　金農
一時老宿箋絨雲興　錢泰吉　曾國藩
接幹迴叢花澹如影　張惠言　吳錫麒
提鷴挈鷺水行嗇仙　郭麐　彭兆蓀
經緯萬端不失尺寸　王柏心　韓菼
銓衡九品各舉廉隅　葉映榴　朱文翰
不風而吟絙桑嶰竹　洪亮吉　齊召南
披雲可覿玉室金庭　吳錫麒　胡浚
清謳濁醪幅巾相命　金應麟　王芑孫

叢書別集副墨恆新　王昶　朱文翰
温酎躍波絕去糟粕　吴錫麒　錢振倫
懸黎照戶不辨琅玕　潘德輿　董基誠
榮賓葳蕤千里歌詠　陳兆崙　李兆洛
孝弟擩染一門宮商　黃宗羲　彭兆蓀
古雪澆腸靈襟獨寫　劉嗣綰　汪中
明月承吻笑口一開　董祐誠　姜宸英
精神之繇蟠為山嶽　黃安濤　胡天游
金石所述習其源流　洪亮吉　陳維崧

十五

千鍾百觚觮觶流溢　楊芳燦　陳兆崙

十讀三復手目讎溫　郭麐　杭世駿

壽彼琱鐫古香四屋　朱文翰　沈垮

託於環玦圓牖雙扉　李兆洛　洪亮吉

羅列球琳側讀中秘　錢陳羣　丁傳

招選茂異彙在上庠　彭孫遹　淩廷堪

斷澗寒泉帶蘿衣薜　嚴可均　劉開

匡牀方几左鼎右香　張惠言　朱彝尊

苔岑宗生百歲相保　彭兆蓀　洪亮吉

蓬山方到五嶽平看　吴錫麒　袁枚

大瑟中琴冰弦獨絶　邵齊燾　金應麟

宗经毖緯金櫝旁開　張鑑　陸燿遹

邑導中驪古春自盎　姚燮　錢振倫

抱此孤賞今雨不來　曾國藩　楊芳燦

笙磬共音徵言季札　顧敏恆　孫星衍

山水合契移情成連　傅桐　王士禎

言道惚恍闡之苦縣　劉開　曾紀澤

屬筆縱横惟有蒙莊　彭士望　金農

花草粹編刪蕪擷秀　葉映榴　章學誠

饋餾小敦去垢蘄嘉　朱為弼　丁敬

松竹有朋鑴誠金版　吴錫麒　王太岳

薌薇降位問道璇華　胡天游　顧敏恆

石友不來當書自嬾　劉嗣綰　沈埁

清景一失索向如逋　彭兆蓀　龔鼎孳

綰河鑰岑仍為外相　洪齮孫　吴錫麒

周躔合宙是曰中台　邵晉涵　李兆洛

觴政縱横飲澹於穆　葉映榴　姚燮

字體堅古追險得夫　金農　錢振倫

擷澤於清游心於澹　姚燮　邵齊燾

蔭竹而坐倚樹而吟　李榮陛　潘耒

千里同風蘭襟是佩　顧棟高　樂鈞

六學皆大槐蔭成行　潘德輿　杭世駿

龍威素書丸墨盈斗　董基誠　方履籛

虎闈小學攢弁如星　孔廣森　彭兆蓀

導竅持綱遠承絶學　姚燮　陳黄中

均禧錫羡皆錄舊勳　吳錫麒　武億

蜀東金繩博通羣籍　紀昀　曾國藩
筆森玉筯遂工八分　傅桐　錢泰吉
八斗有程酌其雋液　樂鈞　姚燮
百行之札妙抉言泉　朱文翰　吴錫麒
真宰上訴笣籥斯剖　錢振倫　方履籛
大圜不言雨露則均　李兆洛　紀昀
高明有融人推月旦　杭世駿　顧炎武
名譽大起仰如歲星　劉恭冕　葉映榴
藏之名山副之延閣　陳廷敬　王太岳

鬱爲秋實蔚爲春華　彭兆蓀　曾紀澤

淺斝深罍酒波微漾　方履籛　王獻定

硬語強韻詩格頗嚴　梁同書　李兆洛

博招英生不遠千里　胡天游　黃安濤

孤註聖籍約下萬籤　杭世駿　彭兆蓀

雲韶式歌宮商奏命　吳錫麒　沈埁

天弢自解韋弦在身　錢振倫　劉嗣綰 綰

團扇桃根焚香把卷　方履籛　曾國藩

韋編著草筮卦得蒙　葉映榴　袁枚

十六　青必閣

博山雙煙春禽初語　何栻　姚鼐

明河一尺夕蟾娟來　方履籛　彭兆蓀

敷坐治書冥搜萬象　萬壽祺　潘耒

登高作賦出備九能　董基誠　吳麒錫

畹畝揚芳蘭情斯騁　朱文翰　方履籛

老幼相守竹族甚蕃　金應麟　金農

筆削相承專領史局　吳錫麒　葉映榴

醇深有本篤好禮書　熊伯龍　劉著

精廬一區松吟鶴啄　樂鈞　劉星煒

疏櫺四開花深鳥鬧　蔣士銓　丁敬

經歲澄醪酌而不竭　錢振倫　陳鴻壽

驚人秘笈讀以忘憂　錢泰吉　樂鈞

開國儒宗乃道之寶　章學誠　李兆洛

盈廷薦牘任賢者昌　彭兆蓀　劉蓉

佳月矓窗不覺申旦　樂鈞　吴錫麒

大雲霞宇中含古春　錢振倫　楊芳燦

停雲藹梁難者素友　方履籛　洪亮吉

怪石當戶尊如嚴師　董祐誠　金農

十九

屆尾滿室十指勿釋　杭世駿　金農

沈冥下帷三年未窺　顧敏恆　方履籛

欣羅狂談天發能解　洪亮吉　彭兆蓀

自刱新意雲錦自張　丁敬　錢振倫

或下一籤摭羅賅備　吳錫麒　嚴可均

能讀千賦脈絡甄明　陳兆崙　俞正燮

蒲輪賁廬徵書歲下　方東樹　湯斌

蒿牀熖火經笥晨開　杭世駿　葉映榴

登嶽流謠懸河落筆　邵齊燾　王太岳

傳经有笥呼史宣綸　葉映榴　朱爲弼

細雨滴階亮符元賞　吴兆騫　汪中

寒月在闉如臨故人　洪亮吉　周壽昌

負書以游揮麈三錄　孫星衍　王士禎

應詔立就倚馬萬言　韓菼　王曇

盤格粗疏益爲膾炙　葉映榴　陳維崧

郵筒捃拾兼取切偲　金德嘉　周壽昌

圖史縱横文采四照　錢泰吉　李兆洛

林樾秀朗光景一新　俞正燮　阮元

二十

給札寫綈效韓媿柳　胡天游　龔自珍
飲爻吞篆拜虞揖荀　金應麟　施補華
覃思遺经受性精敏　彭紹升　程恩澤
奉揚密命與時弛張　劉星煒　劉蓉
金匱紬書銀袍應詔　樂鈞　紀昀
甘霖比德緯露垂文　錢振倫　胡天游
覆簣成山跬步皆實　彭兆蓀　李兆洛
吹豳徧地鐘呂相宣　齊召南　全祖望
包澥含巒十洲澄鏡　邵晉涵　袁枚

合章緝政五韙編珠　沈埰　胡浚
玉杯飲醇春陶嘉月　李兆洛　邵晉涵
石田之穫歲獲大年　潘耒　金農
册府所儲連楹接棟　董基誠　陳宏緒
康衢既闢暨朔敷南　曾燠　胡天游
安定名齋分程督課　張鑑　錢振倫
景興蒞郡并力讀書　方履籛　施閏章
經略展施昌言式奏　方東樹　錢振倫
師儒傳授家法猶存　章學誠　盧見曾

泰山一雲降其大愷　洪亮吉　陳沆
湘水千里蔚矣儒風　方履籛　孫星衍
鍾嶸品詩極覽津委　周壽昌　孔廣森
道元作注是說山川　龔自珍　李兆洛
發憤著書抒華千載　曾國藩　方履籛
問奇載酒著錄萬人　梁同書　傅桐
烏絲錦字別出新意　錢振倫　金農
龍泉太阿自具神鋒　袁枚　郭麐
姓字非常高掩前喆　閻爾梅　樂鈞

詞賦獨步早飲香名　錢大昕　陳鱣

巨石谽谺署曰雪浪　俞正燮　曹墉

攢峰拱揖枕乎江流　高士奇　方履籛

提唱諸儒絕學並劭　曾紀澤　顧廣圻

網羅故籍茂緒大昌　嚴可均　錢振倫

英蕩宣風人賜一秩　吳錫麒　李兆洛

嘉禾告瑞畝畝數鍾　孫星衍　洪亮吉

礠石若拳姿骨殊異　方履籛　施閏章

大江當面空曠忽開　胡敬　劉開

奇字咸甄疊廾經席　錢振倫　朱珪
郅化旁鬯於穆辟雍　董基誠　李鍇
叢篁蔭階狂葉打屋　胡敬　周壽昌
華月升席春星墮杯　陸燿遹　楊芳燦
氣象鬱蒼明月出海　沈祖惠　趙銘
宙宇暉朗微雪灑庭　孔廣森　施閏章
經義益明如揭日月　袁枚　錢大昕
詩謨既定仰副絲綸　胡浚　葉映榴
般濟精龕圖書掌笈　方履籛　錢振倫

士衡老屋東西接楹　彭兆蓀　洪亮吉

長溪清潯薜蘿在眼　俞正燮　傅桐

峩冠怪服蓮花插腰　潘德輿　楊芳燦

簧鼓風華約以一格　吴慈鶴　李兆洛

闚測天緯列為諸圖　姚燮　章學誠

右棁鞠録四卷卷首署與著疊歲編實為歸安
朱彊邨先生孝臧手稿蓋彙集清代諸名家詩
文為七言及八字聯語以便為他人書楹帖者記曾
有巾箱活字本印行今已不易見及矣
先生自清季罷任廣東督學使者即引疾歸卜
居於吳下聽楓園旋寓滬濱以鬻書自活兼助校
刻彊邨叢書之費其用心殊苦今以此稿歸之
浙江圖書館因附綴數語如上
一九六四年五月十六日　萬載龍元亮榆生敬識于上海

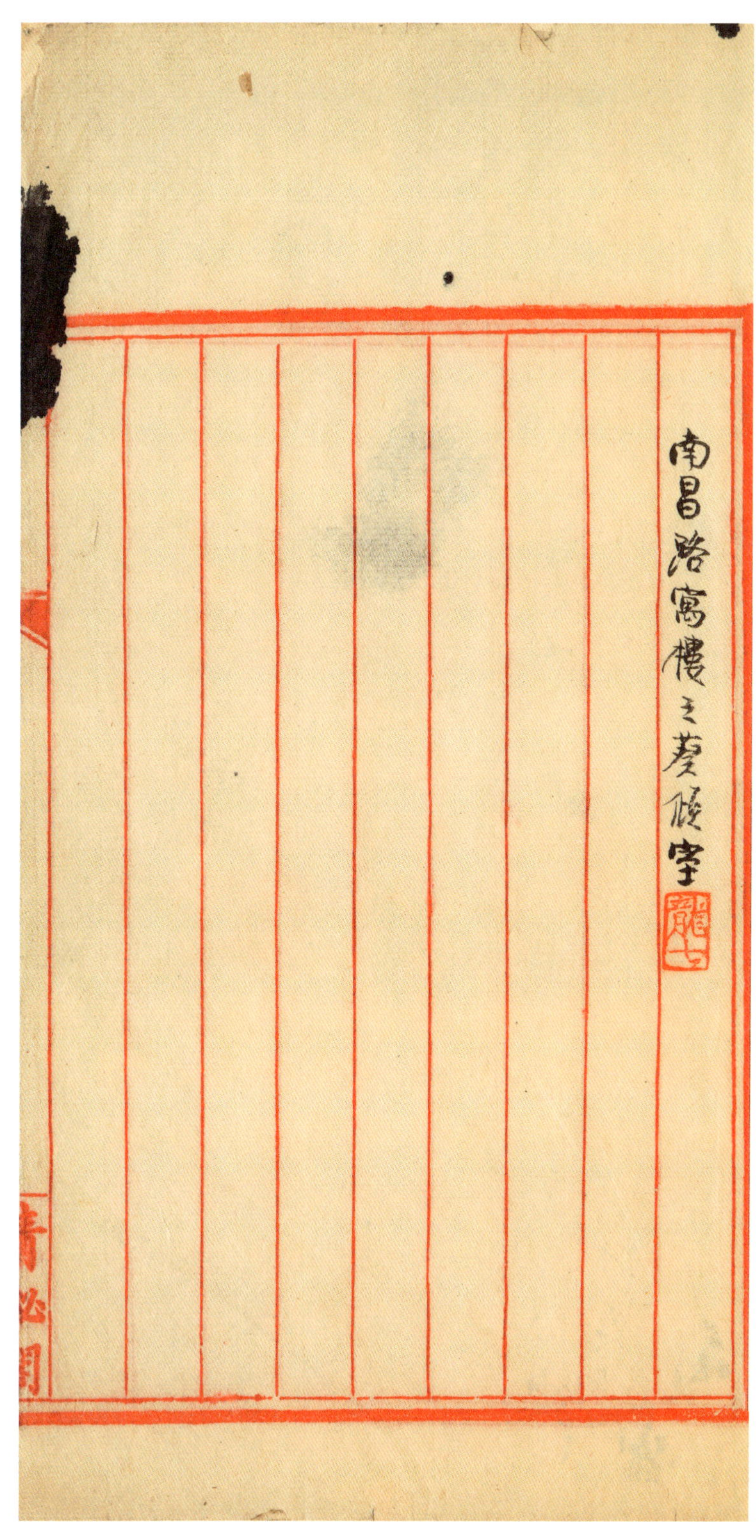
南昌路寓樓之夔候室

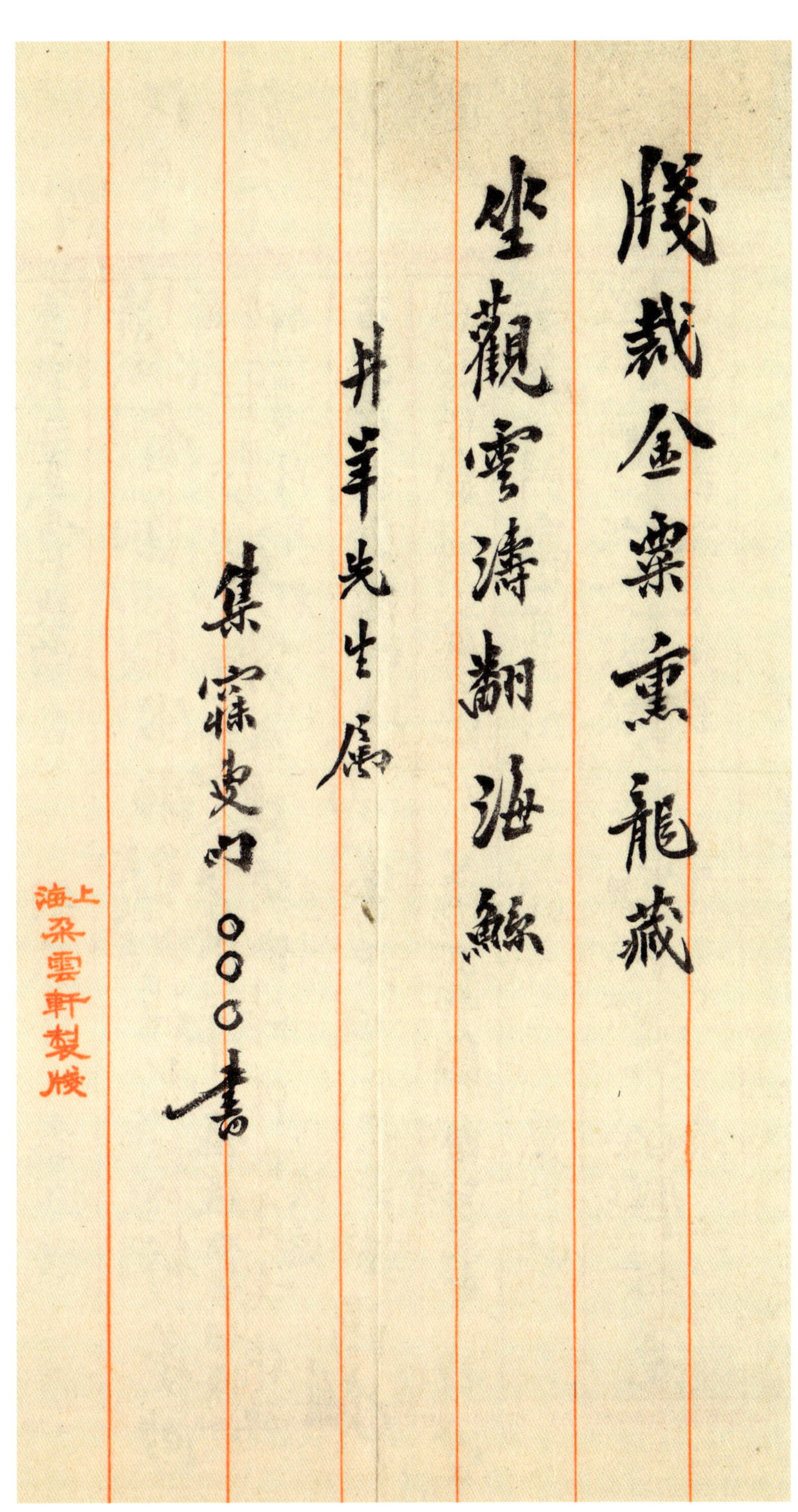

牋裁金粟熏龍藏
坐觀雲濤翻海鯨

井華先生屬

集寐叟句　○○○書

御街行　壽心蘐

江湖十載偏驚遲暮，儒術曾知無補。覓叢殘夢莎

銷天曾傍瓊樓，言處此腸已滅。萬人如海一身藏，陸沈如海，老結鷗波侶。

壽閣當貴成風，如茶莫問天孫語，憐。

晚

回功罨付詩篇，月底還修簫譜。鏡自等華柳梁。

影事，燈蘭茹絳前晚間尊俎。

蟄雲詞兄五十壽　弟朱孝臧初稿

上海朵雲軒製牋